rororo

rororo

Aimee Molloy ist als Sachbuchautorin in den USA bereits sehr erfolgreich und genießt Bestsellerstatus. Sie lebt mit ihrem Mann und zwei Töchtern in West-Massachusetts. Mit ihrem ersten Thriller, «Die Mutter», stand sie monatelang auf der New-York-Times-Bestsellerliste.

Katharina Naumann ist Autorin, freie Lektorin und Übersetzerin und lebt in Hamburg. Sie hat unter anderem Werke von Jojo Moyes, Anna McPartlin und Jeanine Cummins übersetzt.

«‹Das Therapiezimmer› ist das anregendste Buch seit Langem in diesem Genre. Selten ist man als Leser so verblüfft worden, selten hat man so gestaunt.» *Freie Presse*

«Clever konstruiert – wer halsbrecherische Wendungen liebt, ist hier genau richtig.» *Freundin*

AIMEE MOLLOY

DAS THERAPIEZIMMER

THRILLER

Aus dem Englischen
von Katharina Naumann

ROWOHLT TASCHENBUCH VERLAG

Die Originalausgabe erschien 2020 unter dem Titel
«Goodnight Beautiful» bei HarperCollins Publishers, New York.

Veröffentlicht im Rowohlt Taschenbuch Verlag,
Hamburg, September 2023

Redaktion Rebecca Wangemann
Covergestaltung ZERO Werbeagentur, München
Coverabbildung SEAN GLADWELL / Getty Images
Satz aus der Dolly
bei Pinkuin Satz und Datentechnik, Berlin
Druck und Bindung GGP Media GmbH, Pößneck
ISBN 978-3-499-27635-4

Die Rowohlt Verlage haben sich zu einer nachhaltigen Buchproduktion verpflichtet. Gemeinsam mit unseren Partnern und Lieferanten setzen wir uns für eine klimaneutrale Buchproduktion ein, die den Erwerb von Klimazertifikaten zur Kompensation des CO_2-Ausstoßes einschließt.
www.klimaneutralerverlag.de

Für meine Mom und meinen Dad

PROLOG

20. Oktober

Ich schaue hoch und sehe, wie ein Mann mit roten Wangen und einem Bürstenhaarschnitt ins Restaurant tritt und den Regen von seiner Baseballmütze schüttelt. «Hey, Süße», ruft er dem Mädchen mit den pinkfarbenen Haaren zu, das hinter dem Bartresen steht und Drinks mixt. «Könntest du das vielleicht ins Fenster hängen?»

«Klar», sagt sie und nickt in Richtung des Zettels, den er in der Hand hält. «Wieder ein Spendenaufruf für die Feuerwehr?»

«Nein, jemand wird vermisst», antwortet er.

«Vermisst? Was ist denn mit ihr passiert?»

«Nicht mit ihr. Mit ihm.»

«*Ihm*? Na, das hört man ja nicht jeden Tag.»

«Ist in der Unwetternacht verschwunden. Wir versuchen jetzt, die Vermisstenanzeige zu verbreiten.»

Die Tür fällt hinter ihm zu. Sie geht zum Ende des Tresens, nimmt den Zettel in die Hand und liest der Frau, die am Tisch in der Ecke ihr Mittagessen isst, den Text vor. «Dr. Sam Statler, Therapeut, circa 1,80 groß, schwarzes Haar und grüne Augen. Er war vermutlich mit einem Lexus RX 350 von 2019 unterwegs.» Sie pfeift leise durch die Zähne und hält den Zettel hoch. «Diejenige, mit der er *verschwunden* ist, hat wirklich Glück gehabt.» Ich werfe einen Blick auf Sams Foto – diese Augen, dieses Grübchen, das Wort **VERMISST** in Schriftgröße zweiundsiebzig über seinem Kopf.

«Ich habe heute Morgen in der Zeitung von der Geschichte gelesen», sagt die Frau am Ecktisch. «Er ging zur Arbeit und kam nicht mehr nach Hause. Seine Frau hat ihn als vermisst gemeldet.»

Das Mädchen mit den pinkfarbenen Haaren tritt ans Fenster. «Frau, was? Hoffen wir mal, dass die ein gutes Alibi hat. Man kennt ja die alte Redensart: ‹Wenn ein Mann verschwindet, war es immer die Frau.›»

Die beiden lachen. Das Mädchen klebt das Foto von Sams Gesicht an die regenverschmierte Scheibe, und ich tauche mit einem flauen Gefühl im Bauch den Löffel in meine Suppe und schlürfe sie vorsichtig, den Blick auf meine Schüssel gesenkt.

TEIL I

KAPITEL 1

Drei Monate zuvor

Dieser Arsch.

Es ist unglaublich.

Der Arsch ist so perfekt, dass Sam den Blick einfach nicht abwenden kann. Er geht einen halben Block hinter ihr den Hügel hinauf, an dem Käseladen, dem Buchladen, der hochgelobten neuen Weinbar mit der leuchtend roten Tür vorbei. Er tut so, als betrachtete er bei Hoyt's Hardware den Tisch mit den amerikanischen Flaggen zum halben Preis, während sie auf das Parlor zugeht, das schicke, feine Restaurant, das vor drei Monaten eröffnet hat. Ein Mann, der gerade hinausgeht, hält ihr die Tür auf und bleibt noch ein wenig stehen, um einen Blick auf ihre Rückseite zu erhaschen, zweifellos in der Hoffnung, dass seine Frau es nicht sieht.

Wie Sam schon sagte: dieser Arsch.

Die Restaurantbesitzer haben das Gebäude von den Finnerty-Zahnärzten übernommen, die dort über zwei Generationen praktiziert hatten. Die Ziegelfassade ist durch eine glatte Glaswand ersetzt worden. Sam bleibt davor stehen und schaut zu, wie sie durch den Raum geht und sich an die Bar setzt.

Den Leinenblazer auszieht.

Einen Drink bestellt.

Sie holt ein Buch aus ihrer Tasche. Ihre Schulterblätter treten unter dem dünnen Top wie die Flügel eines Vögelchens hervor. Er geht vorbei und bleibt vor den Angeboten im Fenster des Immobilienmaklers nebenan stehen. Genau neun Minuten wartet er, lange genug, dass sie schon fast mit ihrem Drink fertig ist. Er spürt den vertrauten Adrenalinschub und lockert seine Krawatte ein wenig. Dann dreht er sich um.

Los geht's.

Die Tür zum Parlor öffnet sich, als Sam näher kommt, und ein Schwall klimatisierter Luft dringt hinaus in die feuchte Abendluft. «Dr. Statler.» Eine Patientin steht vor ihm, und er muss angestrengt überlegen, wie sie heißt. Fing vor zwei Wochen mit der Therapie an. Carolyn. Caroline.

«Catherine», sagt Sam. *Mist.* Was in New York nie passierte, geschieht hier ständig – er läuft andauernd Patienten über den Weg, auf der Straße, beim Einkaufen, gestern im Fitnessstudio, wo er fünf Kilometer auf dem Laufband lief, während Alicia Chao, die frisch geschiedene Geisteswissenschaftsprofessorin mit einer Angststörung, neben ihm auf dem Crosstrainer trainierte – und jedes Mal bringt es ihn aus dem Gleichgewicht. «Wie geht es Ihnen?»

«Mir geht es gut», antwortet Catherine. Catherine Walker. In New York ist sie eine bekannte Malerin und hat sich für eine Million Dollar ein Haus mit Blick auf den Fluss gekauft. «Das ist Brian.» Sam schüttelt ihm die Hand. Brian: der Restaurateur, der sie im Bett nicht befriedigt. «Wir sehen uns dann morgen», sagt Catherine. Sam betritt das Lokal.

«Möchten Sie heute hier zu Abend essen?», fragt das Mädchen an dem kleinen Stehtisch am Empfang. Sie ist jung und blond. Tattoos. Sehr hübsch. Eine Kunststudentin, nimmt er an, mit einem Piercing, das sich irgendwo unter ihrer Kleidung versteckt. Genau der Typ, den er früher bis zehn Uhr abends mit Sicherheit im Bett gehabt hätte.

«Nein», sagt Sam. «Nur einen Drink.»

Die Bar ist voll von Leuten, die neu aus der Stadt hierher gezogen sind. Sie teilen sich Teller mit geröstetem Rosenkohl und sauren Gürkchen für neun Dollar. Sam geht auf die Frau zu, wobei er wie zufällig ihren Arm mit seinem Ellenbogen streift, als er an ihr vorbeigeht.

Ihre Tasche liegt auf dem Hocker zwischen ihnen, und Sam stößt mit dem Bein dagegen, als er sich setzt, sodass sie zu Boden fällt. «Entschuldigung», sagt er und bückt sich nach ihr.

Sie lächelt, als sie die Tasche entgegennimmt, und hängt sie an einen Haken unter der Bar. Dann wendet sie sich wieder ihrem Buch zu.

«Was soll's denn sein?», fragt der Barkeeper. Er hat sich das Haar nass zurückgekämmt und zeigt beim Lächeln erschreckend weiße Zähne.

«Johnnie Walker Blue», sagt Sam. «Pur.»

«Ein Mann mit einem teuren Geschmack», sagt der Barmann, und Sam zieht eine Kreditkarte aus seiner Brieftasche. «Meine Lieblingskunden.»

«Und ich würde dieser Dame gern einen Drink ausgeben. Weil ich ihrer Handtasche Unannehmlichkeiten bereitet habe.»

Sie lächelt kurz. «Das ist nett von Ihnen. Aber meiner Tasche geht es gut.»

«Nein, ich bestehe darauf. Was trinken Sie?»

Sie zögert und mustert ihn prüfend. «Na gut», sagt sie. «Gin Martini. Fünf Oliven.»

«Einen Martini? Ich hätte Sie als Rosé-Trinkerin eingeschätzt.»

«Wie vorurteilsfrei von Ihnen», sagt sie leicht sarkastisch. «Aber Sie wissen doch, was man über Martini sagt.»

Er ist geschickt darin, andere Menschen unauffällig zu beobachten. Es ist eine professionelle Notwendigkeit, die es ihm jetzt erlaubt zu sehen, dass sie unter dem weißen Top einen blassrosa BH mit Spitze trägt und dass die Haut auf ihren Schultern glänzt. «Nein, was sagt man denn über Martinis?», fragt Sam.

«‹Die richtige Verbindung aus Gin und Wermut ist von ebenso großer wie unerwarteter Herrlichkeit; sie ist eine der glücklichsten Ehen der Welt und gleichzeitig eine der kurzlebigsten.›»

Der Barkeeper stellt ihren Drink vor sie hin. «Bernard DeVoto.»

Sam nickt in Richtung ihres Buches. «Lesen Sie ihn gerade?»

Sie schlägt das Buch zu, sodass er das Cover sehen kann, das die Silhouette einer Frau zeigt. «Nein, das hier ist der Thriller, über den alle reden.»

«Taugt er was?»

«Es geht. Wieder eine unzuverlässige Erzählerin. Um ehrlich zu sein, geht es mir langsam ein bisschen auf die Nerven, wie Frauen derzeit in der Belletristik dargestellt werden.»

«Wie werden sie denn dargestellt?»

«Ach, wissen Sie», sagt sie. «Dass wir zu Neurosen und oder Hysterie neigen und dass man unserem Urteil nicht trauen kann. Das legitimiert die männlichen Herrschaftsstrukturen und die dominante Position des Mannes in der Gesellschaft sowie die untergeordnete Position der Frau.» Sie nimmt ihr Glas und wendet sich wieder ihrem Buch zu. «Aber danke für den Drink.»

Sam lässt sie eine Seite lesen und beugt sich dann zu ihr. «Hey, Fräulein Schlauberger. Sind Sie übers Wochenende hier?»

«Nein», erwidert sie und blättert um. «Ich wohne hier.»

«Ach was. Chestnut Hill ist eine kleine Stadt. Ich hätte Sie doch schon einmal sehen müssen.»

«Ich bin neu hier.» Sie schaut zu ihm hoch. «Bin letzten Monat aus New York hierher gezogen. Eine ‹Stadt-Idiotin›, ich glaube, so werden wir von den Leuten hier genannt?» Sie zieht mit den Zähnen eine Olive vom Plastikspießchen in ihrem Drink, und er stellt sich vor, wie salzig ihre Lippen schmecken müssen. In diesem Moment spürt er eine Hand auf seiner Schulter. Es ist Reggie Mayer, der Apotheker. Seine Frau Natalie ist seine Patientin; sie findet, dass Reggie nach Salami riecht. «Natalie geht es nicht so gut», sagt Reggie und hält eine Plastiktüte mit Essen hoch. «Ich bringe ihr Suppe.»

«Sagen Sie ihr, dass ich ihr gute Besserung wünsche», sagt Sam und beugt sich ein paar Zentimeter vor. Er kann nichts riechen.

«Das tue ich, Dr. Statler. Danke schön.»

«Doktor?», sagt die Frau, als Reggie gegangen ist.

«Psychotherapeut.»

Sie lacht. «*Sie* sind also Psychotherapeut.»

«Was? Sie glauben mir nicht?» Sam greift erneut nach seiner Brieftasche und zieht eine Visitenkarte hervor, die er neben ihren Drink schiebt.

«Eigenartig», sagt sie und liest die Aufschrift. «Hätte schwören können, dass Sie Podologe sind. Also, wollen Sie mich analysieren?»

«Wieso glauben Sie, dass ich das nicht schon längst getan habe?»

Sie klappt ihr Buch zu und wendet sich ihm zu. «Und?»

«Sie sind schlau», sagt er. «Selbstbewusst. Ein Einzelkind, nehme ich an.»

«Sehr gut, Herr Doktor.»

«Zwei liebevolle Eltern. Privatschule. Mindestens ein Abschluss, vermutlich eher zwei.» Sam hält inne. Dann sagt er: «Und Sie mussten auch lernen, wie man die Last trägt, als außergewöhnlich schöne Frau durch die Welt zu gehen.»

Sie verdreht die Augen. «Wow, das war echt *schlecht.*»

«Vielleicht. Aber ich meine es ernst», sagt er. «Wenn man eine Umfrage unter den Männern hier machen würde, wen sie heute Abend am liebsten mit nach Hause nähmen, würden hundert Prozent von ihnen Sie nehmen, das wette ich.»

«Neunundneunzig Prozent», verbessert sie ihn. «Der Barkeeper würde Sie nehmen.»

«Ständig im Mittelpunkt männlicher Aufmerksamkeit zu stehen, kann Auswirkungen haben», fährt Sam fort. «Wir nennen es Objektifizierung.»

Ihr Gesicht wird weicher. «Also, wie bei *Dingen.*»

«Bei manchen Menschen ist das so, ja.»

«Glauben Sie, ich sollte mir einen Therapiehund anschaffen?»

«Machen Sie Witze? Ein heißes Mädchen mit einem Hund? Das macht es nur noch schlimmer.»

Sie lächelt. «Haben Sie sich das alles ausgedacht, während Sie hinter mir den Hügel hinaufgegangen sind und auf meinen Hintern gestarrt haben? Oder während Sie draußen standen und mich durch das Fenster beobachteten?»

«Ich musste telefonieren», erwidert Sam. «Eine existenzielle Krise, die meine sofortige Aufmerksamkeit erforderte.»

«Wie schade. Ich hatte gehofft, dass Sie da draußen standen, um erst einmal den Mut aufzubringen, mich anzusprechen.» Sie wendet den Blick nicht von ihm, nimmt eine weitere Olive zwischen die Lippen und saugt die Füllung heraus, und da ist es wieder, das Gefühl, das ihn antreibt wie eine Droge, seit er fünfzehn ist, dieses erregende Wissen, dass er kurz davor ist, seinen Pflock in eine wunderschöne Frau zu schlagen.

«Sie haben tatsächlich einen außergewöhnlichen Arsch», sagt Sam.

«Ja, ich weiß.» Sie wirft einen Blick auf seinen Johnnie Walker Blue. «Da wir gerade von außergewöhnlich sprechen, ich habe nur Gutes über Ihren Drink da gehört. Darf ich?» Sie hält das Glas ans Licht und betrachtet die Farbe, um es dann an ihre Lippen zu führen und auszutrinken. «Sie haben recht. Es ist wirklich ein guter Drink.» Sie beugt sich ganz nah zu ihm, ihr Atem verströmt die leichte Note seines Whiskys. «Wenn Sie kein verheirateter Therapeut von hier wären, würde ich Sie zum Probieren in meinen Mund einladen.»

«Woher wissen Sie, dass ich verheiratet bin?», fragt er. In seinem Nacken wird es ganz heiß.

«Sie tragen einen Ehering», sagt sie.

Er steckt die Hand in seine Hosentasche. «Sagt wer?»

«Weiß Ihre Frau, dass Sie heute Abend hier sind und das selbstbewusste Einzelkind aus Chestnut Hill, New York analysieren?»

«Meine Frau ist nicht in der Stadt», sagt Sam. «Was meinen Sie? Wollen Sie mit mir zu Abend essen?»

Sie lacht. «Sie kennen ja noch nicht einmal meinen Namen.»

«Es ist ja auch nicht Ihr Name, an dem ich interessiert bin.»

«So?» Sie stellt das Glas ab, wendet sich ihm zu und greift unter den Tresen. «Na, in dem Fall ...»

«Alles in Ordnung bei Ihnen?» Der Barkeeper. Er ist zurück und kratzt sich über dem Auge. Unterdessen lässt sie ihre Hände Sams Schenkel hinaufgleiten.

«Ja», sagt sie. «In allerbester Ordnung.»

Der Barkeeper geht wieder. Ihre rechte Hand ist jetzt zwischen seinen Beinen angelangt, wo sie mindestens noch eine weitere Minute liegen bleibt. Sie sieht ihm dabei in die Augen. «Meine Güte, Doktor», sagt sie. «So wie ich das sehe, hat die arme Frau, mit der Sie verheiratet sind, großes Glück.» Sie legt die Hand wieder auf den Tresen. «Richten Sie ihr das unbedingt von mir aus.»

«Das werde ich.» Sam beugt sich vor und legt ihr sanft die Hand an die Wange. Sein Atem ist ganz heiß an ihrem Ohr. «Hey, Annie Potter, weißt du was? Du hast großes Glück.» Sie riecht nach Pantene-Shampoo und trägt die Ohrringe, die er ihr gestern Abend geschenkt hat. «Jetzt legen Sie Ihre Hand zurück auf meinen Schwanz.»

«Tut mir leid, Dr. Statler», sagt sie und löst sich von ihm. «Aber das war bloß ein Teil Ihres Geschenks zum Hochzeitstag. Sie bekommen den Rest, wenn wir zu Hause sind.»

«Na, in *dem* Fall.» Sam hebt die Hand und winkt dem Barkeeper. Annie nimmt das Spießchen und beißt in die letzte Olive.

«Wie war dein Tag, lieber Ehemann?», fragt sie und lächelt ihn an.

«Nicht so gut, wie meine Nacht wird.»

«Hast du deine Mom gesehen?»

«Ja», antwortet er.

Sie wischt ihm ein Haar von der Schulter. «Wie geht es ihr?»

«Ganz gut.»

Annie seufzt. «Alle dort waren gestern so schlecht drauf. Sie verabscheuen die neue Leitung.»

«Es ist in Ordnung, Annie», sagt Sam, der noch nicht bereit ist, das Gefühl von der Hand seiner Frau zwischen seinen Beinen durch die Gedanken an seine Mutter zu ersetzen, die allein und unglücklich im Fünftausend-Dollar-pro-Monat-Pflegeheim hockt, in das er sie vor sechs Monaten verfrachtet hat.

«Okay, gut, wir reden nicht darüber», sagt Annie. Sie hebt das Glas. «Auf eine weitere erfolgreiche Ehewoche. Diese letzten sechs Wochen waren so gut, dass ich uns mindestens sechs weitere gebe.»

Sam zupft ein wenig an Annies Top, ihm ihren BH-Träger unsichtbar zu machen. «Bist du dir sicher, dass du mich für das alles nicht hasst?»

«Für was alles?»

«Dafür, dass wir New York aufgegeben haben. In dieses Loch von einer Stadt gezogen sind. Dafür, dass du mich geheiratet hast.»

«Ich liebe dieses Loch von einer Stadt zufällig.» Sie schnappt sich die Rechnung vom Barkeeper und unterschreibt schnell mit seinem Namen. «Und nicht zuletzt bist du sehr reich. Und jetzt kommen Sie, Herr Doktor, bringen Sie mich nach Hause und verschaffen Sie mir Vergnügen.»

Sie steht auf und zieht sich langsam wieder ihre Jacke an. Sam folgt ihr zur Tür, so zufrieden von dem Anblick seiner Frau, die vor ihm durchs Restaurant geht, dass er das verführerische Lächeln der hübschen Blondine am Empfang kaum bemerkt. Er muss so etwas nicht mehr bemerken. Er ist ein neuer Mann.

Nein, wirklich.

KAPITEL 2

Ich wache auf, und mir ist heiß. Die Sonne blendet mich durch das Fenster, ein warmes Lichtquadrat direkt in meinen Augen. Schritte kommen die Einfahrt herauf. Ich setze mich auf und sehe eine Frau in einem knappen blauen Kleidchen und fünf Zentimeter hohen Sandalen entschlossen an der Veranda vorbei und entlang dem von Zinnien gesäumten Steinpfad zur Tür von Sams Praxis im Souterrain gehen. Ich brauche eine Minute, um zu realisieren, dass ich nicht in meiner Einzimmerwohnung in der Stadt, sondern hier bin. Dass ich gerade aus einem Nickerchen aufgewacht bin, noch ganz verschlafene Augen habe und mich in Chestnut Hill, New York befinde. Und dass Sam unten bei der Arbeit ist.

Ich schaue auf meine Uhr – 16.16 Uhr – und lasse mich vom Sofa gleiten. Ich bleibe geduckt, bis ich das Fenster erreiche, und betrachte Sams letzte Patientin des Tages. Ende vierzig. Die Tasche ist aus echtem Leder. Die Föhnfrisur frisch.

Und jetzt ist es wieder an der Zeit für unser aller Lieblingsspiel: Erraten Sie die Probleme der Patientin!

Zwei Töchter im Teenageralter, denkt über eine Scheidung und eine Ausbildung zur Immobilienmaklerin nach.

Falsch! Eine Kinderärztin, kurz vor der Menopause, die immer noch ein Problem mit ihrer Mutter hat.

Ein Summen ertönt, und die Tür öffnet sich von innen. Sie tritt ein, und ich warte darauf, dass die Pforte wieder ins Schloss fällt, male mir aus, wie sie ins Wartezimmer tritt. Ich kann es mir genau vorstellen: Sam ist im Büro, die Tür ist verschlossen.

Sie setzt sich auf einen der vier weißen Ledersessel, legt ihre Tasche auf den gläsernen Beistelltisch neben den beiden ordentlichen *In Touch-* und *The New Yorker*-Stapeln. («Ihre Wahl sagt mir schon alles», scherzte Sam, als die ersten Exemplare in der Post lagen.) Eine Nespresso-Maschine steht auf der Anrichte; in kleinen Glasbehältern liegen Teebeutel sowie brauner und weißer Zucker. Sie wird sich fragen, ob sie noch Zeit hat, sich eine Tasse Earl Grey aufzubrühen. In diesem Moment öffnet Sam seine Bürotür, Punkt halb fünf.

Ich habe ihn einmal gefragt, worüber er mit seinen Patientinnen da unten spricht – wenn sie auf dem weichen beigefarbenen Sofa sitzen, er auf dem teuren Ledersessel, den er extra bei einer skandinavischen Firma mit einem seltsamen Namen bestellt hatte. «Na komm schon, nur einmal», neckte ich ihn. Es war Happy Hour, und ich hatte uns ein paar Drinks gemixt. «Mit welchen Problemen schlagen sich die reichen Damen von Chestnut Hill herum?»

Er lachte. «Auch wenn das enttäuschend ist, aber das ist vertraulich.»

Ich bleibe am Fenster stehen, betrachte den Vorgarten und die ordentlich beschnittene Hecke, die das Haus von der Straße abschirmt. *Mein* Haus, das Lawrence House, das edle viktorianische Gebäude, fünf Kilometer vom Stadtzentrum entfernt. Es hat einen spitzen Giebel und eine Veranda, die ganz um das Haus herum verläuft. Es ist eins von nur zwei Häusern hier in der Cherry Lane. Die Zufahrt verläuft über eine schmale Holzbrücke, die sich über den breiten Bach spannt, der neben dem Haus verläuft. Auf keiner offiziellen Karte habe ich seinen Namen gefunden.

Das Haus wurde von der Gründerfamilie der Stadt im Jahr 1854 gebaut – fünf Generationen von Millionären wurden genau hier in diesem Haus aufgezogen. Es hat ein riesiges Wohnzimmer, ein förmliches Esszimmer und eine Bibliothek hinter einer Schiebetür – vielleicht mein Lieblingsplatz im Haus. Darin gibt es passgenau eingebaute Mahagoni-Bücherregale, die bis zur Decke reichen. An das höchste Brett kommt man nur über eine Holzleiter an einer Schiene heran. So ein Unterschied zu der letzten Wohnung, in der ich gelebt habe: einer Einzimmerwohnung über einem Happy Chinese-Imbiss. Das pinkfarbene Neonlicht blinkte die ganze Nacht vor meinem Fenster.

Ich gehe zur Treppe, lasse meine Finger über das originale Eichengeländer streichen und zähle meine Schritte – zwölf nach oben, acht den Flur hinunter, an drei leeren Schlafzimmern vorbei zum Hauptschlafzimmer. In dem angrenzenden Badezimmer trete ich in die Dusche und stelle das Wasser an, woraufhin Leben in die alten Rohre kommt. Meine Laune hebt sich. Fünfundvierzig Minuten bis zur Happy Hour, dem Höhepunkt meines Tages. Ein starker Drink auf der Veranda, wenn Sam mit seiner Arbeit fertig ist – heute gibt es Wodka und Limonade, frisch aus den acht besten Zitronen gepresst, die ich aus dem klebrigen Kasten bei Farrells klauben konnte, Chestnut Hills jämmerlichstem Lebensmittelladen.

Sam wird mich fragen, was ich den ganzen Tag getan habe, wird mir Einzelheiten entlocken, mich dazu zwingen zu lügen (eine selbstgekochte Fischsuppe zum Mittagessen und eine Fahrt mit dem Fahrrad in die Stadt!), weil es mir zu peinlich ist, die Wahrheit zuzugeben (eine Stunde Shopping auf Amazon und weitere drei, in denen ich Produktrezensionen geschrieben habe!). Es ist ja nicht so, als hätte ich viel Auswahl. Ich bin ein Mensch, der gerne Listen führt, und ich habe auch dafür eine.

Wie ich meine Tage in Chestnut Hill verbringen kann: eine Liste

- Meinen Amazon-Rang verbessern. Unter den Rezensenten bin ich jetzt auf Platz neunundzwanzig, vielendankauch. (Ich gebe nicht an, das ist mein User-Name.) Kopf an Kopf mit Lola aus Pensacola, einer Frau, von der ich überzeugt bin, dass sie eigentlich aus dem Mittleren Westen kommt.
- Ein Ehrenamt übernehmen, damit Sam sich nicht mehr fragt, was ich den ganzen Tag hier mache.
- Die Tür von Sams Büro reparieren. Er beschwert sich immer darüber. Sie knallt jedes Mal so laut, wenn jemand kommt oder geht, dass seine Sitzungen gestört werden. Er sagt, dass er selbst eine Firma beauftragen will, aber ich habe ihm versichert, dass ich mich darum kümmern werde, dass es als Nächstes auf meiner Liste steht.

Aber ich habe keinerlei Absicht, mich darum zu kümmern, und es nie auf irgendeine meiner Listen gesetzt. Die Wahrheit ist, dass ich gerne in dem Wissen bin, dass er unten ist, dass ich nicht ganz allein hier bin und in einem Haus mit einer geschichtsträchtigen Vergangenheit umherstreife. Denn das ist noch so eine Sache an diesem Haus. Die letzte Besitzerin, eine ledige, siebenundsechzig Jahre alte Frau namens Agatha Lawrence, starb hier. Sie lag fünf Tage lang mit blauen Lippen auf dem Boden ihres Arbeitszimmers, bis sie von der Haushälterin entdeckt wurde. Die Geschichte ist in die Folklore der Stadt eingegangen: die wohlhabende alte Jungfer, die allein sterben musste, der schlimmste Albtraum einer jeden Frau. Es fehlen nur die neun Katzen.

Es ist kein Wunder, dass ich mit der Vorstellung haderte, den ganzen Tag allein hier zu verbringen. Sam hatte eigentlich vor, sich irgendwo (hier mit den Fingern Gänsefüßchen andeuten) «in der Innenstadt» ein Büro zu suchen, aber ich überzeugte ihn davon, sich sein Büro hier einzurichten, im Souterrain, in dem großen, luftigen Raum, der früher als Lagerraum genutzt wurde.

«Wir könnten die hintere Wand einreißen und stattdessen ein Panoramafenster einsetzen lassen», schlug ich vor und zeigte ihm die grobe Skizze, die ich gezeichnet hatte. «Hier würde dann das Wartezimmer sein.»

«Gute Idee», sagte er, nachdem er sich die anderen Angebote in der Stadt angesehen hatte. «Ich glaube, das ist es.»

Und wie es sich herausstellte, hatte ich *tatsächlich* recht; alles ist spektakulär großartig geworden. Ich konnte einen Bauunternehmer auftun, der (zu einem happigen Preis) bereit war, die Sache schnell durchzuziehen und den einst steril wirkenden Raum in ein wunderschönes Büro mit Fußbodenheizung, schicken Lichtinstallationen und einem bodentiefen Fenster umzuwandeln, das den Blick auf den hügeligen Garten und den Wald dahinter freigab.

Ich ziehe mich rasch an und eile die Treppe hinunter, weil ich das Zuschlagen von Sams Bürotür gehört habe. In der Küche mixe ich die Drinks. Als ich gerade die Haustür öffnen und auf die Veranda treten will, sehe ich die Patientin durch die Fensterscheibe, Ms. Knappes Kleidchen, wie sie in der Einfahrt herumlungert und auf ihr Handy starrt. Ich trete von der Tür weg und versuche, sie gedanklich dazu zu bringen zu gehen – *Hau ab, jetzt bin ich an der Reihe* –, und dann knallt Sams Bürotür erneut zu.

«Sie sind noch hier», höre ich Sam sagen.

«Entschuldigen Sie, ich bin von einer Arbeitsangelegenheit abgelenkt worden.» Ich gehe ins Wohnzimmer, um aus dem Panoramafenster zu schauen, von dem aus man auf die Veranda und die Auffahrt schauen kann. Dort sehe ich Sam und Knappes Kleidchen und bemerke ihren verträumten Gesichtsausdruck. Ich bin schon daran gewöhnt, wie die Frauen auf Sam und sein kantiges gutes Aussehen reagieren. Sein Gesicht könnte direkt aus einem Abercrombie & Fitch-Katalog stammen. «Es ist wirklich so schön zu sehen, dass dieses Haus wieder ein Zuhause ist, nach der traurigen Geschichte mit der letzten Besitzerin», sagt sie. «Und noch einmal danke für heute, Sam. Ich weiß gar nicht, was ich ohne Sie tun würde.»

Ich höre, wie ihr Auto leise piept, als sie es aufschließt, und warte, bis das Geräusch des Motors verklungen ist. Erst dann öffne ich die Haustür. Sam steht am Briefkasten und blättert durch den Stapel.

«Hallöchen, Herzensbrecher», sage ich. «Wie lief es heute?»

Er lächelt mich an, sodass das Grübchen sichtbar wird. «Langwierig», erwidert er. «Ich bin ganz schön erschöpft.»

Er steigt die Verandastufen empor und gibt mir die Briefe, die an mich adressiert sind. Ich reiche ihm sein Glas. «Worauf sollen wir heute Abend anstoßen?»

Er schaut zum Haus hoch. «Vielleicht auf neues Leben im Lawrence House?»

«Ja, das ist perfekt.» Ich stoße mit ihm an und lege dann den Kopf in den Nacken, um einen langen Schluck zu nehmen. Ich frage mich, ob er es auch spürt. Das Falsche an diesem Haus.

KAPITEL 3

Sam macht das Radio lauter. In der anderen Hand hält er eine Dose Brooklyn Lager. «Zweite Hälfte achtes Inning, zwei Spieler aus», murmelt der Moderator namens Teddy aus Freddy mit seiner langsam rollenden Aussprache aus dem Lautsprecher, die ihn in ganz Maryland bekannt gemacht hat. «Bo Tucker schafft es bis zur Basis. Schneller Wurf. Fliegt hoch zum rechten Feld. Und ... er ist aus.»

«Verdammt», schreit Sam und zerquetscht die Dose in seiner Hand, sodass lauwarmes Lager auf seinen Schoß spritzt. Das Spiel wird durch Werbung unterbrochen. Das Handy auf dem Beifahrersitz brummt. Eine Textnachricht von Annie.

Hallo, lieber Ehemann.

Er wechselt zur Stoppuhr auf seinem Handy – sechsundvierzig Minuten – und öffnet noch ein Bier. Plötzlich taucht eine Frau auf und geht auf Sams Auto zu. Er steckt die Bierdose, seine dritte in den letzten sechsundvierzig Minuten, zwischen seine Knie, und sie erschrickt, als er sie sieht, und packt ihre Tasche fester. Er kann es ihr nicht verübeln. Hier sitzt ein Typ, trinkt Bier und hört auf dem Parkplatz eines Altenpflegeheims einem Baseballspiel der unteren Liga zu. Er versteht, wie das aussehen muss.

Sie wirft ihm aus den Augenwinkeln im Vorbeigehen einen Blick zu, und Sam lächelt, ein schwacher Versuch, sie davon zu überzeugen, dass er nicht so unheimlich ist, wie es aussieht. Sie ist die Frau, die die Kantine leitet, Gloria irgendwas. Sie bereitet drei Mal am Tag weiches Essen und montags abends Fettuccine

Alfredo für die Bewohner des Rushing Waters Altenpflegezentrums zu, also für sechsundsechzig Bewohner, je nachdem, wer über Nacht gestorben ist.

Die Werbung endet, und die Hörer sind jetzt in der zweiten Hälfte des neunten Innings. «Was meint ihr, Keys-Fans?», fragt Teddy aus Freddy. «Reißen wir das Ruder noch herum?»

«Natürlich nicht», sagt Sam. «Wir haben seit drei Jahren nicht mehr gewonnen. Das weißt du, Dad.» Teddy aus Freddy ist ein Name, der absolut unsinnig ist – niemand nennt die Stadt Frederick in Maryland Freddy –, aber er ist hängen geblieben. Zwölf Jahre sitzt sein Vater, Theodore Samuel Statler, nun schon in der Kabine im Harry Grove Stadium und moderiert die Spiele der Frederick Keys, des schlechtesten Farmteams in der Geschichte des Baseballs.

Bevor Theodore Statler als Teddy aus Freddy bekannt wurde, kannte man ihn als Mr. S., den charmanten und gut aussehenden Mathelehrer an der Brookside High School, der seine Frau für das heiße Model auf Seite vierundzwanzig des Talbots-Katalogs von Juni 1982 verließ. Sie hieß Phaedra, der einzige Name, der noch blöder war als Teddy aus Freddy. Jemand aus dem Baseball-Team beschaffte sich den Katalog, in dem die neue Freundin von Sams Vater im Bikini am Strand saß, die Schenkel mit Sand bedeckt. Er wurde wochenlang im Umkleideraum herumgereicht, und alle gaben zu, dass die Mädchen darin vielleicht nicht so heiß waren wie die in der *Sports Illustrated*, aber immer noch ihren Zweck erfüllten.

Ted lernte sie am 6. September 1995 in Camden Yards kennen, an dem Tag, an dem Cal Ripken Jr. Lou Gehrigs Rekord an direkt aufeinander folgenden Spielen brach. Sams Großvater war in Baltimore aufgewachsen, und wie jeder Statler-Mann seit 1954 war auch Sam ein eingefleischter Orioles-Fan. Er verehrte Cal

Ripken, und die Eintrittskarten für das Spiel waren ein frühes Geburtstagsgeschenk von Sams Mutter Margaret – sein absolutes Traumgeschenk –, bezahlt mit dem Geld, das Margaret seit Monaten von ihrem armseligen Sekretärinnengehalt abgezwackt hatte.

Phaedra saß direkt vor Sam, und sie stieß ständig gegen seine Knie, wenn sie sich umdrehte, um über die Witze seines Vaters zu lachen, und dabei blockierte ihre hässliche Mütze mit den orange-schwarzen Puscheln Sams Sicht. Er fand es furchtbar, dass sein Dad dem Spiel kaum Aufmerksamkeit schenkte, und er fand es sogar noch furchtbarer, als er vorschlug, dass Sam und Phaedra die Plätze tauschen sollten.

Es stellte sich heraus, dass sie nicht nur weiße Zähne und lange Beine hatte, sondern auch noch Tupperware-Erbin war. Ted Statler hatte mit ihr eine geradezu unheimlich enge Verbindung, eine Erkenntnis, die er zwei Wochen später mit Sam und Margaret teilte, an Sams *eigentlichem* Geburtstag. Er stand auf, als Margaret gerade den Pepperidge Farm-Kokoskuchen anschnitt, als wollte er eine Hochzeitsrede halten. Sagte, er habe keine Wahl, er müsse einfach ehrlich zu sich selbst sein. Er habe seine Seelenverwandte getroffen und könne nicht länger ohne sie leben.

Das war im Jahr 1995, in dem das erste Klapphandy auf den Markt kam, im Jahr, bevor der Mindestlohn auf 4,25 Dollar angehoben wurde. Der Stundenlohn, den seine Mutter verdiente, nachdem Ted Statler seine Koffer gepackt und nach Baltimore gezogen war. In ein Penthouse am Hafen, das aus Tupperware errichtet worden war. Er hatte jetzt Zeit, herauszufinden, was er als Nächstes tun wollte, und zog sich dann den perfekten Job an Land: Er saß hoch oben in einer Glaskabine, um dem Spiel der Keys Farbe zu verleihen, und schaffte es dabei, heiter zu bleiben, obwohl sie drei Jahre lang jedes Spiel verloren, dieses Spiel eingeschlossen, das neun zu drei mit einem Aus im rechten Feld endet. Ted lädt seine Zuhörer ein, morgen Abend wieder einzuschalten, wenn die Mannschaft gegen die Salem Red Sox antritt. Sam schaltet das Radio aus und greift nach seinem Handy.

Hallo, liebe Ehefrau, schreibt er an Annie zurück.

Sofort erscheinen Pünktchen auf dem Display, ein Zeichen, dass sie etwas tippt, und Sam stellt sie sich zu Hause vor, mit Mehl im Gesicht, die geblümte Schürze so eng gebunden, dass sie ihre Taille betont, wie sie das Rachael-Ray-Rezept liest, das sie sich gestern Abend ausgedruckt hat. Bist du bei deiner Mom?, schreibt sie.

Er schaut zum Eingang des Pflegeheims. Eine Frau führt einen Mann mit einem Rollator durch die aufgleitenden Türen. Sam kann sich das Innere des Gebäudes gut vorstellen. Ein paar alte Leute, die auf den Sofas in der Lobby sitzen, ohne jeden Zweck, die Möbel, die in Uringestank mariniert sind. Er stellt sich seine Mom am selben Ort vor, wo sie beim letzten Mal saß: an einem kleinen Esstisch in der Ecke ihres Zimmers. Sie sah kein bisschen mehr so aus wie sie selbst.

Ja, ich bin bei meiner Mom, schreibt Sam Annie zurück. (Rein technisch gesehen.)

Wie geht es ihr?

Gut.

Wie lange bleibst du noch?

Sam schaut auf seine Stoppuhr. Neunundfünfzig Minuten. Nicht allzu lange.

Sag ihr, dass ich morgen vorbeikomme.

Morgen ist Annies Besuchstag. Sie gehen abwechselnd. Jeden Monat klemmt Annie einen Kalender hinten in seinen Terminkalender, den sie selbst am Küchentisch malt, indem sie mit einem Filzstift die Konturen eines Umschlages nachfährt und eine Tabelle hineinmalt. Die blauen Kästchen sind ihre Tage, die rosafarbenen Sams. (Annie mag es, Gender-Normen zu unterlaufen. Das ist ihr wichtig.)

«Findest du, wir müssen jeden Tag zu ihr gehen?», fragte Sam, als sie ihm den ersten Plan zeigte.

«Dass wir deine Mutter besuchen können, war doch der Hauptgrund, aus dem wir hierher gezogen sind», sagte sie. «Natürlich müssen wir sie jeden Tag besuchen. Sie braucht uns, Sam. Sie leidet unter Demenz.»

Frontotemporale Demenz oder Morbus Pick, wenn man genau sein will, was Sam gern ist. Die Krankheit ist durch auffällige Verhaltensänderungen und eine gewisse Enthemmung gekennzeichnet (der Versuch, den Kellner abzulecken), außerdem durch Veränderungen in zwischenmenschlichen Beziehungen (der Kassiererin zum Beispiel wiederholt sagen, sie sei ein Arschloch), und ist «eine wichtige Ursache für einen frühen Ausbruch der Demenz» (in ihrem Fall: im Alter von vierundsechzig). So hat es der Arzt Sam letztes Jahr erklärt, als er in einem kalten Büro im vierten Stock des St. Luke's Hospital neben seiner Mutter saß und es ihm die Brust zuschnürte.

Die Krankheit schritt schnell fort. Anfallartige Verwirrtheit, dann Ausbrüche bei der Arbeit. Zuerst waren sie nur leicht, aber dann kam der Tag, an dem sie ins Büro des Schulleiters Wadwhack (des traurigen Sacks) marschierte und ihm verkündete, wenn er nicht sofort zusammen mit ihr einen Hund adoptiere, würde sie die Schule niederbrennen. An diesem Tag verlor seine Mom, Mrs. S., ihren Job. Die liebste Schulsekretärin, die es je an der Brookside High gegeben hatte – viel zu gut für diesen Versager von einem Mathelehrer, der sie für ein Model verlassen hatte (aus dem Talbots-Katalog, aber trotzdem). Sam begann zu recherchieren und stieß schließlich auf dieses Heim. *Rushing Waters Elderly Care Center*: Versichert. Vertraut. Sechsundsechzig Einzelzimmer auf knapp dreieinhalb schattigen Hektar Land am Ende einer kurvenreichen Bergstraße außerhalb von Chestnut Hill, seiner mittelmäßigen Heimatstadt mitten im Staat New York, in der der größte Arbeitgeber eine mittelmäßige Privatuniversität mit fünftausend Studenten ist. «Chestnut Hill: Merken Sie sich das.» Das ist der Slogan der Stadt, der auf dem Ortsschild steht. *Merken Sie sich das.* Mehr ist ihnen nicht eingefallen.

Und doch ist er jetzt hier, der Junge, der nach zwanzig Jahren in der Großstadt wieder hierher gezogen ist. Es gibt sogar einen Artikel über ihn in der Lokalzeitung: «Zwanzig Fragen an Dr. Sam Statler.» Seine Immobilienmaklerin Joanne Reedy hatte das vorgeschlagen. Ihre Nichte schrieb die Kolumne in der Lokalzeitung, und Joanne fand, dass das gut für seine Reputation sei. Sam hatte sich die letzten Jahre sehr viel Mühe gegeben, ein netter Kerl zu sein, also stimmte er zu. Es stellte sich heraus, dass die Nichte ein Mädchen war, mit dem er in der Highschool geschlafen hatte, und so musste er eine Stunde lang mit ihr am Telefon über die alten Zeiten reden, bevor sie ihm eine lange Liste hirnrissiger Fragen zu seinen Interessen stellte. Seine Lieblings-Fernsehshow? (*West Wing*!). Lieblings-Drink für besondere Gelegenheiten? (Johnnie Walker Blue!)

Aufgrund des Mangels an Kunst und Unterhaltung erschien der Artikel auf der ersten Seite der Kunst-und-Unterhaltungs-Beilage, zusammen mit einem Farbfoto von ihm, wie er mit übergeschlagenen Beinen und im Schoß gefalteten Händen dasaß. *Der ehemalige Einwohner unserer Stadt (und notorische Herzensbrecher!) Sam Statler zieht wieder zurück. Aber freuen Sie sich nicht zu sehr, meine Damen! Er ist verheiratet!*

Annie heftete den Artikel an den Kühlschrank, sodass Sam

sein großes, blöde lächelndes Gesicht jedes Mal sah, wenn er die Milch herausholte. Das Gesicht des zauberhaften einzigen Sohns, der wieder in seine Heimatstadt zieht, um sich um seine geliebte angeschlagene Mutter zu kümmern.

Das ist die große Ironie an der ganzen Sache. Er ist angeblich extra in diese beschissene kleine Stadt am Fluss zurückgezogen, um sich um die Mutter zu kümmern, die ihr ganzes Leben ihm gewidmet hatte, und nun kann er es nicht über sich bringen. Tatsächlich hat er seit drei Wochen keinen Fuß in Rushing Waters gesetzt.

Er nimmt einen tiefen Schluck Bier und gibt sich Mühe, nicht darüber nachzudenken, aber wie bei allen Abwehrmechanismen funktioniert auch Verdrängung nicht immer zuverlässig, und die Erinnerung an seinen letzten Besuch kommt ihm sofort wieder in den Sinn. Er sah die Verwirrung in ihrem Gesicht, als er die Tür zu ihrem Zimmer öffnete, bemerkte die Augenblicke, die sie brauchte, um zu begreifen, wer er war. Ihre guten Tage wurden immer seltener; die meiste Zeit über war sie wütend und schrie das Pflegepersonal an. Er hatte ihr ihr Lieblingsmittagessen mitgebracht – Ziti mit Hackfleischbällchen von Santisiero's auf der Main Street, der Filiale, die es schon seit zweiunddreißig Jahren hier gab. Sie aß ihre Portion ziemlich unmanierlich und stellte ihm immer wieder dieselben beiden Fragen. Um wie viel Uhr ist Bingo, und wo ist Ribsy? Er erklärte, dass Bingo jeden Mittwoch und Freitag um vier Uhr in der Freizeithalle stattfinde, und Ribsy, der Spaniel der Familie, sei schon 1999 tot umgefallen – in derselben Woche, der kleine Scheißer, in der Sam zum College aufgebrochen war, sodass sie vollkommen allein blieb.

«Du bist genau wie er, weißt du?», sagte Margaret wie aus heiterem Himmel.

«Wie wer?», fragte Sam und riss das harte Ende vom italienischen Brot.

«Was glaubst du denn? Wie dein Vater.» Sie ließ ihre Gabel sinken. «Ich habe mein ganzes Leben lang versucht, das für mich zu behalten, und jetzt kann ich das nicht mehr.»

Das Brot blieb in seiner Kehle stecken. «Wovon redest du, Mom?»

«Du weißt ganz genau, wovon ich rede, Sam. Du bist selbstsüchtig. Egozentrisch. Und du behandelst Frauen wie Scheiße.»

Er musste sich vor Augen führen, dass nicht sie es war, die da sprach, sondern ihre Krankheit. Aber selbst jetzt noch hat er Schwierigkeiten, das Bier herunterzubringen, wenn er an ihren angeekelten Gesichtsausdruck denkt. «Und willst du ein kleines Geheimnis erfahren?» Sie senkte verschwörerisch die Stimme. «Du wirst sie ebenfalls verlassen. Deine nette neue Frau. Du wirst genauso werden wie er.»

Er schob seinen Stuhl zurück und ging aus dem Zimmer, aus dem Gebäude, auf den Parkplatz. Als er wieder zu Hause war, sagte er zu Annie, dass es ihm nicht gut gehe, und ging direkt ins Bett. Sally French, die Leiterin des Altenpflegezentrums, hielt ihn bei seinem nächsten Besuch zwei Tage später im Flur auf und bat ihn, in ihr Büro zu kommen.

«Ihre Mutter spricht nicht mehr», erklärte sie von der anderen Seite des Schreibtisches aus. Sie versicherte, dass das vermutlich nur ein vorübergehendes Krankheitssymptom sei. Aber es war nicht vorübergehend. Tatsächlich sprach Margaret Statler nie wieder ein einziges Wort. Keiner ihrer Ärzte hatte vorausgesehen, dass der Mutismus («die Unfähigkeit zum oral-verbalen Ausdruck», wie es in ihrer Krankenakte hieß) so früh kommen würde. Im Laufe der nächsten Woche hatte Sam sie angebettelt, doch bitte zu sprechen – *irgendetwas* zu sagen, damit jene nicht ihre letzten Worte sein würden.

Aber sie hatte ihn nur mit leerem Blick angesehen, und ihre Anschuldigungen hingen schwer zwischen ihnen. *Du wirst genauso enden wie er.* Und so tat er, was er immer tat, wenn das Leben sich anders entwickelte, als er es wollte: Er ging fort.

Er weiß, dass das feige ist, aber seitdem war er nicht mehr bei ihr im Pflegeheim – ein kleines Detail, das er Annie verschwiegen hat – und vermeidet stattdessen den herzzerreißenden Anblick seiner Mutter, indem er im Auto sitzt, Bier trinkt und sich fragt, wie lange er noch bleiben muss.

Er wirft einen Blick auf sein Handy – sechsundsechzig Minuten – und dreht den Schlüssel im Zündschloss.

Gut genug.

KAPITEL 4

Es ist offiziell. Ich bin zu Tode gelangweilt.

Es ist nicht so, dass ich mich nicht bemühen würde, denn das tue ich. Neulich, nachdem Sam nach unten zur Arbeit ging, zog ich mir etwas Vernünftiges an und fuhr zur Bäckerei, wo der Kaffee irgendwie verbrannt schmeckte und ich in der «Lifestyle-Boutique» nebenan eine Duftkerze mit Namen «Bookmobile» für achtunddreißig Dollar fand, und mehr musste ich nicht sehen. Chestnut Hill, New York: null Sterne.

Sam würde ich das natürlich nie sagen. Er ist hier gut angekommen, sein Business läuft bestens. Erst vor etwas über zwei Monaten hat er seine Praxis eröffnet, und schon sind seine Tage immer voller. Ehemalige New Yorker stehen Schlange, weil sie verzweifelt einen von ihnen brauchen, bei dem sie sich beschweren können. (Es schadet auch nicht, dass er so gut aussieht. Neulich ging ich durch die Gänge der Drogerie und hörte, wie eine Frau im Windelgang am Telefon über ihn sprach. «Er ist so süß, dass ich schon darüber nachdenke, eine Persönlichkeitsstörung zu entwickeln, um einen Termin bei ihm zu bekommen.») Abgesehen davon freue ich mich für ihn. Bereits beim ersten Kennenlernen erzählte er mir, dass er schon seit einiger Zeit davon träume – von einem stillen Leben, einer Privatpraxis außerhalb der Stadt. Er hat es sich verdient. Seit er vor zehn Jahren seine Promotion über die Psychologie von Kindheitstraumata abgeschlossen hatte, arbeitete er in der Psychiatrischen Abteilung für Kinder im Bellevue-Krankenhaus – ein sehr herausfordernder und schwieriger Job.

Inzwischen fühle ich mich minderwertig, wenn ich den ganzen Tag hier im Haus herumhänge. Ich habe nichts zu tun, außer die Pflanzen zu gießen. Weshalb ich beschlossen habe, produktiver zu werden, von heute an. Heute werde ich das angehen, worum ich schon seit Wochen herumschleiche: Agatha Lawrences Arbeitszimmer, der Raum, in dem sie an einem Herzinfarkt starb und in dem all ihre persönlichen Unterlagen liegen.

Das war der Deal mit diesem Haus. Es wurde in dem Zustand übergeben, in dem es war, und wie die Anwältin erklärte, die das Erbe von Agatha Lawrence verwaltet, bedeutete das, «alle Möbel und alle anderen Gegenstände von der vorhergehenden Besitzerin des Hauses Cherry Lane 11» zu übernehmen. Ich hatte nicht gewusst, dass das sechs Aktenschränke mit der gesamten Familiengeschichte der Lawrences bedeutete, die bis ins Jahr 1712 zurückging, als Edward Lawrence Chestnut Hill gründete. Ich habe ein paar Mal den Kopf in das Zimmer gesteckt und mir gewünscht, die Art Mensch zu sein, die die Papiere einer toten Frau einfach so wegwerfen kann. Aber das bin ich nicht, und jedes Mal, wenn ich die Tür wieder schloss, verschob ich mein Vorhaben auf einen anderen Tag.

Auf *diesen* Tag.

Ich habe die Pflanzen in der Küche gegossen und trage meinen Tee durch den Flur. Ich wappne mich innerlich, bevor ich die Tür öffne. Das Zimmer ist klein und schlicht. Aus dem Fenster kann man in den Garten blicken, der von einem Buchsbaum dominiert wird, der dringend zurückgeschnitten werden müsste. Ich werfe einen Blick in den leeren Schrank und streiche mit den Fingern über die gelbe Tapete. Es ist eine interessante Farbe – Chartreuse-Gelb, und das Muster scheint sich aus sich selbst heraus zu wiederholen. Agatha Lawrence mochte leuchtende Farben, und ich habe überrascht festgestellt, dass sie mir ebenfalls sehr gefallen. Ich habe hier bisher kaum Veränderungen vorgenommen. Apfelgrüne Wände in der Küche, leuchtendes Blau im Wohnzimmer.

Ich höre ein Summen und sehe ungefähr ein Dutzend winziger Motten, die gegen das Fenster fliegen und hinauswollen. Ich gehe durchs Zimmer und öffne es, vorsichtig, damit ich die in der Mitte gesprungene Scheibe nicht zerstöre. Noch etwas, worum ich mich kümmern muss. Ich scheuche die Motten hinaus und sehe, dass Sams Auto weg ist. Er ist vermutlich im Gym, in das er in der Mittagspause oft geht. Er kommt dann immer mit nassem Haar wieder.

Ich schaue mich um und denke nach. Ich könnte das Arbeitszimmer zu einem Gästezimmer umwandeln, aber was sollte das bringen? Oben gibt es bereits drei unbewohnte Schlafzimmer, und wer sollte mich hier besuchen? Linda? Ich bezweifle sehr, dass irgendwer aus der Stadt sich von dem Einkaufszentrum und den Zusätzen zum Ein-Dollar-Menü im Wendy's an der Route 9 hierher locken lassen würde.

Ich beschließe, die Frage zurückzustellen und mit den Papieren zu beginnen. Schnell begreife ich, dass diese Familie nichts so einfach weggeworfen hat. Originalgrundrisse des Lawrence House, entworfen von einem der seinerzeit renommiertesten Architekten. Zeitungsausschnitte, die bis ins Jahr 1936 zurückreichen, als Charles Lawrence ein Vertrauter Franklin D. Roosevelts war. Massenweise Skizzenbücher mit Zeichnungen stoischer Europäer, die mit durchgedrücktem Rücken auf der Veranda stehen. Die Familiengeschichte nimmt mich so gefangen – sie haben Millionen mit Erdöl und später mit Kunststoffen gemacht –, dass ich ein paar Minuten brauche, bevor ich das Geräusch bemerke, das aus einer der Kisten kommt, die ich in die Ecke des Zimmers geschoben habe.

Eine Stimme.

Ich höre auf zu lesen und lausche. Ich bilde mir das nicht ein. Jemand spricht.

Ich lege die Mappe ab, die ich durchgeblättert habe, und gehe zum Fenster. Vielleicht ist es die Nachbarin aus dem braunen Haus auf der anderen Seite der engen Brücke, dem einzigen anderen Haus in der Straße, die gekommen ist, um hallo zu sagen. Die mit dem welligen blonden Haar und dem merkwürdigen Hund, die ständig über die Hecken späht, um zum Haus zu schauen. Sidney Pigeon – sie heißt wirklich so wie die Taube. Ich habe einmal aus Versehen einen Brief an sie bekommen, irgendein Fake-Autoversicherungsangebot, und habe sie gegoogelt. Drei Jungs, deren Fotos sie auf Facebook zeigt. Aus dem Fenster eines der Schlafzimmer im oberen Stockwerk kann ich in ihren Vorgarten schauen, und ich habe sie dort schon mit ihrem Ehemann gesehen, wie sie ihm auf Schritt und Tritt folgt und zeigt, was noch zu tun ist, als hätte er gerade erst vor zwei Wochen seinen Job beim Baumarkt angefangen und sie wäre seine neue Vorgesetzte. *Und wenn du dann mit der Rasenpflege fertig bist, Drew, dann hätte ich im Sanitärbereich noch etwas für dich.*

Aber als ich hinausschaue, steht niemand auf der Straße, und ich sage mir, dass ich mir die Stimme eingebildet haben muss. Aber sobald ich mich wieder den Papieren zuwende, beginnt es erneut. Ich bewege mich ganz langsam vorwärts, näher an die Kisten heran, und die Stimme wird lauter. Ich hocke mich hin und lege das Ohr an die Pappe. «Es ist Zeit für die Lieferung des Tages», verkündet ein Mann aus dem Inneren. «Unsere Freunde von UPS überraschen einen glücklichen Fan mit einer Speziallieferung.»

Ich lache vor Erleichterung laut auf. Ein Radio in diesen Kisten muss sich irgendwie von alleine eingeschaltet haben. Ich zerre das feste Klebeband von der Kiste und öffne sie, dann durchwühle ich ihren Inhalt. Aber da ist kein Radio, auch nicht in der zweiten Box, die ich durchsuche, und dennoch kann ich die Stimme immer noch schwach hören. Ich schiebe die Kisten beiseite, und da sehe ich es, im Boden, dort, wo die Kisten standen: ein glänzendes Stück Metall. Eine Lüftung.

Ich beuge mich vor.

«José Muñez ist jetzt am Schläger, Silas James ist der nächste.» Eine Sportsendung im Radio? Ich hocke mich hin und lege die Hand auf den Mund. Dann verstehe ich. Ich kann hören, was unten in Sams Büro passiert. Ich stehe langsam auf und schaue aus dem Fenster. Sams Auto steht nun in der Auffahrt hinter meinem.

Ich bin wie erstarrt und weiß nicht, was ich tun soll, als ein roter BMW oben auf dem Hügel auftaucht und in die Einfahrt biegt. Eine Frau steigt aus. Es ist Catherine Walker, eine Patientin. Ich habe gehört, wie sie vor zwei Wochen nach ihrem Termin einen Anruf entgegennahm – sie ist die Sorte Frau, die statt hallo lieber ihren Namen sagt. Wenn man Google trauen kann, ist sie eine aufstrebende Künstlerin aus New York, eine Art Andy Warhol light, und wohnt in einem Haus, das schick genug ist, dass es ihr eine Homestory in *Architectural Digest* beschert hat (Wer hätte gedacht, dass sich Acrylgemälde von Lippenstiften so gut verkaufen?).

Catherine ist heute leger gekleidet: schwarze Leggings und ein weißes Hemd, Ankle Boots mit Absatz. Ich weiche vom Fenster zurück und drücke mich an die Wand. Ich weiß, was ich tun sollte. Ich sollte den Lüftungsschlitz bedecken und mich wieder ans Putzen machen. Dann sollte ich Sam später, bei der Happy Hour, davon erzählen. *Ich dachte schon, ich wäre verrückt geworden, weil ich Stimmen hörte, aber dann merkte ich zum Glück, dass sie von unten aus dem Büro kamen. Wir müssen das reparieren.*

Ich krempele die Ärmel hoch und wende mich wieder der Mappe zu, die ich vorher durchgeblättert hatte – finanzielle Dokumente aus dem Familienunternehmen –, da höre ich das leise Summen von Sams Türklingel. Einen Moment später knallt die Haustür zu.

Ich zögere. Ich sollte wirklich gehen und mich mit etwas anderem beschäftigen. Aber stattdessen lege ich die Mappe wieder hin, schleiche leise zum Lüftungsschlitz und knie mich daneben.

«Hallo, Catherine», sagt Sam. Seine Stimme ist so klar wie der Tag. «Kommen Sie doch rein. Setzen Sie sich, wohin Sie mögen.»

Ich lege mich auf den Bauch und halte das Ohr an den Lüftungsschlitz.

Nur ein paar Sekunden. Nur dieses Mal.

KAPITEL 5

Es klingt, als fühlten Sie sich besser, zumindest kreativ gesehen», sagt Sam. Er schlägt die Beine übereinander und wirft einen Blick auf die Uhr auf dem Fußboden neben dem Sofa. Sie steht dort, damit die Patienten sie nicht sehen können. Noch sechs Minuten.

«Ja. Dieser Ort hat einfach gute Energien», sagt Christopher. «Irgendetwas daran löst mich.» Christopher Zucker. Anfang dreißig. Kreativchef in einer neuen Design-Firma, die in die ehemalige Papiermühle am Fluss eingezogen ist. Er war zu Sam gekommen, nachdem sein Arzt ihm empfohlen hatte, mit jemandem über seine Angstzustände zu sprechen. Die letzten zwölf Minuten der Sitzung hat er damit verbracht, Sam zu erzählen, wie er im Coffee Shop im Erdgeschoss seines Bürogebäudes gearbeitet hat, um seine kreativen Blockaden zu lösen. «Außerdem eine tolle Aussicht», sagt Christopher.

Sam nickt. «Hat eine Terrasse zum Fluss hinaus, oder?»

«Ja, aber ich meine die Mädchen. Da ist ein Yogastudio im ersten Stock. Wenn man im richtigen Moment da ist ...» Er zwinkert ihm zu – *Patient versucht, seine Angewohnheit, Frauen zu objektifizieren, durch Verbrüderung mit dem Therapeuten normal erscheinen zu lassen* – und spricht dann von Sofia, dem einundzwanzig Jahre alten tschechischen Model, das er online kennengelernt hat. Sam nickt und zwingt sich, ein kurzes Aufwallen von Ärger zu akzeptieren. Er begreift, dass es seine Ursache darin hat, dass Christopher und Annie gleichzeitig in diesem Coffee Shop gewesen sein müssen. Annie hat neulich diesen

Coffee Shop erwähnt und ihm gesagt, sie habe nach einem Lauf am Fluss entlang dort zu Mittag gegessen, und Sam stellt sich vor, wie Christopher sie von Kopf bis Fuß musterte, und dann Annies verächtlichen Blick. (Sie hat diesen Typen bestimmt *schrecklich* gefunden – seinen Bemerkungen über Frauen und seinem Roller für Erwachsene nach zu schließen.)

Sam muss aufpassen, dass er seine Gedanken nicht schweifen lässt – es ist manchmal schwierig, Christophers Erzählungen zu folgen, und er muss sich konzentrieren, um aktiv daran teilzunehmen –, aber bevor er sich versieht, ist er wieder bei Brooks Brothers in Lower Manhattan, um vier Uhr an einem kalten Nachmittag letzten Herbst, wo er Annie zum ersten Mal gesehen hat, wie sie in ihren engen Jeans und einem Tweed-Blazer am Krawattenständer stand.

«Lassen Sie mich mal raten», sagte sie, als er zu ihr trat, um sie zu fragen, ob sie wisse, was «Cocktailkleidung» bedeute. «Sie sind ein ganz böser Junge, der jetzt zu einem coolen, zugänglichen Akademiker geworden ist, der gern Band-T-Shirts trägt, aber natürlich nur ironische. Sie spielen mit Ihren nicht-akademischen Kumpels Basketball in Ihrer Mittagspause, um danach Tapas und Whisky mit Ihren Kollegen zu sich zu nehmen. Sie sind zu einer Hochzeit eingeladen – seiner zweiten –, irgendwo südlich der Fourteenth Street, und jetzt brauchen Sie ein Jackett dafür.» Sie zeigte in den hinteren Teil des Ladens. «Warten Sie in der Umkleidekabine auf mich.»

Sie brachte ihm fünf verschiedene Anzug-und-Hemd-Kombinationen, acht unterschiedliche Krawatten und einen klassischen marineblauen Blazer. Sie wartete vor der Umkleidekabine, während er sich umzog, stand neben ihm vor dem großen Spiegel, strich ihm Fussel von den Schultern und glättete die Falten in seinen Ärmeln.

Er kaufte alles, was sie vorschlug. «Das war mehr, als ich in meinem ganzen Leben für Kleidung ausgegeben habe», sagte er, als er sie nach dem Bezahlen hinten bei den Krawatten fand. «Sie sollten eine Gehaltserhöhung bekommen.»

«Oh, ich arbeite gar nicht hier», sagte sie. «Mein Freund hat bald Geburtstag. Ich bin hier, weil ich ihm eine Krawatte kaufen will.» Dieser Freund war schon eine Stunde später Geschichte, ungefähr zu der Zeit, als Sam und Annie bei ihrem zweiten Drink in der Bar gegenüber saßen, wo Sam sie über ihr Leben ausfragte, alles über ihre Kindheit in Maine erfuhr, wo sie in einem Haus aufgewachsen war, das ihr Vater – schon lange verstorben – selbst gebaut hatte.

Sie war sein Date für die Hochzeit in der nächsten Woche und nach einem Jahr schon seine Frau. Sie heirateten im Garten ihres neuen Hauses, an dem Tag, an dem sie den Vertrag unterschrieben hatten. Annie Potter, eine Frau wie keine andere. Brillant, lustig, aufregend wie der Teufel. Er kann es immer noch nicht glauben, dass er sie überzeugen konnte, mit ihm nach Chestnut Hill, New York zu ziehen. *Bezaubernd*, das Wort hatte sie benutzt, als sie zum ersten Mal hierher kamen, neunundneunzig Minuten im Zug von New York hierher.

«Wusstest du, dass das Petroleum genau hier in Chestnut Hill erfunden wurde?», hatte sie gefragt und ihn am Ärmel gezupft, um ihm die Plakette zu zeigen, die er neben der Eisdiele noch nie bemerkt hatte.

Und sie findet es hier immer noch bezaubernd. Sie geht sogar gern seine Mutter in Rushing Waters besuchen. Dort hat sie eine Liste der Geburtstage der Bewohner angelegt, kauft bei Mrs. Fields im Einkaufszentrum tellergroße Kekse für sie und kommt dann nach Hause, um ihm zu sagen, dass es richtig war, hierherzuziehen, um Margaret zu helfen.

Seine Mom hatte unrecht. Er würde sie niemals verletzen.

Der Gedanke wird vom Geräusch eines Handys unterbrochen, und er spürt, wie sich sein ganzer Körper anspannt, als er merkt, dass es *sein* Handy ist, das in der Innentasche seiner Sportjacke klingelt. Christopher verstummt mitten im Satz – *Was zum Teufel hat er da gerade gesagt?* –, und Sam greift peinlich berührt in seine Tasche. «Tut mir leid», sagt Sam. «Normalerweise denke ich daran, das Ding auszuschalten.» Er sieht die 1-800er Nummer, wieder irgend so eine Kreditkartenfirma, schaltet das Handy dann auf stumm und steckt es wieder in die Tasche. Er gibt Christopher ein paar Minuten, damit er zu Ende erzählen kann, was er begonnen hatte, und setzt sich dann zurecht. «Sieht so aus, als wäre unsere Zeit um», sagt er.

«Schon?», sagt Christopher, macht aber keine Anstalten aufzustehen. Sein Gesichtsausdruck verändert sich. «Weil es da nämlich noch etwas gibt, was ich gern besprechen würde.»

«Oh?», macht Sam.

«Ein Mädchen bei der Arbeit hat mir sexuelle Belästigung vorgeworfen.»

Sam muss sich zurückhalten, um nicht laut loszulachen. Es kommt oft vor, dass ein Patient ein derartiges Thema zwischen Tür und Angel anschneidet. Er redet die ganze Stunde lang über etwas enervierend Langweiliges wie über das Pro und Contra von selbst aufgegossenem Kaffee im Gegensatz zu Kaffee aus Maschinen, um dann kurz vor Ende der Stunde – Bäm! – die Bombe platzen zu lassen, praktisch mit der Hand auf der Klinke, und dann zu gehen. Er muss noch in der Praxis aussprechen, was er auf dem Herzen hat, will aber die Reaktion des Therapeuten nicht hören. «Na, das klingt aber wie etwas, worüber wir beide sprechen sollten», sagt Sam. «Nächsten Mittwoch?»

«Klingt gut.» Christopher klatscht sich auf die Schenkel, und sie stehen auf. «Dann bis nächste Woche», sagt er. «Wie immer zur selben Sendezeit.»

Sam schmeichelt Christopher jedes Mal, wenn er das sagt, mit einem Kichern, zu dem er sich zwingen muss. Die Tür knallt laut hinter ihm zu. *Diese beschissene Tür.* Sam nimmt sein Handy heraus, und das üble Gefühl in seinem Bauch wächst, als er die Nachricht abspielt. Er hatte unrecht. Es war nicht eine Kreditkartenfirma, sondern die Bank, bei der sie ihren Kredit aufgenommen haben. Er löscht die Voicemail, ohne sie sich anzuhören. Es wird alles gut werden. Die Anrufe, die er nicht annimmt. Die Bank. Die Kreditkartenfirmen. Er muss ihnen nur noch eine Woche lang ausweichen, nur bis er Zugang zum Geld seines Vaters bekommt.

Sam ist aus Versehen auf den Brief von seinem Vater in der Küchenschublade seiner Mutter gestoßen, als er dabei war, das Haus zu verkaufen. Sie hatte schon ein paar Monate in Rushing Waters gelebt, als er ihn fand, getippt auf dem teuren Briefpapier, das sein Vater für die Briefe benutzte, die er Sam ein paar Mal im Jahr schickte. Auf dem oberen Rand war sein Name eingeprägt. Abgesehen von einem Anruf ungefähr einmal im Jahr war das die Essenz ihrer Beziehung. Jeder Brief war getippt, und Sam stellte sich vor, wie sein Vater ein paar Sätze in ein Diktiergerät sprach und es dann seiner Sekretärin übergab. «Machen Sie mir das mal eben fertig, okay, Schätzchen?»

Er setzte sich an den Küchentisch, denselben Tisch, an dem er damals das allerschlimmste Stück Pepperidge Farm-Kokoskuchen seines Lebens heruntergewürgt hatte, und versuchte zu verstehen, was er da las. Der Brief war an seine Mutter adressiert. *Da gibt es etwas, was ich sagen muss, Maggie.*

Auf drei Seiten erklärte der Brief das Bedauern, das sein Vater in den letzten zwanzig Jahren gefühlt hatte – wie schwer es für

Ted gewesen war, damit zu leben, was er der Familie angetan hatte. *Ich verstehe, warum du nicht mit mir sprechen wolltest, als ich es versucht habe, aber ich möchte, dass du weißt, dass die Tatsache, dass ich meinen Sohn kaum kenne, der größte Schmerz in meinem Leben ist.*

Und dann kam Sam zur letzten Seite mit der großen Enthüllung. Ted und Phaedra hatten sich scheiden lassen, und man hatte ihm eine beträchtliche Summe Geldes gezahlt. Er wollte, dass Margaret die Hälfte davon bekäme. *Zwei Millionen Dollar*, schrieb Ted und erklärte, er habe das Geld bereits auf ein Konto auf Margarets Namen in der NorthStar Bank überwiesen. *Bitte sei in dieser Sache nicht so stur. Gib das Geld aus, wofür du möchtest, für dich und für Sam. Du hast hart gearbeitet, um unseren Sohn aufzuziehen, und ich kann dir das niemals zurückzahlen.*

Margaret schaute fern, als Sam sie am nächsten Tag besuchen kam. Er sah schon an ihrem Blick, dass ihre Verfassung stabil war. «Mom, was ist das hier?», fragte er sie.

Ihr Gesicht wurde ganz rot, als sie den Brief sah, sie war peinlich berührt, wie damals, als sie Sam in der Garage mit einem Exemplar des *Hustler*-Magazins erwischt hatte. Er hatte behauptet, es in der Schule gefunden zu haben, weil es ihm zu peinlich war, ihr zu gestehen, dass sein Vater es ihm gegeben hatte; dass Ted Sam seine Ausgaben weitergegeben hatte, seit Sam zwölf war.

«Setz dich», sagte Margaret und nahm ihm den Brief aus der Hand. «Wir müssen reden.» Und schon war er wieder ein Kind, und sie hatte wieder diesen Blick, den sie immer hatte, wenn sie sich so sehr bemühte, zu ihm durchzudringen, dem einzigen Mann, den sie noch hatte. Aber diesmal interessierte es ihn wirklich, was Margaret sagte. Die ganze Sache machte sie so wütend, gestand sie. Ted Statler, der ernsthaft glaubte, er könne alles, was er angerichtet hatte, einfach so wiedergutmachen, indem er ihr Geld hinterherwarf – Geld, für das er nichts getan hatte. Sie war so wütend, dass sie praktisch durch die zusammengebissenen Zähne sprach, was Sam absolut spannend fand. Ihre Mutter war wütend auf Ted Statler, den größten Drecksack der Welt. *Endlich.* «Weshalb ich dir das ganze Geld gebe», schloss sie ihre Tirade.

Er konnte es kaum glauben, dass das hier seine Mutter war, dieselbe Frau, die ihr ganzes Leben so ein Fußabtreter gewesen war. «Was?»

«Ich habe dir schon mal Handlungsvollmacht gegeben», sagte sie. «Du bekommst alles, was ich habe, einschließlich des Geldes deines Vaters.»

Auf dem Weg zurück nach New York musste er den Brief wohl zweihundert Mal gelesen haben. Zuerst war er wütend. Seine Mom hatte recht, diese Sache war genau so scheinheilig und manipulativ, wie man sie von Ted Statler erwarten würde, einem Mann, der sich in den letzten Jahren nicht mehr als ein paar Mal dazu herabgelassen hatte, seinen Sohn anzurufen, einem Mann, der glaubte, alles könne mit einem Federstrich vergeben sein.

Aber dann begann Sam darüber nachzudenken, was er sich mit dem Geld seines Vaters würde leisten können – ein einfacheres Leben, ein wenig Luxus. Er war nach zehn Jahren auf der Psychiatrischen Kinderstation im Bellevue Hospital, auf der er Studienanfänger unterrichtete und irreversibel gestörte Kinder behandelte, reif für eine Veränderung. Und plötzlich gefiel ihm die ganze Sache. Bei ihrer zweiten Verabredung erzählte er Annie die Geschichte, die ihm weise riet, so lange zu warten, bis seine Mutter ihm die Vollmacht unterschrieb, ehe er sein Geld ausgab, aber das war gar nicht so leicht. Sam konnte das Geld weder ablehnen noch die Vorstellung ertragen, es zu besitzen.

Also gab er es anfallsweise aus. Mit jedem Kauf versuchte er, das Grinsen aus Ted Statlers Gesicht zu wischen. Kaum hatte er angefangen, konnte er nicht mehr damit aufhören – und er kaufte die dümmsten Dinge. Einen Eames-Chefsessel aus poliertem Aluminiumguss, mit Bremsrollen? Danke, Dad! Einen Lexus 350 mit Ledersitzen und automatischer Zündung? Danke, Dad! Er lebt luxuriös auf Kredit, den er sofort ablösen will, sobald seine Mutter ihm das Geld überschreibt, und das kann jeden Tag so weit sein, wie Sally French, die Direktorin von Rushing Waters sagt.

Aber das war vor drei Monaten, und seine Mutter hat die Dokumente immer noch nicht unterzeichnet. «Wir arbeiten daran, Sam», versichert ihm Mrs. French immer wieder. (Sie hat auch gesagt, er solle sie Sally nennen, aber sie hat neben ihnen gewohnt, als er noch ein Kind war, und er bringt es nicht über sich, sie zu behandeln, als wäre sie so alt wie er.) Margarets Zustand hat sich schneller verschlechtert, als alle erwartet hatten, und sie ist gesetzlich verpflichtet, einige Tests zu absolvieren, um zu beweisen, dass sie die Papiere im Vollbesitz ihrer geistigen Kräfte unterzeichnet. Sie versagt dabei immer wieder.

Er versucht, sich keine Sorgen zu machen. Es wird alles gut werden. Sie wird die Tests bestehen, und er wird die Handlungsvollmacht übertragen bekommen. Das Geld wird auf sein Konto überwiesen, und er wird den Schuldenberg begleichen, den er angehäuft hat, Dutzende Rechnungen, die er hier in seiner Schreibtischschublade gesammelt hat, damit Annie sie nicht entdeckt. (Es gibt keinen Grund, sie unnötig zu belasten. Es wird ja alles gut!)

Es klingelt an der Tür, und er steckt die Rechnungen zurück in die Schublade. Er atmet tief durch und drückt auf den Knopf, um die Tür zu öffnen.

«Hallo», sagt Sam und begrüßt die Patientin, die neben dem Sofa steht. «Kommen Sie doch rein und setzen Sie sich, wohin Sie mögen.»

KAPITEL 6

Ein durchschnittliches Weibchen kann zwischen 500 und 600 Eier legen», lese ich angeekelt auf der Website. «Der Totenkopfschwärmer ist braun-gelb und trägt eine Zeichnung in Form eines Totenschädels auf dem Körper, die dem Schmetterling seinen Namen gibt.» Ich sehe mir die Illustration genauer an und frage mich, ob das die nervigen Dinger sind, die aus Agatha Lawrences Kisten kommen und sich durch die Leinenwäsche fressen. «In vielen Kulturen gilt der Totenkopfschwärmer als böses Omen, und...»

Da draußen ist jemand. Ich spähe aus dem Fenster. Es ist Sam, der auf der untersten Stufe der Veranda sitzt und liest. Als ich die Haustür öffne, um mich zu ihm zu setzen, steht er schon wieder, das Buch unter den Arm geklemmt.

«Mist», sage ich. «Ich wollte gerade eine Tasse Kaffee mit Ihnen trinken, Herr Doktor. Komme ich zu spät?»

«Ja, ich muss wieder runter. Wollte zwischendurch noch etwas lesen.»

«Welches Buch denn?», frage ich.

Er hält es in die Höhe. «‹*Sie*› von Stephen King. Die Geschichte ist echt krank.» Er senkt die Stimme. «Da wir gerade von krank sprechen – zurück an die Arbeit.»

Ich werfe ihm einen neckischen Blick zu und sehe zu, wie er den Pfad entlanggeht. Dann lege ich den Riegel vor und gehe wieder ins Arbeitszimmer. Er hat recht: zurück an die Arbeit.

* * *

Ich kenne seine Angewohnheiten auswendig:

Er macht sich im Wartezimmer eine Tasse Kaffee.

Geht zu seinem Schreibtisch und schaltet das Radio ein, um sich von den Politiknachrichten der *Morning Edition* runterziehen zu lassen, während er auf seine erste Patientin wartet.

Es klingelt, und er geht zum Schrank, in dem sein blaues Sportjackett von Brooks Brothers hängt.

Jackett an, Radio aus, die Tür öffnet sich.

«Guten Morgen», sagt Sam.

«Hallo Sam.» Es ist Hacken-Holly, die pünktlich zu ihrem Zehn-Uhr-Termin kommt. Sie ist die Entwicklungsleiterin von Meadow Hills, einem privaten Internat, das etwa vierzig Kilometer nördlich liegt. Sie hat kürzlich ihre Lebenslust verloren.

«Kommen Sie doch rein und setzen sich, wohin Sie mögen», sagt Sam. Er sagt das oft. Die Patienten selbst aussuchen zu lassen, wo sie sitzen wollen, gehört zu seiner Arbeit (Ich habe viel über Therapietechniken gelesen, und die Leute in der Branche würden sagen, dass die Reaktion der Patienten darauf ziemlich aufschlussreich ist).

Holly setzt sich ans andere Ende des Sofas, so weit entfernt von Sams Sessel wie möglich (und direkt unter den Lüftungsschlitz). Die meisten Patienten setzen sich dorthin. Nur die Frau des Apothekers setzt sich ans entgegengesetzte Ende.

Holly öffnet ihre Tasche. «Ich brauche eine Minute, um mich einzurichten», sagt sie.

Sie hat ein gesundheitliches Problem, ein Tarsaltunnelsyndrom. Dadurch fühlen sich ihre Fersen taub an. Zur Behandlung muss sie mindestens drei Mal täglich die Fußsohlen mit zwei harten, stacheligen Bällen massieren. Was käme da gelegener, als es während der fünfundvierzig Minuten der Therapiestunde zu tun, in der sie, wenn man die letzte Stunde als Beispiel nehmen kann, über ihre siebzehnjährige Tochter Angela jammern wird.

«Heute Morgen hat mich Angela gefragt, ob sie diesen Jungen mit in unseren Urlaub nehmen kann», fängt sie an. Bingo. «Dieser Junge» ist der Freund ihrer Tochter und auch schon zweiundzwanzig.

Holly weiß erst von der Beziehung, seit sie sich vor ein paar Wochen den Wecker auf vier Uhr morgens gestellt und in Angelas Zimmer geschlichen hatte, um in ihrem Handy herumzuschnüffeln. Sie entdeckte ihre Textnachrichten sowie ihren heimlichen Instagram-Account, der, um ehrlich zu sein, tatsächlich ziemlich schlimm ist. Ich habe ihn mir angesehen. Der Account ist privat, und ich musste einen Fake-Account anlegen, in dem ich so tat, als wäre ich eine nachdenkliche, aber attraktive Siebzehnjährige, deren Foto ich aus dem Facebook-Account eines Mädchens in Brisbane, Australien kopiert hatte. Es klappte: Angela nahm meine Anfrage am nächsten Morgen an, sodass ich Zugriff auf alle zweihundertundsechs Fotos hatte, die beweisen, dass sie und «dieser Junge» einander wirklich *sehr* mögen.

Um eins klarzustellen: Ich weiß, dass es nicht richtig ist, was ich da tue (z. B. ständig Sams Therapiesitzungen zu lauschen, und zwar im letzten Monat fünf Tage die Woche), aber wer würde das nicht tun? Diese Dinge, die ich da gehört habe. Der impotente Freund der Lippenstiftmalerin! Das nachlassende Interesse der Apothekersfrau am Apotheker! Die Düstere Schulleiterin, die ich oft beim Einkaufen sehe, und ihre existenzielle Angst. Wie soll ich da mit der Lauscherei aufhören?

Und ich bin nicht nur an ihnen interessiert, sondern auch an ihm, dem Therapeuten. Zuzuhören, wie er mit seinen Patienten spricht – wie gut er mit ihrer Verletzlichkeit umgeht, sein *Mitgefühl* – ich kann einfach nicht aufhören. Und nur, weil etwas nicht richtig ist, bedeutet es noch lange nicht, dass es *falsch* wäre. Es ist ja nicht so, dass ich Kinder in Käfige sperren würde. Tatsächlich glaube ich, dass das, was ich da tue, gut ist für Sams Patienten, noch eine Dosis positive Energie, denn ich drücke absolut allen die Daumen.

Na ja, allen, außer Christopher Zucker, Vice President der Idioten des Dingsbums-Unternehmens, in dem er genug verdient, um eine halbe Stunde damit zu verbringen, über seine blinde Verehrung für David Foster Wallace zu schwafeln. Skinny Jeans, das ist mein Spitzname für ihn, seit ich ihn aus Sams Büro in diesen lächerlichen 300-Dollar-Diesel-Jeans habe schlendern sehen. Er ist Sams einziger männlicher Patient, genau die Sorte Mann, die ich schon immer gehasst habe. Ein hübscher Junge mit einer Model-Freundin. Seine heißt Sofia mit einem *F*. Sie ist Tschechin und, wenn man Skinny Jeans glauben will, der Hammer im Bett. Osteuropäerinnen seien bekannt dafür, erklärte er und schob es auf «die ganze kommunistische Unterdrückung», und ich musste mich mit aller Disziplin davon abhalten, nicht durch den Lüftungsschlitz zu schreien und ihn daran zu erinnern, dass die Tschechische Republik seit 1989 eine Demokratie ist.

Sam und Hacken-Holly sprechen eine Weile miteinander – ihr Mann sagt, sie sei zu streng mit Angela, aber er hat eben keine Ahnung, wie es heutzutage da draußen in der Welt ist –, als es unten plötzlich ganz still wird.

«Neulich Abend ist etwas passiert», sagt Holly. «Ich habe gerade Abendessen gemacht, und da kommt mir plötzlich aus heiterem Himmel diese Erinnerung in den Sinn. Meine Mom, wie sie nachts ausging und Jill und mich allein zu Hause ließ.»

«Wie alt waren Sie da?»

«Sechs vermutlich. Was bedeutet, dass Jill drei gewesen sein muss. Ich sehe es so deutlich vor mir. Wie wir morgens aufstanden und das Haus leer vorfanden. Wie ihr Bett noch unberührt war. Ich hatte solche Angst.»

«Was glauben Sie denn, wo sie war?»

«Ich habe keine Ahnung.»

Sam wartet einen Moment lang ab. «Wie oft ist das denn passiert?»

«Ganz sicher mehr als einmal.» Sie klingt jetzt angespannt. «Ich habe Jill neulich angerufen und sie gefragt, ob sie sich auch daran erinnert. Aber sie weiß nichts mehr davon.»

«Haben Sie Ihre Mom danach gefragt?»

«Nein. Ich habe Angst, dass ich es mir nur eingebildet habe.»

«Warum sollten Sie sich so etwas einbilden?», fragt Sam.

«Sie sind doch der Psychologe. Sagen Sie es mir.»

«Gut. Also, Sie haben es sich nicht nur eingebildet. Vermutlich ist es eher ein Erlebnis, das sie schon damals in dem Moment verdrängen mussten. Sie mussten ja mit der Angst zurechtkommen, dass Sie und Ihre Schwester allein im Haus waren. Als Ältere hatten Sie die Verantwortung, was Ihre Angst noch verstärkte. Es ist ganz natürlich, dass das Gehirn sich in traumatisierenden Momenten wie diesem quasi abkoppelt und die Erinnerung verdrängt, damit es keinen Zugang zu ihr hat.»

«Traumatisch?» Ihre Stimme klingt nervös. «Ist das nicht ein bisschen viel?»

«Nein, ich glaube nicht.» Sam schweigt einen Moment, und als er weiterspricht, ist sein Tonfall ein wenig sanfter. «Ich habe den größten Teil meiner Karriere auf dem Gebiet der Kindheitstraumata gearbeitet, und glauben Sie mir, Traumata können auf ganz unterschiedliche Weise entstehen.»

Ich kann mir gut vorstellen, wie er jetzt aussieht. Ganz entspannt auf seinem Sessel, die Beine übereinander gelegt, die Finger zu einem Dach vor dem Mund zusammengelegt.

«Lassen Sie uns ein wenig tiefer in Ihre Kindheit eintauchen», schlägt er leise vor. «Wie sah es in Ihrem Zuhause aus?»

Ich schließe die Augen. *Mein Zuhause?*, frage ich. *Eine Katastrophe. Ich ging, sobald ich konnte.* Ich tue manchmal so, als säße ich da unten Sam gegenüber auf dem Sofa und würde Dinge gestehen, die ich ihm nie erzählt habe.

Ich sage es wirklich ungern, Doktor Statler, aber ich war nicht ganz offen zu Ihnen, würde ich sagen.

Inwiefern?

Insofern, dass ich nicht der selbstsichere Mensch bin, als den ich mich darstelle, der Mensch mit der sonnigen Vergangenheit und zwei liebevollen Eltern. Tatsächlich haben meine Eltern einander gehasst, und keiner von beiden konnte irgendetwas mit mir anfangen.

Ich will gern glauben, dass er nicht wütend werden würde. Dass er stattdessen vorschlagen würde, dass wir zusammen herauszufinden versuchen, warum ich das Bedürfnis hatte, ihn anzulügen. Nach fünfundvierzig Minuten würden wir dann beschließen, dass ich die Lügen selbst glauben wollte, die ich ihm erzählt habe. Tatsächlich wollte ich nie mehr, als Teil einer glücklichen Familie zu sein, weshalb ich mir eine alternative Realität ausgedacht habe.

Ich hatte eigentlich nicht vor, ihn anzulügen. Wenn es jemanden gibt, der dazu in der Lage ist, mit einer chaotischen Kindheit klarzukommen, ist es wohl der Mann, der der Koautor des Aufsatzes «Verdrängte Kindheitstraumata und Symptomkomplexität: eine Studie an 1653 Grundschülern», der im *Jour-*

nal of Personality and Psychology vom Januar 2014 erschienen ist. Aber dann lernte ich ihn kennen, und er war so erfolgreich und beeindruckend – ein Doktor, eine Dozentenstelle im Bellevue Hospital. Und was hätte ich da tun sollen – ihm die Wahrheit erzählen?

«Damit können wir arbeiten», sagt Sam. «Lassen Sie uns nächste Woche weiter darüber reden.»

Erschrocken öffne ich die Augen und werfe einen Blick auf die Uhr, die neben mir auf dem Boden steht. Es ist 10.46 Uhr. Die Sitzung mit Hacken-Holly ist schon eine Minute vorbei. Meine Gedanken sind vollkommen abgeschweift.

«Das ist ja verrückt», sagt Holly mit einem kleinen Lachen und klingt dabei ein bisschen weniger stumpf. «Als ich heute hierher kam, dachte ich, ich hätte überhaupt nichts zu erzählen.»

«Das sind immer meine Lieblingssitzungen», sagt Sam. «Ich weiß, dass das nicht einfach ist, aber es ist gut, wenn wir uns damit näher beschäftigen.»

Ich höre, wie Sam sie ins Wartezimmer zurückbegleitet, und frage mich, ob ich wohl je mutig genug sein werde, ihm die Wahrheit zu sagen und ihm endlich zu zeigen, wer ich bin.

Denn wenn ich das bei Sam nicht tue – bei wem dann?

KAPITEL 7

Sam ist ziemlich aufgelöst, als er das Auto parkt, weil er vierzig Minuten zu spät kommt, um sich mit Annie zu treffen. Sie kommt vom Besuch bei seiner Mutter. Er hat ihr vor einer halben Stunde eine Textnachricht geschrieben, dass eine Patientin zu spät gekommen und er auf dem Weg sei, aber in Wirklichkeit war er zu Hause und wartete auf die Post. Immer noch keine Papiere von Rushing Waters, immer noch keine Bestätigung, dass er die Vollmacht für die Konten seiner Mutter bekommt. Vier Jazzmusiker spielen in der Ecke, und ihre Musik macht die Kopfschmerzen schlimmer, gegen die er seit dem Mittagessen ankämpft. Er bemerkt den Kamin hinten im Zimmer, die Terrassentüren, die auf eine Steinterrasse hinausführen, auf der Lichter brennen und die ersten gefallenen Blätter liegen.

Sam kann es kaum glauben, dass hier früher das Howard Family Restaurant war, der schäbige Diner am Rande der Stadt, in dem sich nach der Schule alle trafen, wo die Mädchen Salem Slim Lights Kette rauchten und ihre Pommes in eine flache Schale mit Ranch Dressing dippten, während er sie beobachtete und überlegte, welcher er als Nächster nachstellen sollte. Jetzt ist es das Chestnut. Es gehört einem Typen aus Kalifornien, der sich auf dem Weg zu seinem ersten Michelin-Stern befindet. Das Hühnchen auf der Karte gibt es für 31 Dollar.

Sam schaut sich nach Annie um und betet zu Gott, dass keiner seiner Patienten hier ist. Eine Frau in einem marineblauen Hosenanzug, die ein Baby vor der Brust trägt, steht inmitten einer Gruppe Menschen im Esssaal.

Das muss sie sein: die Bürgermeisterkandidatin, die dieses Treffen organisiert hat. Die dreiunddreißig Jahre alte Mutter neugeborener Zwillinge. Sie will die erste Bürgermeisterin von Chestnut Hill werden. Annie hatte vorgeschlagen, sie dort kennenzulernen.

Sam ist nervös und geht zur Bar, um sich einen doppelten Whisky zu bestellen. Er bemerkt eine blonde Frau mit sehnigen Armen in einem schwarzen, ärmellosen Kleid, die ihn von der Bar aus mit einem schüchternen Lächeln beobachtet. Sam nickt ihr zu und schaut weg. Er weiß, dass eine Frau mit einem solchen Lächeln niemals etwas Gutes bedeutet. Dann entdeckt er Annie zusammen mit einem älteren Ehepaar an einem Tisch, auf dem eine Kaffeekanne steht. Sie trägt ein sackartiges Leinenkleid, das dennoch irgendwie ihre Kurven betont, und er spürt plötzlich die Hitze der letzten Nacht. Er war noch im Fitnessstudio, um den Stress loszuwerden – zwei Anrufe von Kreditkartenfirmen und ein Brief von einem Inkassounternehmen –, und das Haus war dunkel, als er zurückkam. Fünf Minuten später klingelte es an der Tür, und er öffnete. Annie stand auf der Veranda, sie trug knallroten Lippenstift. «Tut mir leid, dass ich störe», sagte sie mit diesem Blick. «Aber mein Auto hatte in der Nähe eine Panne, und mein Handy hat keinen Akku mehr. Dürfte ich vielleicht Ihr Telefon benutzen, um meinen Mann anzurufen?»

Sie trat ein, schaute sich um und lobte die schöne Inneneinrichtung.

«Das ist nicht mein Verdienst», sagte er. «Meine Frau ist diejenige mit dem Geschmack.»

Sie nickte, strich mit den Fingerspitzen über das Ledersofa, betrachtete das Bild über dem Kamin, das sie selbst einem Künstler in Bushwick abgekauft hatte, bevor sie aus New York wegzogen.

«Ich hatte so einen beschissenen Tag», sagte sie. «Würden Sie mir vielleicht einen Drink einschenken?»

Eine halbe Stunde später war sie nackt, sie schafften es nicht einmal mehr zum Bett.

«Die Jagd», so nennt sie es und zeigte ihm schon ganz am Anfang ihrer Beziehung, was sie damit meinte, schon auf der Hochzeit seines Freundes, für die er bei Brooks Brothers eingekauft hatte. Sie trat am Desserttisch an ihn heran, als der Abend sich schon zu seinem Ende neigte, und stellte sich ihm vor, als kennten sie sich nicht. Sie heiße Lily, sagte sie. Sie sei eine entfernte Cousine des Bräutigams, aus Boise angereist, wo sie Schafe züchtete und selbstgestrickte Mützen verkaufte. Er spielte mit und bot ihr an, sich mit ihr ein Taxi zu teilen. Sie plauderte mit dem Fahrer und sagte, sie sei noch nie in der Stadt gewesen, habe noch nie so viele Menschen auf einmal gesehen, wobei Sam seine Hand unter ihrem Rock hatte.

Es wurde bald zur Gewohnheit. Die heiße Kellnerin. Die Buchhalterin mit der dunklen Seite. Sie war erstaunlich gut darin: Sie überraschte ihn, dachte sich unterschiedliche Figuren aus und spielte sie perfekt, wobei sie Sam jedes Mal zu dem unausweichlichen Finale führte, zum atemberaubenden Sex, praktisch mit einer Fremden.

Annie Potter, seine ungeheuer sexy und brillante Frau.

Er wartet, bis das ältere Ehepaar geht. Dann geht er auf sie zu. «Tut mir leid, dass ich zu spät komme», sagt er und küsst sie.

«Bist du zu spät gekommen?», fragt sie und weicht seinem Blick aus. «Hab ich gar nicht gemerkt.»

«Geht es dir gut?»

«Ja.»

«Was ist los?»

«Nichts.» Sie schnappt sich ein Kanapee von einem Tablett, das ein Kellner vorbeiträgt. «Ich wünschte nur, ich wäre nicht mit einem Betrüger verheiratet.»

Er wirft ihr einen ungläubigen Blick zu. «Jetzt sag bloß, dass du noch wegen gestern Abend sauer bist.»

«Ich bin nicht sauer», sagt sie. «Aber ich bin nun mal eine englische Muttersprachlerin, und daher weiß ich eben, dass *Geocache* ein ausgedachtes Wort ist.»

«Annie.» Sam nimmt sie bei den Schultern und dreht sie zu sich um. «Schlag es nach. Im *Offiziellen Scrabble-Spieler-Wörterbuch*. Fünfte Auflage.»

Sie blinzelt ihn skeptisch an. «Woher weißt du das überhaupt?»

«Hab ich irgendwo gelesen. Es ist zum Wort des Jahres 2014 gekürt worden, in einem Wettbewerb. Es hat damals das Wort *Zen* geschlagen.»

«In einem Wettbewerb? *So* werden heutzutage neue Wörter zur Sprache hinzugefügt?» Sie beißt vom Kanapee ab, wobei ein wenig geschmolzener Brie auf ihrer Oberlippe hängen bleibt. «Reality TV. Gibt es irgendetwas, das es noch nicht zerstört hat?»

«Na ja, wenn du möchtest ...» Sam flüstert es in ihr Ohr. «Ich würde dich als Siegerin küren. Wir könnten irgendwo eine Besenkammer finden, und dann darfst du deinen Preis entgegennehmen.»

«Tut mir leid, Kumpel», murmelt Annie, jetzt ein wenig weicher. «Aber ich bin hierhergekommen, um meine Kandidatin kennenzulernen.»

«Hast du schon mit ihr gesprochen?», fragt er und wischt ihr mit dem Daumen den Käse von der Lippe.

«Ich möchte gern, aber ich weiß nicht, was ich zuerst tun soll auf diesem Meet-and-Greet», sagt Annie. «Soll ich sie erst treffen und dann grüßen?»

«Erst grüßen», sagt er.

«Nein. Das wäre doch ein Greet-and-Meet, und auf der Einladung steht eindeutig ‹Meet-and-Greet›.» Um sie herum wird es unruhig, und Sam dreht sich um. Die Kandidatin geht jetzt zur Bar und schüttelt den Anwesenden die Hände. «Jetzt geht es wohl los», sagt Annie, trinkt ihr Glas aus und gibt es Sam. «Wünsch mir Glück.»

Sam stützt sich mit dem Ellenbogen auf die Bar. Annie geht in den hinteren Teil des Raums und stellt sich an.

«Na, hallo, Nachbar.» Sie ist es, die blonde Frau, die er bemerkt hat, als er hereinkam. Sie kommt ihm irgendwie bekannt vor, und jetzt weiß er auch, woher. Sie ist die Nachbarin aus der Cherry Lane, die in dem braunen Haus wohnt und einen kleinen Hund hat. Sie hat ihm ein paar Mal aus ihrem Vorgarten zugewinkt, als sie in ihrem knallroten Mantel mit dem Logo der Universität Blätter harkte. The Big Reds. («Wie das Zimtkaugummi?», fragte Annie am Nachmittag des ersten Heimspiels. Sie bestand darauf, dass Sam und sie ihre Heimatverbundenheit zeigen und dabei sein sollten.)

«Sam Statler», sagt er zu der Frau und streckt seine Hand aus.

Sie reißt die Augen auf und lacht. «Du machst Witze, oder?» Sie sieht es ihm an, dass er das nicht tut. «*Ich* bin's», versetzt sie etwas beleidigt. «*Sidney.*»

Sidney? «Sidney Martin!» Jetzt weiß er es wieder. Der Sommer 1999. Ihr Keller, das Sofa mit dem kratzigen Bezug, und er, der inständig betete, dass ihr Vater, der fleischige Kerl mit dem Gartendienst, nicht ausgerechnet jetzt nach unten kommen würde, um sich aus dem Kühlschrank ein Bier zu holen.

«Ich heiße jetzt Sidney Pigeon», sagt sie und zeigt ihm ihren Diamantring. «Habe Drew geheiratet, aus dem Jahrgang 93. Jedenfalls habe ich den Artikel über dich in der Zeitung gelesen. Schöne Fotos.»

«Das war die Idee der Immobilienmaklerin», sagt er etwas befangen. «Sie sah es als förderlich für mein Business.»

«Na ja, es scheint ja zu funktionieren, wenn man nach den vielen Autos geht, die vor deinem Haus parken. Ich konnte es kaum glauben, als ich merkte, dass du es warst, direkt gegenüber in dieser großen Villa ...» Sidney wird von perlendem Gelächter hinter ihr unterbrochen und dreht sich um. Annie und die Kandidatin stecken wie alte Freundinnen die Köpfe zusammen. «Sieht aus, als hätte dich jemand eingefangen», sagt sie. «Wie lange bist du schon verheiratet?»

«Dreizehn Wochen.»

«Dreizehn *Wochen?*», sagt sie. «Na, das ist ja ganz genau.»

«Es ist uns wichtig», sagt er. «Wir feiern jede Woche.»

«Ach, wie niedlich. Ich dachte, du wärst immer noch Single und brächest Herzen.»

«Nicht mehr», sagt er. «Ich bin jetzt ein ganz anderer.»

«Natürlich», sagt sie in einem Tonfall, der ihm nicht gefällt. «Da wir gerade davon sprechen, erinnerst du dich ...» Sidney nickt in Richtung der hinteren Wand, wo die Toiletten sind, und ja, er erinnert sich. Die Damentoilette um drei Uhr morgens in der Nacht des Abschlussballs. Sie war noch nicht einmal seine Verabredung gewesen. «Jody spricht immer noch nicht mit mir», sagt Sidney und bezieht sich auf das Mädchen, das seine Verabredung *war*, auf das Mädchen, das sie erwischte. «Zweiundzwanzig Jahre, und sie wirft mir immer noch einen bösen Blick zu, wenn ich sie im Laden sehe. Sie *hasst* dich wirklich.»

«Wer hasst dich?» Eine Frau taucht neben ihnen auf. Sie ist in ihrem Alter, hübsch und hat zwei Gläser Wein in der Hand.

«Das hier ist Sam Statler», sagt Sidney und nimmt eins der Gläser.

«Sam Statler», sagt die Frau und nickt ihm zu. «Natürlich.» Sie streckt ihm die freie Hand hin. «Becky. Wir sind zusammen zur Highschool gegangen, aber du hast nie mit mir gesprochen.»

Sam tritt unbehaglich von einem Fuß auf den anderen und betet, dass Annie schnell wieder zurückkommt und ihn rettet. «Ich habe viele gute Dinge über dich gehört», sagt Sidney. «Es muss ja irre sein, den ganzen Tag die Geheimnisse anderer Leute zu hören.» Sie beugt sich vor. «Sag uns die Wahrheit. Was ist das Pikanteste, wovon dir ein Patient je erzählt hat?»

«Das Pikanteste», wiederholt Sam nachdenklich. «Vermutlich von einem Chili con Carne.»

Sie starren ihn einen Moment lang schweigend an und brechen dann in Lachen aus. Sidney gibt ihm einen Klaps auf den Arm. «Du bist immer noch so charmant, Sam.»

«Aber wirklich, oder?» Annie steht jetzt wieder neben ihm. Sam legt ihr erleichtert den Arm um die Schultern.

«Herzlichen Glückwunsch, dass Sie Mr. Heiratet-Ganz-Bestimmt-Nie an Land gezogen haben», sagt Sidney.

«Nein, das war nicht Sam», verbessert sie Becky. «Das war Mike Hammel. Sam war der Herzensbrecher der Klasse. Stimmt doch, Sam?»

«Das stimmt», sagt er und ist sich Annies Blick bewusst. «Und vergesst nicht, dass ich zwei Jahre hintereinander zum Ballkönig gewählt wurde.»

«Oh, bitte», flüstert Annie.

«Wie ist es denn so, mit einem Therapeuten verheiratet zu

sein?», fragt Sidney, an Annie gewandt. «Er liest in Ihnen doch bestimmt wie in einem Buch.»

«Ja, das tut er», antwortet Annie. «Aber es ist eins dieser Bücher, in denen die Frau verrückt ist und man ihrer Perspektive nicht trauen kann.»

Sie werden unterbrochen, weil jemand gegen ein Glas schlägt, und die Menge bewegt sich jetzt in den vorderen Teil des Raums, wo die Kandidatin spricht. «Hört mal, ein paar von uns treffen sich manchmal», sagt Sidney leise. «Wir nennen es den Dinner Club. Mandy, Ash. Du erinnerst dich an sie, Sam.»

Sam nickt, obwohl er nicht die leiseste Ahnung hat, von wem sie spricht.

«Ihr solltet auch mal kommen.»

«Das wäre doch lustig», sagt Annie. «Sam backt Kekse.»

Die Frauen lächeln und gehen zur Kandidatin, die um die Aufmerksamkeit ihrer Gäste bittet. Sam greift nach seinem Drink und bemerkt dabei Annies Gesichtsausdruck. «Was?», flüstert er. «‹Vermutlich von einem Chili con Carne›?»

«Das hast du gehört?», fragt er und lächelt schief.

«Ja, das habe ich gehört.»

«Das war doch lustig.»

Sie verdreht erneut die Augen und geht an ihm vorbei, direkt auf einen Mann mit einem Tablett voller Champagnergläser zu. «Na gut, Herzensbrecher. Wie du meinst.»

KAPITEL 8

Sam ist bei der Arbeit, und ich bin großartiger Stimmung. Die Nuschelzwillinge hatten heute Morgen in ihrer Sitzung einen großen Durchbruch, und ich könnte nicht glücklicher sein. Nuschelfrauchen wollte den Sommer in Spanien verbringen, aber Nuschelmännchen hat einen Auftrag angenommen, ohne ihr davon zu erzählen. Einen freien Designauftrag für Apple (zumindest glaube ich, dass er das gesagt hat; die beiden klingen, als hätten sie Murmeln im Mund). Er konnte das Angebot nicht ablehnen, und das führte zu einem Riesenkrach, der wiederum um zehn Uhr morgens zu einem Termin bei Sam und der Erkenntnis der schädlichen und tief verwurzelten Dynamik zwischen ihnen führte. Es hat alles damit zu tun, dass Nuschelmännchens Mutter so kritisch war, und man kann es nicht alles bis auf den Grund analysieren, aber wegen ihrer guten Nachrichten und des frischen Dufts des Herbstes in der Luft bin ich wunderbarer Laune.

Ich kann mich kaum noch an die ersten Tage erinnern, an die ersten Wochen nach dem Umzug hierher, als ich mich noch fragte, ob ich vielleicht einen schrecklichen Fehler gemacht hätte, indem ich mich für all das hier entschloss. In ein Fass ohne Boden von einem Haus zu ziehen. Die Stadt für diesen Ort hier aufzugeben. *Chestnut Hill, NY, wo einem jeder Tag wie ein Mittwoch vorkommt.*

Aber wenn der Mittwoch immer so ist wie der letzte, bin ich ganz dafür. An dem Tag fuhr ich mit dem Kofferraum voller Einkäufe um ein Uhr mittags von Farrell's los und entdeckte Sam durch das Fenster des Parlor. Ich parkte vor der Bank, schlich mich von hinten an ihn heran, als er an der Bar stand, ein Kreuzworträtsel löste und an einem Wasser mit Zitrone nippte. Wir genossen ein ruhiges Mittagessen. Er nahm das Fischsandwich, ich eine Auswahl mediterraner Köstlichkeiten. Das alles war so wunderbar entspannt, so anders als in der stressigen Stadt, wo es mir niemals eingefallen wäre, eine Vorspeise für zwanzig Dollar zu bestellen und mir keine Sorgen um gar nichts zu machen. Bis ich Sam erneut anlog.

Nicht zum ersten Mal fragte er, ob ich mal über meine längerfristigen Pläne nachgedacht hätte. Obwohl er sich Mühe gab, nicht vorwurfsvoll zu klingen, spürte ich doch die Botschaft, die darunter lag. *Wann fängst du endlich einmal etwas Sinnvolles mit deiner Zeit an?* Ich hasse es, mich dumm zu fühlen, also log ich. «Lustig», sagte ich und lächelte etwas ironisch. «Ich habe gerade heute ein Ehrenamt übernommen. Ich wollte es bei unserer Happy Hour erzählen.»

Stadtführungen bei der historischen Gesellschaft von Chestnut Hill, sagte ich breit lächelnd. Ich habe schon eine Weile darüber nachgedacht, ein Ehrenamt zu übernehmen (stimmt einigermaßen) und sei aus einer Laune heraus auf die Website der Gesellschaft gegangen (stimmt schon weniger, aber ist nicht völlig an den Haaren herbeigezogen). Ich habe den ehrenamtlichen Posten gesehen und beschlossen, mich dort zu bewerben (schlicht und ergreifend falsch).

Sam war höflich genug, nicht auf das hinzuweisen, was uns beiden klar ist: Ich bin *vollkommen* überqualifiziert für diesen (ausgedachten) ehrenamtlichen Posten. Aber wir einigten uns darauf, dass es immerhin eine Arbeit war, und um ehrlich zu sein, gefällt mir die Vorstellung, eine Busladung alter Jungfern aus Boston die Hauptstraße rauf und runter zu führen, auf alle

Läden unter neuer Leitung zu zeigen, die Annehmlichkeiten für die neuen Siedler aus der Stadt feilbieten. Bodenlampen aus der Mitte des letzten Jahrhunderts. Bauernesstische. Hamburger für achtzehn Dollar, die noch nicht einmal den Anstand besitzen, Pommes als Beilage zu haben.

Natürlich ist es eine schreckliche Angewohnheit, Sam anzulügen, aber es gibt Schlimmeres als drei Mal die Woche für zwei Stunden unter die Dusche und aus dem Haus zu gehen (das ist mein Dienstplan, Änderungen vorbehalten). Ich habe eine Liste der kulturellen Ziele angefertigt, die ich bei meinen Aufenthalten außerhalb des Hauses besuchen will, um etwas aus meiner Lüge zu machen. Damit fange ich genau jetzt an, um drei Uhr an einem schönen Mittwochnachmittag, meinem ersten Tag bei der «Arbeit»: der historischen Gesellschaft von Chestnut Hill. Es ist schließlich nur recht und billig, dass ich hier anfange, und meine Stimmung ist gut, als ich auf den Parkplatz vor dem kleinen weißen Häuschen fahre. Es wurde im Jahr 1798 erbaut und beherbergt eine Sammlung von Ausstellungsstücken aus der Zeit, in der Chestnut Hill noch für seine Ziegelei bekannt war, außerdem einige Artefakte aus dem Bürgerkrieg und eine ständige Ausstellung, in der es um die Lawrences geht, die Gründerfamilie der Stadt.

Ich parke neben dem einzigen anderen Wagen auf dem Platz, einem dunkelbraunen Buick, und erklimme die drei ausgetretenen Stufen. Der glatzköpfige Mann hinter dem Empfangstisch wirkt überrascht, mich hier zu sehen. «Kann ich helfen?»

«Ja, ich bin hier, um die Ausstellung zu besuchen.» Ich halte den Ausdruck von der Website hoch. «Die Lawrences: Chestnut Hills Gründerfamilie.» Ich kann nicht anders, ich muss mich vorbeugen und einen guten Ratschlag geben. «So ein Titel? Sie sollten vielleicht etwas kreativer werden.»

«Erster Stock», sagt er mit ausdruckslosem Gesicht. «Der Aufzug funktioniert nicht, benutzen Sie die Treppe.»

«Danke schön.» Ich nehme immer zwei Stufen auf einmal und freue mich darauf, etwas über die Familie zu erfahren, in deren Haus ich wohne – Chemiemagnaten, die ihr Vermögen darauf aufgebaut haben, die Erde zu verschmutzen. Ihren Bemühungen ist hier im ersten Stock ein Denkmal gesetzt: zweiunddreißig Leichtschaumtafeln, die dringend mal abgestaubt werden müssten.

Ich beginne bei der ersten Tafel. James Michael Lawrence, der sein Vermögen mit Öl machte, bevor er sich auf die Chemie verlegte.

Philip, ein großer Kunstmäzen.

Martin, der in Zeitungen investierte, und seine Frau Celeste.

Ich habe das Gefühl, sie alle persönlich zu kennen, seit ich mich durch Agatha Lawrences Papiere gearbeitet habe. James' Scharlach-Erkrankung. Martins zehrende Darmentzündung. Philips Bestreben, die Prohibition nach Green County zu holen.

Natürlich interessiert mich Agatha am meisten.

Die Leute hier glauben sie zu kennen: die alleinstehende siebenundsechzig Jahre alte Frau, die allein starb; die arme alte Jungfer oben auf dem Hügel. Aber das war sie gar nicht. Tatsächlich war sie womöglich die interessanteste Frau, auf die ich je gestoßen bin. Gestern, zwischen zwei Patienten, fand ich ihre Tagebücher, und die Persönlichkeit, die aus ihnen spricht, ist wirklich faszinierend. Sie war beinahe unverschämt unabhängig und schlau und gehörte zu den ersten Frauen, die 1969 in Princeton zugelassen wurden. Nachdem sie zum College gegangen war, sprach sie kaum noch mit ihren Verwandten, von denen die meisten standhafte Konservative waren. Als Textildesignerin bereiste sie die Welt, meistens allein. Ihre Arbeit wurde in Galerien in New York und London ausgestellt. Als sie die Nachricht erreichte, dass ihr Vater gestorben war, lebte sie mit einer Frau in San Francisco zusammen. Sie hatte gewusst, dass dieser Tag kommen würde, dass sie die Alleinerbin des Lawrence-Besitzes werden würde, und so kehrte sie in das Haus ihrer Familie nach Chestnut Hill zurück. Dort angekommen, überraschte sie alle, indem sie die Firma verkaufte und den größten Teil des Erlöses dazu verwendete, Land zu kaufen, das sie in eine Stiftung überführte, um so die Rolle ihrer Familie als über Jahrzehnte schlimmster Umweltverschmutzer im Staat New York wiedergutzumachen. «Giftspritzen», so nannte mein Dad Frauen wie sie, und das war ganz sicher kein Kompliment. Zu ehrgeizig, zu schroff. Aber ich bin verliebt. Am Ende der Ausstellung hängt ein Foto von ihr, das sie vor einer Staffelei im Wohnzimmer des Hauses zeigt. Darunter steht: «Agatha Lawrence starb im Alter von siebenundsechzig Jahren im Lawrence House. Sie war das letzte überlebende Familienmitglied.» Ich bleibe lange vor dem Bild stehen, gefesselt von ihrem neugierigen Gesichtsausdruck, dem leuchtend roten Haar, und ich frage mich, ob sie sich an ihrem Todestag wohl fürchtete, so allein in ihrem Arbeitszimmer.

Der Wecker an meiner Armbanduhr klingelt laut. Meine Happy Hour mit Sam beginnt in fünfundvierzig Minuten. Ich gehe zur Tür, weil ich mich darauf freue, nach Hause zu kommen und ihn zu sehen. Er wird alles von meinem Tag hören wollen.

KAPITEL 9

Sam geht in der Schlange einen Schritt voran, ganz aufgedreht. Die von seiner Mutter unterzeichneten Papiere, gedruckt auf Papier mit dem Briefkopf von Rushing Waters, hat er sich unter den Arm geklemmt. Eine Bankangestellte sitzt am Schalter – ein Mädchen in ihren Zwanzigern mit kastanienbraunen Locken und Sommersprossen. Sie kaut auf ihrer Unterlippe herum und wartet, dass die Frau vor ihrem Schalter ihre ATM-Karte aus ihrer Brieftasche holt. Sam tritt ungeduldig von einem Fuß auf den anderen. Es klingelt. Er macht einen weiteren Schritt nach vorn und räuspert sich.

«Ich bin gekommen, um ein Konto auf meinen Namen zu übertragen. Ich habe hier dieses Dokument ...» Er schiebt ihr den Brief zu.

«Da kann ich Ihnen helfen», sagt sie und schenkt ihm ein strahlendes Lächeln. Er hält seinen Blick auf ihr Gesicht gerichtet, weg von ihrer Bluse, wo die Knöpfe ein prachtvolles Tauziehen über ihren Brüsten veranstalten. *Lass das, Sam. Schau nicht dorthin.* Sie überfliegt die Dokumente und wendet sich dann ihrer Tastatur zu. «Haben Sie schon Ihr Halloween-Kostüm ausgesucht?», fragt sie, und ihre langen rosafarbenen Fingernägel klackern auf den Tasten.

Sam lächelt. Ihm liegt eine Replik auf der Zunge. *Nein, aber ich mag Ihrs. Die heiße Bankangestellte. Sehr schlau.*

«Noch nicht», sagt er stattdessen. In seinem Kopf ist er bereits auf dem Weg zum Parlor, wo er in zwanzig Minuten mit Annie verabredet ist. Sie weiß nicht, dass der Brief gekommen ist. Sie war nicht zu Hause, als die Post kam, und er hat den Brief noch am Briefkasten aufgerissen und gespürt, wie die Last auf seinen Schultern leichter wurde. Endlich. Ein Arzt der Einrichtung hatte einen Brief dazugelegt, in dem stand, er habe Margaret als im Vollbesitz ihrer geistigen Kräfte diagnostiziert. Erleichtert ging Sam mit dem Brief ins Haus und schrieb Schecks an die Kreditkartenfirmen. Dann rief er im Parlor an, um den Tisch ganz hinten im Restaurant und dazu eine Flasche von dem 2009er Château Palmer Margaux mit Noten von Graphit und Lakritz und einem Preis in Höhe von 150 Dollar zu reservieren.

Sam greift nach einem Mini-Snickers aus der Schale neben den Kugelschreibern. Ein Papier kommt aus dem Drucker. Das Mädchen legt es vor ihn hin. Er kommt sich sehr merkwürdig vor; bestimmt ist sie nicht an Menschen gewöhnt, die zwei Millionen schwer sind und einfach hier hereinspazieren. Aber ihr Gesichtsausdruck ist unbewegt, und das muss er ihr lassen: Sie ist ein echter Profi.

«Okay», sagt sie mit einem Zwinkern, als er unterschrieben hat. «Wollen Sie das in bar?»

Er lacht. «Auf jeden Fall. Vielleicht könnten Sie alles in ein paar große Müllbeutel stecken?»

Sie lacht mit und zögert dann verunsichert. «Sicher? Wollen Sie es in bar?»

«Nein», sagt er. «Ein Scheck wäre in Ordnung.»

Sie tippt weiter auf ihrer Tastatur. Er spürt, wie er immer aufgeregter wird.

«Gut, alles geregelt», sagt das Mädchen und schiebt ihm einen Scheck zu.

274,18 Dollar.

«Das kann nicht stimmen.» Er schaut zu ihr hoch. Panik

überkommt ihn, es fühlt sich an wie ein Adrenalinstoß. «Es ist doch … äh … mehr.»

Sie wendet sich wieder dem Bildschirm zu. «Lassen Sie mich schauen.» Sie fährt mit dem Finger eine Zahlenreihe entlang und kontrolliert die Summe. «Tut mir leid, Sie haben recht.» Er atmet erleichtert aus. «Ich hätte vorab erklären müssen, dass wir in letzter Zeit vier Dollar berechnen, wenn wir ein Konto schließen. Ich würde da gern etwas tun, aber leider ist die Summe schon im Programm.» Sie beugt sich vor und senkt die Stimme. «Banken, also echt. Die wissen genau, wie man den kleinen Mann aufs Kreuz legt. Jedenfalls erklärt das die Diskrepanz.» Sie schenkt ihm ein strahlendes Lächeln. «Kann ich Ihnen sonst noch helfen? Wir haben ein ziemlich gutes Kreditkartenangebot.»

«Nein, ich glaube, das wär's», sagt er mit bebender Stimme.

«Na, dann danke, dass Sie NorthStar-Kunde sind, und oh … hier.» Sie holt einen Lolli aus einer Schublade und schiebt ihn ihm zu. «Heute habe ich Geburtstag. Ich verschenke die hier.»

«Danke schön.» Er nimmt den Lolli, dreht sich um und schafft es gerade noch auf einen Sessel im Wartebereich. Er hat Schwierigkeiten zu atmen, seine Handflächen kribbeln. Er muss sich immer wieder sagen, dass das Gefühl zu sterben nicht echt ist. Er hat gerade eine Panikattacke. Was völlig unnötig ist, denn natürlich gibt es eine Erklärung für das hier. Es *muss* eine geben. Ein anderes Konto mit einer anderen Kontonummer vielleicht. Irgendetwas auf den Namen seines Vaters.

«Jetzt sieh mal einer an, das ist doch Sam Statler.» Die Stimme eines Mannes hinter ihm. *Nicht jetzt.* Er dreht sich um.

Crush Andersen. Jahrgang 93. Linebacker in der Auswahlmannschaft, bekannt dafür, Joey Amblins Herausforderung angenommen und sechs Liter Orange Crush bei einer Party getrunken zu haben, nachdem sie das Bundesstaaten-Finale verloren hatten. «Wie geht's, Mann?», fragt Crush, klatscht Sam ab und zieht ihn in eine ungeschickte Umarmung.

«Mir geht's gut, Crush, mir geht's gut.» Abgesehen von der ernsthaften Befürchtung, sich gleich übergeben zu müssen.

«Ja, Mann?», sagt Crush. «Was ist so los bei dir?»

«Ach, weißt du», sagt er. «Alles beim Alten.» Sam weiß nicht, warum er das sagt. Aber er ahnt, dass ein Typ wie Crush genau so etwas erwartet, wenn er diese Frage stellt, und dann erzählt ihm Crush, wie ihm hier neulich Jesse Alter über den Weg gelaufen ist, und was geht denn hier eigentlich ab, ist das etwa eine Art Klassentreffen in der NorthStar Community Bank? Sam gibt sich alle Mühe, Interesse zu zeigen – drei Jahre als stellvertretender Filialleiter, sechs als Rettungssanitäter bei der Feuerwehr –, aber er muss sich darauf konzentrieren, sein Mittagessen bei sich zu behalten. «Was ist denn mit dir?» Crush senkt die Stimme und verzieht das Gesicht. «Ist dein Dad immer noch mit diesem *Sports Illustrated*-Model zusammen?»

«Sie war ein Talbots-Model», verbessert ihn Sam. «Und nein, das hat nicht gehalten. Hör mal, Crush.» Sam nimmt Crush beim Ellenbogen. «Könntest du vielleicht mal überprüfen, ob es hier ein Konto unter seinem Namen gibt? Ted Statler.»

«Tut mir leid, Kumpel, die Information darf ich dir nicht geben», sagt Crush, beugt sich dann zu ihm und zwinkert ihm zu. «Aber lass uns das doch in meinem Eckbüro besprechen.» Er führt Sam in eine kleine Glaskabine, setzt sich hinter seinen Schreibtisch und fordert ihn mit einer Geste auf, sich auf den harten Plastikstuhl zu setzen. Crush klackert auf der Tastatur herum, und Sam sagt sich immer wieder, dass alles gut werden wird. Seine Mutter hat einfach einen Fehler gemacht. Das Konto läuft nicht auf ihren Namen, sondern unter dem seines Vaters. Es ist …

«Nein», sagt Crush. «Kein Konto irgendeines Statler, außer das deiner Mom.»

«Na gut.» Sam klatscht sich auf die Schenkel. «Danke für deine Hilfe.»

«Schön, dich mal wieder gesehen zu haben, Mann. Und hör mal, Kumpel. Ein paar von uns schauen sich am Wochenende das Spiel zusammen an. Du solltest auch kommen. Du bist dir für so etwas doch nicht zu schade, oder, Stats?»

Seine Knie fühlen sich an wie Pudding, als er aufsteht. «Nein, Crush. Auf keinen Fall, Mann. Natürlich bin ich das nicht.»

KAPITEL 10

Ich liege in der Badewanne. Die Schaumbläschen zerplatzen an meinem Hals. Mir ist kalt bis ins Mark. Alles ist kalt. Die Luft, das Wasser, Sam.

Seit drei Tagen ist er jetzt schon so. Mürrisch, kurz angebunden, und er zeigt null Interesse an meinem (erlogenen) Ehrenamt. Ich dachte, er wäre zumindest ein ganz klein wenig neugierig auf die interessanten heimatkundlichen Informationen, die ich erfahren habe, aber ich habe kaum ein halbherziges Grunzen geerntet, als ich ihn gestern Morgen fragte, ob er wisse, dass Chestnut Hill 1797 nur eine Stimme fehlte, um zur Hauptstadt des Bundesstaates gewählt zu werden. Und dann die Sache mit dem Post-it-Zettelchen. Es klebte an der Haustür, neongrünes Papier und fette Edding-Buchstaben, damit ich es auf jeden Fall sehe. *Bitte das Auto wegfahren. Die Patienten brauchen den Platz.*

Das war's. Er hatte nicht einmal den Anstand, die richtigen Satzzeichen zu benutzen. Es wäre auch alles gar nicht schlimm, wenn aus diesem Zettel nicht die gesamte Kommunikation des Tages bestanden hätte. Auch für unsere Happy Hour war er offenbar nicht in der Stimmung. Kopfschmerzen, hatte er behauptet. Ich empfahl zwei Gläser Wasser und eine erholsame Nacht und sagte lieber nicht, dass seine Kopfschmerzen vermutlich mehr mit den beiden Bierdosen zu tun hatten, die er, wie ich oben hörte, unten öffnete, wo er eine Stunde lang sitzen blieb, nachdem die Düstere Schulleiterin um halb sechs gegangen war, verzweifelt wie immer. Es schmerzt mich, es zu sagen, aber diese Seite an ihm habe ich noch nie gesehen, und ich mag sie auch nicht besonders: wenn er sich so schwermütig herumschleppt wie I-Aah von Winnie Puuh.

Aber selbst schuld. Ich habe beschlossen, mich von Sams Launen nicht runterziehen zu lassen.

Gründe, aus denen ich trotz Sams schlechter Stimmung fröhlich sein kann: eine Liste in absteigender Reihenfolge

- Es stimmt, was man sagt: Harte Arbeit zahlt sich aus. Gestern Morgen war ich auf dem fünfzehnten Platz aller Rezensenten auf Amazon (nimm dies, Lola aus Pensacola!).
- Es hat den ganzen Morgen geregnet, und ganz sicher taucht kein einziger erlogener Besucher auf, um an meiner erlogenen Führung teilzunehmen, sodass ich mir ruhig einen wohlverdienten Wellness-Nachmittag zu Hause gönnen kann. Was mich zum wichtigsten Punkt meiner Liste führt, dem besten Grund, aus dem ich heiter sein kann:
  President Josiah Edward Bartlet, die Ausgeburt der Anständigkeit.

The West Wing – im Zentrum der Macht, mein Gott. Es ist Sams absolute Lieblingsserie, und jetzt verstehe ich auch, warum. Ich hatte sie noch nie gesehen und beschloss, sie an diesem Morgen einzuschalten, als er zur Arbeit ging, und mir zumindest die erste Folge anzusehen. Drei Stunden später hätte ich nicht gefangener sein können von dem Konflikt zwischen Jed Bartlet, dem Präsidenten, und Jed Bartlet, dem Mann. Mit dieser Neuigkeit werde ich Sam heute Abend zur Happy Hour aufheitern.

Ich hab es getan, ich habe die erste Staffel geschaut. Es stimmt, die ist genial.

Ich ziehe den Stöpsel und stehe auf. Meine Haut prickelt in der kalten Luft. Ich greife nach dem Handtuch und sage mir, dass das, was Sam umtreibt, vermutlich nichts mit mir zu tun hat. Immerhin verhält er sich nicht nur mir, sondern auch unseren Patienten gegenüber merkwürdig. Abgelenkt, unkonzentriert. Gestern kam um ein Uhr eine neue Patientin namens Pamela – sie ist selbst Therapeutin und kommt aus einem Ort ungefähr dreißig Kilometer östlich von hier. Sie denkt darüber nach, ihren schwierigen Sohn in ein Internat zu schicken. Zwei Mal nannte er sie Marlene, dann verbesserte sie ihn, und uns dreien war es schrecklich peinlich, bis die Sitzung endlich zu Ende war.

Ich bürste mir vor dem Spiegel die Haare und bemerke die grauen Stellen, die mich daran erinnern, dass ich mich um sie kümmern muss. Das ist so eine Angst von mir: dass ich mich irgendwann genau so gehen lasse wie die Leute, die schon immer hier wohnen. Ich sollte mal etwas Mutiges ausprobieren – ein leuchtendes Rot vielleicht, wie Agatha Lawrence. Ich habe vier Schachteln mit ihrer Haarfarbe im Badezimmerschrank gefunden – Nice'n Easy im Farbton Feuerrot. Ich glaube, ich könnte mit roten Haaren gut aussehen. Ich trete zum beschlagenen Fenster und wische mit dem Daumen ein Guckloch frei, um zu Sidney, der freundlichen Nachbarin hinüberzuschauen. The Pigeon, die Taube, wie ich sie jetzt nenne, genau wie diese nervigen Vögel, die einfach nicht kapieren, wann sie einen in Ruhe lassen sollen. Sie ist einfach überall, sie ruft *Hallöchen* hinter dem Chipsregal in der Lebensmittelabteilung hervor; sie geht ständig mit diesem komisch aussehenden Hund auf der Brücke spazieren, so wie vor zwei Tagen, als Sam zufällig gerade draußen war und sie stehen blieb, um ihn mit ihrem Rehblick zu begrüßen.

Mein Instinkt hat mich nicht getrogen: Die beiden waren in der Highschool mal zusammen. Ich habe das bei der zweiten Station meiner kulturellen Schnitzeljagd herausgefunden, der Freien Bibliothek, wo ich das Regal mit den Jahrbüchern der Brookside High School fand, jedes einzelne Exemplar, seit die Schule im Jahr 1968 auf einem Kornfeld errichtet wurde. (Ich habe es übrigens gegoogelt: Der nächste Bach ist gute fünf Kilometer entfernt, warum die Highschool dann ausgerechnet Brookside, also «Bachufer» heißt, ist mir nicht klar.) Beinahe hätte ich die Jahrbücher mit dem Titel der Highschool auf dem Buchrücken gar nicht entdeckt, weil sie über dem Regal mit den Zeitschriften standen. Ich konnte nicht widerstehen, trug einen Stapel davon zu einem Holztisch und quetschte mich auf ein Kinderstühlchen, das daneben stand. Ich entdeckte Fotos von Sams Dad, dem auf eine solide Art gut aussehenden Mathelehrer; von Margaret, der von allen geliebten Sekretärin mit dem hübschen Lächeln; und dann von Sam selbst. Zum ersten Mal erscheint er auf Seite vierzehn der Ausgabe von 1995, mit ausgeprägten Wangenknochen und roten Lippen.

Stats, Statistik. So nannten sie ihn, und man muss nicht einmal die Schülerin sein, von der alle glaubten, dass sie mal in der CIA enden würde wie Becky Westworth aus dem 95er Jahrgang, um zu verstehen, dass sich das auf die Zahl der Mädchen bezieht, mit denen Sam geschlafen hat – eingeschlossen, wie es scheint, Sidney Pigeon, geborene Martin. Sie war ganz genau sein Typ: kurze Beine, mausbraunes Haar, ein bisschen dicklich. (Das ist natürlich ein Witz. Sie war hinreißend und dünn.)

Rauch dringt aus ihrem Schornstein, und eines der Fenster im ersten Stock ist erleuchtet. Ich stelle mir vor, wie sie in ihrem Wohnzimmer steht, die Morgensendungen schaut und ihre Wäsche zusammenlegt. Ich will mich schon abwenden, als ich das Auto in der Einfahrt sehe, das hinter Sams steht. Ein dunkelgrüner Mini Cooper mit einem weißen Rallye-Streifen, den ich hier noch nie gesehen habe.

Ich hänge das Handtuch wieder auf und ziehe den Morgenmantel an, den ich in Agatha Lawrences Schrank gefunden habe, als ich hier einzog (was soll ich sagen? Er stammt aus der Neiman-Marcus-Kaschmirkollektion). Ich weiß, dass ich den grünen Mini Cooper sofort vergessen und mich an meinen Plan halten sollte: das Bett frisch beziehen, *West Wing*, Folge sechs. Zwei Oreo-Kekse warten geduldig auf meinem Nachttisch auf mich. Aber ehe ich mich versehe, renne ich die Treppe hinunter und ins Arbeitszimmer, wobei ich auf den Holzstufen feuchte Spuren hinterlasse. Genau das, was wir hier brauchen.

Ein neuer Patient.

* * *

Die kalte Luft, die durch das gesprungene Fenster dringt, weht mir entgegen, sobald ich die Tür öffne und zwischen den Kisten auf den Teppich mit dem Smiley zugehe, den ich bei Urban Outfitters bestellt habe. Vermutlich war das gar nicht nötig, weil sich Sam nicht dafür interessiert, was in diesem Zimmer passiert, aber dann las ich die Beschreibung – *dieser Smiley-Teppich aus Plüsch verbreitet fröhliche Stimmung überall im Raum* – wie konnte ich ihn da nicht kaufen, um ihn auf den Lüftungsschlitz zu legen?

«Was hat das denn bei Ihnen für Gefühle hervorgerufen?»

«Es hat mir klargemacht, wie viel Macht ich habe.» Eine Frau mit einem Akzent. Französisch. Vielleicht auch Italienisch. «Man sollte meinen, es wäre umgekehrt gewesen, oder?»

«Wie meinen Sie das?», fragt Sam.

«Ich war damals siebzehn Jahre alt und schlief mit dem vierzig Jahre alten Vater, dessen Kinder ich babygesittet habe. In dieser Konstellation sollte eigentlich *er* die Macht haben, aber er hätte alles für mich getan, wenn ich gewollt hätte.»

Ausgeprägte Wangenknochen, kurzes, braunes Haar. Eine französische Natalie Portman. Ich mache das manchmal, dass ich mir nur anhand ihrer Stimme vorstelle, wie sie aussehen, und wer sie in einem Film darstellen könnte. Normalerweise brauche ich mindestens drei Sitzungen (Bei Hacken-Holly schwanke ich immer noch zwischen Emma Thompson und Frances McDormand), aber bei dieser hier kommt die Assoziation sofort. Eine düstere Natalie Portman, wie in *Black Swan*. «Und jetzt ist es mir zur Gewohnheit geworden.»

«Was denn genau?», fragt Sam.

«Männer zu manipulieren. Sie dazu zu bringen, dass sie tun, was ich will», sagt sie. «Man könnte es auch meine Superkraft nennen. Ich sollte mich als Superheldin bei Marvel bewerben, oder? Stecken Sie mich in einen roten Bodysuit und schauen Sie zu, wie ich die Schwächen der Männer ausnutze.»

«Ich sehe schon das Filmplakat vor mir», sagt Sam.

Sie kichern verschwörerisch, und ich merke, wie entspannt er klingt. Tatsächlich würde ich sagen, dass er seit Tagen zum ersten Mal wieder entspannt klingt.

«Ich kann mir überhaupt nicht vorstellen, mit jemandem zusammen zu sein, den ich *nicht* kontrollieren kann», sagt sie. «Wenigstens, was Männer angeht. Frauen sind da eine ganz andere Geschichte.»

«Treffen Sie sich zurzeit mit jemandem?», fragt er.

«Mit einigen», sagt sie. «Aber die meiste Zeit verbringe ich mit Chandler.» Ich muss mir den Mund zuhalten, um mein Lachen zu unterdrücken. *Chandler?* «Er ist der Grund, weswegen ich mit einer Therapie beginnen wollte.»

«Erzählen Sie mir von ihm», sagt Sam.

Sie seufzt. «Ich habe ihn im Spätsommer bei einer Ausstellungseröffnung in New York kennengelernt. Der Typ, mit dem ich gekommen war, ist ein ziemlicher Langweiler, und ich bemerkte Chandler an der Bar. Er ist unfassbar sexy. Sie wissen schon, so auf die Ältere-Typen-Art.»

«Das muss ich Ihnen wohl so glauben», sagte er. «Wie alt ist er denn?»

«Einundvierzig.» Sie kichert. «Tut mir leid. Hoffentlich sind Sie nicht beleidigt, wenn ich sage, dass einundvierzig alt ist.»

«Bin ich nicht, aber danke», sagt Sam.

«Jedenfalls ging ich zu ihm und unterhielt mich mit ihm. Fragte, ob ihm die Ausstellung gefiele. Und mein Gott, wie er mich ansah ...» Sie hält inne.

«Wie sah er Sie denn an?»

«Er hat mich mit seinen Blicken praktisch aufgefressen. Und er war darin völlig unverfroren.» Ihre Stimme wirkt jetzt abwesend, und ich stelle sie mir vor, wie sie lässig auf dem Sofa sitzt und durch das Fenster in den Garten schaut. «Ich masturbiere immer noch bei der Erinnerung daran.»

Ich zucke zusammen und frage mich, was er wohl von diesem Mädchen hält.

«Dann kam seine Frau zu uns und stellte sich vor. Sie hatte die Ausstellung kuratiert, und wir plauderten ein paar Minuten miteinander. Er ließ mich die ganze Nacht nicht aus den Augen, und bevor ich ging, schrieb ich meinen Namen und meine Nummer ins Gästebuch an der Tür.»

«Und?»

«Er schrieb mir nach noch nicht einmal einer Stunde eine Textnachricht und kam noch am selben Abend zu mir.»

«Ahne ich da ein ‹*Aber*›?»

«Zwei Tage später kam ich zu meiner Atelierstunde an der Uni, und er war der Professor. Ich hatte keine Ahnung, keiner von uns wusste das, aber am Ende der Stunde bat er mich, kurz zu bleiben.»

«Und das taten Sie?»

«Ja.»

«Und was hatte er Ihnen zu sagen?»

«Kein einziges Wort. Er schloss nur die Tür und drückte mich zu Boden», sagt sie. «Jetzt ist das ein Ritual am Ende der Stunde. Es sind noch vier andere Studenten in dieser Atelierstunde, und ich kann Ihnen überhaupt nicht beschreiben, wie unbeschreiblich diese Spannung zwischen uns während dieser Stunde ist.» Jetzt ist es still unten, und ich stelle mir Sam in seinem Sessel vor, wie er darauf wartet, dass sie weiterspricht. «Sind Sie jetzt abgestoßen, Doktor?»

«Abgestoßen?»

«Ja. Eine beeinflussbare Vierundzwanzigjährige, die mit ihrem älteren, verheirateten Professor schläft. Das verstößt sicher gegen eine Menge Regeln.»

«Was denken Sie denn über diesen Aspekt Ihrer Beziehung?»

«Mich erregt es unglaublich», sagt sie. «Tatsächlich erregt mich nichts mehr, als wenn ich mit einem Mann Grenzen überschreite.»

«Das würde ich gern weiter mit Ihnen besprechen», sagt Sam. «Aber leider sind wir schon fast am Ende der Stunde.» Ich werfe einen Blick auf die Uhr: 14.44 Uhr. Ihre Sitzung muss um

14 Uhr begonnen haben. Ich nehme das Notizbuch heraus, das ich in eine von Agatha Lawrences Kisten gelegt habe, setze ihren Namen auf die Liste – «das französische Mädchen» – und höre, wie Sam unten seinen Sessel zurückschiebt. «Mich interessiert, wie Sie sich heute hier gefühlt haben», sagt er. «Sie sagten am Telefon, dass Sie bisher noch nie in Therapie gewesen seien. Ich würde gern wissen ...»

«Es war großartig», sagt sie. «Sie sind jeden Cent wert.»

«Würden Sie gern noch einen weiteren Termin in dieser Woche machen?»

«Sie möchten, dass ich zwei Mal die Woche komme?»

«Das schlage ich allen neuen Patienten vor, zumindest für den Anfang.» Ich höre auf zu schreiben. Nein, das stimmt nicht. «Eine Therapie nützt denjenigen am meisten, die sich ihr ganz widmen, Charlie.» *Charlie*, kritzele ich in mein Notizbuch.

«Darf ich darüber nachdenken?», fragt sie.

«Natürlich.»

Sie stehen auf, und ich höre, wie sich Sams Bürotür öffnet. Ich warte, bis die Haustür ins Schloss fällt und ihre Schritte verklungen sind, dann stecke ich das Notizbuch wieder zurück in die Kiste und schleiche mich ans zerbrochene Fenster, um hinauszuspähen. Sie trägt eine Mütze mit Pelzrand und einen langen Wollmantel. Ich kann ihr Gesicht nicht richtig erkennen, als sie die Tür ihres Mini Coopers öffnet und sich hinter das Steuer setzt. Ich trete vom Fenster weg und schiebe den Smiley-Teppich wieder über den Lüftungsschlitz. Ich schnüre meinen Morgenmantel fester und schleiche mich mit mulmigem Gefühl im Magen leise aus dem Zimmer und wieder nach oben.

Bei dieser hier muss er aufpassen.

KAPITEL 11

Sam rennt mit aller Kraft so schnell er kann den Hügel hinauf. Er ist klatschnass vom Regen, seine Lungen brennen.

Weiterlaufen, sagt er sich. *Noch fünf Minuten bis nach oben.* Es ist so still hier, die einzigen Geräusche sind sein keuchender Atem und das Klatschen seiner neuen Spitzen-Laufschuhe auf dem kalten, nassen Asphalt. Er erinnert sich daran, wie es war, als er zum ersten Mal diese Straße entlanggerannt war, in der Nacht, in der sein Dad sie verließ. Seine Mutter saß noch am Esstisch, den kaum angerührten Kokoskuchen vor sich. Er rannte aus dem Haus, die Sackgasse mit den beschissenen Häusern mit den zwei Schlafzimmern entlang, hinauf in die Hügel. Albemarle Road. Schon der Name klang majestätisch, und er kam immer wieder zurück, bestrafte seinen Körper, stellte sich vor, wie es wäre, eines der großen Häuser mit den Dachluken unter einem Baldachin von Baumkronen zu besitzen, zweieinhalb bewaldete Hektar. Hier wohnten die reichen Leute. Heile Familien mit zwei Autos und einem Vater, der nicht das Mädchen von Seite vierundzwanzig im Talbots-Katalog vögelte.

Annie weiß, dass irgendetwas im Busch ist. Natürlich weiß sie das, sie ist ja nicht dumm. Er benimmt sich merkwürdig, seit er vor vier Tagen in der Bank war. Rief sie an, als er ging, sagte ihre Verabredung ab und dachte sich eine Geschichte über eine Patientin in der Krise aus, sagte, er müsse ein paar Telefonate erledigen. Dann saß er vier Stunden lang in seinem Auto auf dem Highschool-Parkplatz und dachte darüber nach, was er jetzt tun könnte.

Jetzt hört er, dass sich ein Auto nähert, und weicht an den Straßenrand zurück, wo ein flacher Graben verläuft. Er rennt weiter, seine Oberschenkel brennen, und sprintet die letzten Meter zum Kamm des Hügels hinauf. Er lässt sich keuchend auf den Boden fallen. Sein Handy liegt schwer in der Vordertasche seiner Laufjacke.

Tu es, Sam. Tu das, weswegen du hier bist. Ruf ihn an.

Sam öffnet die Tasche, holt das Handy und den Zettel heraus, auf der die Telefonnummer seines Vaters steht. Er musste eine Dreiviertelstunde in alten Handyrechnungen wühlen, bis er die Nummer fand. Es wird alles gut. Er wird seinem Vater sagen, was in der Bank passiert ist, und dann wird sein Vater alles wieder richten. Er atmet tief durch und wählt.

«Hallo?», meldet sich Ted Statler nach dem ersten Klingeln.

«Hallo, Dad.» In der Leitung wird es ganz still. Dann: «Bist du das, Sammy?»

«Ja, ich bin's», sagt er durch den Kloß in seiner Kehle hindurch. «Es sei denn, du hast noch ein Kind, von dem ich nichts weiß.»

Sein Vater lacht. «Na, das wäre ja was. Wie geht es dir, mein Sohn?»

«Gut. Tut mir leid, dass wir so lange nicht miteinander ...» Am anderen Ende der Leitung ist es unruhig.

«Rate mal, wo ich bin», sagt Ted.

«Ich habe keine Ahnung.»

«In dem Haus von Peter Angelos. Weißt du, wer das ist?»

Sam lacht. «Natürlich weiß ich, wer das ist. Ihm gehören die Baltimore Orioles.»

«Ganz genau, Sammy. Gut gemacht.» Teddy pfeift leise durch die Zähne. «Er hat einen Springbrunnen. Na, wie geht es dir denn so, mein Sohn? Tut New York dir gut?»

«Ich bin nicht mehr in New York. Ich bin vor ein paar Monaten zurück nach Hause gezogen.»

«Nach Chestnut Hill?» Teddy lacht ungläubig. «Warum das denn?»

«Mom ist krank», sagt Sam, dessen Körper schon ganz gefühllos vor Kälte ist.

Im Hintergrund ist Gelächter zu hören. «Was hast du da gesagt, Sammy?»

«Mom ist krank», wiederholt er, verärgert, dass sein Vater nicht aus dem Zimmer geht, um in Ruhe mit seinem Sohn zu reden, von dem er so lange nichts gehört hat. «Sie braucht Hilfe.»

«Das tut mir leid, mein Sohn.»

«Und ich habe geheiratet.»

«Geheiratet! Willst du mich auf den Arm nehmen?» Er jubelt laut. «Wie heißt sie? Es *ist* doch eine Sie, oder? Das weiß man heutzutage ja nie so genau.»

Sam zwingt sich zu einem Lachen, weil er weiß, dass sein Vater das von ihm erwartet. «Sie heißt Annie.»

Sam hört im Hintergrund gedämpfte Stimmen. «Oh mein Gott, Sammy. Du rätst nie, wer hier ist.»

«Peter Angelos?», rät Sam.

«Nein.» Teddy senkt die Stimme und flüstert: «Cal Ripken.»

Sams Gesicht wird ganz heiß. Cal Ripken, sein Held. Der Mann, der Vater und Sohn hundertzweiundsechzig Abende im Jahr zusammenbrachte. Jetzt, da er seinen Namen hört, ist Sam wieder zwölf Jahre alt. Seine Mom ist in der Küche und kocht Spaghetti-Soße für das Sonntagsessen. Im Haus riecht es nach Knoblauchbrot, und das Gesicht seines Vaters ist hochkonzentriert, als Nummer 8 aufläuft, der alte Iron Man selbst.

«Soll ich mit ihm reden?», fragt sein Dad.

«Willst du mich verarschen?» Sam steht auf und beginnt, die Straße auf und ab zu gehen. «Natürlich sollst du das. Das ist immerhin der verdammte Cal Ripken.»

«Der verdammte Cal Ripken», wiederholt sein Dad.

«Mit wem ist er denn gekommen?», fragt Sam.

«Weiß ich nicht», sagt er. «Er ist von so vielen Leuten umringt.»

«Na klar. Wie sieht er aus?»

«Gut», antwortet sein Dad. «Immer noch gut in Form. Und sieh mal einer an. Er ist mit so einer alten Tante gekommen. Das ist bestimmt nicht seine Frau.» Teddy kichert. «Erinnerst du dich noch, als wir dabei zusahen, wie er Lou Gehrigs Rekord brach?»

Sam bleibt stehen. «Ja, Dad. Ich erinnere mich.» Es war der Tag, an dem du *Phaedra* kennenlerntest. Der dümmste Name der Welt.

«Das war ein toller Tag, oder, Sammy?»

Sam lacht. «Ein toller Tag? Machst du Witze?»

«Alles okay, Sammy?»

«Ja, mir geht es gut», sagt er knapp. *Tu es, Sam, bring es hinter dich.* «Hör mal, Dad. Eigentlich rufe ich wegen des Geldes an, das du auf Moms Konto überwiesen hast. Ich war bei der Bank, und da gab es eine Diskrepanz …»

Im Hintergrund wird es immer unruhiger. Dann ertönt laute Musik.

«Hier geht es langsam los, Sammy. Ich muss auflegen. Kann ich dich später anrufen?»

«Später? Nein, Dad, ich brauche …»

«Wir wollen über den Winter wegfahren, in eines von Phaedras Häuser in der Karibik. Schön, was?»

Sam bleibt mitten auf der Straße stehen. «Wer wir?»

«Na, ich und meine Frau», antwortet Ted.

«Phaedra und du seid immer noch verheiratet?»

«Wovon redest du? Natürlich sind wir das. Es läuft sogar besser denn je.»

«Ich dachte, ihr hättet euch scheiden lassen. In dem Brief schriebst du …»

«Brief? Welcher Brief?»

«In dem Brief, in dem du von dem Geld schriebst. Auf deinem Briefpapier.»

«Keine Ahnung, von welchem Briefpapier du sprichst.»

«Dad», sagt Sam streng. «Die Briefe, die du mir geschickt hast. In denen du mich gebeten hast, dich anzurufen.»

«Tut mir leid, Sammy, bist du betrunken?»

«Betrunken? Nein …»

«Warte mal kurz», sagt Teddy. «Phaedra will kurz Hallo sagen.»

«Sam!» Ihre Stimme klingt rauchig und genauso blöd wie ihr Name. «Ich habe gerade mitgehört, dass du geheiratet hast, das ist ja echt ein Ding. Ich habe einen Brautschleierladen eröffnet. Ich hätte sie ausstatten können. Wenn du das nächste Mal heiratest, schick sie zu uns.»

Ted ist wieder am Telefon. Er lacht. «Wirklich schön, von dir zu hören, mein Sohn. Du solltest uns besuchen. Wir haben eine Menge Platz. Muss jetzt los. Pass auf dich auf.»

Die Verbindung bricht in Sams Hand ab, und langsam sickert die Erkenntnis in sein Bewusstsein.

Sein Vater ist nicht geschieden.

Was bedeutet, dass es auch keine Zahlung gab.

Was wiederum bedeutet, dass …

Es gibt kein Geld.

«Sie hat sich das alles ausgedacht.» Sam spricht die Worte laut aus.

Seine Mom hat sich das alles ausgedacht.

Sein Vater hat den Brief nicht geschrieben, den Sam gefunden hat. Und nicht nur das, es scheint, als hätte er nicht einen *einzigen* Brief geschrieben. Das Briefpapier. Die Versicherungen, dass sein Vater an ihn denke, dass er ihn liebe, immer die Aufforderung, ihn doch anzurufen, was Sam nie tat. Das war alles sie – Margaret. Die ganze Zeit. Sie wollte verzweifelt alles wiedergutmachen.

Das Handy in seiner Hand klingelt, und er schließt die Augen und erlaubt sich einen kurzen Moment der Hoffnung, dass es vielleicht Ted ist, der zurückruft, sich dafür entschuldigt, so ein Idiot gewesen zu sein, und fragt, ob Sam einen Stift bei sich hat. *Habe gemerkt, dass ich die Kontonummer falsch notiert habe, Sammy!*

Aber er ist es nicht, sondern eine unbekannte Nummer. *Schon wieder.* Der Typ vom Inkassobüro. Er sagt, sein Name sei Connor, aber er kann auf keinen Fall Connor heißen, weil er in Indien wohnt und zwei Dollar am Tag verdient, und Sam kann sich nicht vorstellen, dass dort viele Jungs Connor genannt werden. Er hat schon zwei Mal angerufen, immer unter derselben unbekannten Nummer.

«Hallo, Connor», blafft Sam ins Handy. «Wie nett, dass Sie wieder anrufen. Es sind schon fünf Stunden vergangen, und ich habe Sie schon vermisst. Außerdem weiß ich nicht, ob Sie das wissen, aber ich bin Psychotherapeut und möchte Ihnen doch sehr ans Herz legen, Ihr Leben gründlich zu überdenken, denn ganz im Ernst, dieser Job, den Sie da machen …»

«Sam?» Es ist die Stimme einer Frau.

«Ja?»

«Hier ist Sally French, von Rushing Waters.»

«Hallo, Mrs. French», sagt er und räuspert sich peinlich berührt. «Wie geht es Ihnen?»

«Mir geht es gut, Sam. Danke.» Sie schweigt kurz. Dann sagt sie: «Geht es Ihnen denn auch gut?»

«Ja, alles gut.» *Nein, ich habe das Gefühl, die Kontrolle über mein Leben zu verlieren.* «Ist denn alles in Ordnung?»

«Ja. Also eigentlich nicht», sagt sie. «James, unser Buchhalter, wollte Sie schon anrufen, aber ich wollte es lieber selbst tun. Der Scheck, den Sie geschickt haben, ist geplatzt.»

«Ach wirklich?», murmelt er.

«Ich bin mir sicher, dass das ein Missverständnis sein muss, daher hoffen wir, dass Sie morgen vielleicht einen neuen schicken können.»

«Ja», sagt er. «Natürlich.»

«Sie sind ein wenig im Verzug, wie Sie sicher wissen, und ...»

«Ja», sagt er. «Ich weiß. Ich werde mich morgen darum kümmern.»

«Natürlich», sagt sie. «Danke, Sam.»

«Danke, Mrs. French.»

Der Wind wird stärker. Er beginnt wieder zu laufen und sagt sich, dass alles wieder gut werden wird.

KAPITEL 12

Ich lege die Popcorntüte in meinen Rucksack, oben auf mein Exemplar von *Unendlicher Spaß*, entschlossen, das langsame und quälende dritte Kapitel hinter mich zu bringen. Ich konnte nicht widerstehen und habe bei Amazon ein gebrauchtes Exemplar für vier Dollar plus Versandkosten bestellt. Skinny Jeans hört einfach nicht auf, darüber zu faseln, wie unfähig er sich bei der Lektüre dieses Buches fühlt. Ich würde am liebsten durch den Lüftungsschlitz schreien, *DANN HÖR DOCH EINFACH AUF, ES ZU LESEN*, aber stattdessen nähere ich mich dem Problem lieber so, wie es Dr. Sam Statler täte. Empathisch.

Mir gegenüber zeigt Doktor Statler natürlich *keinerlei* Empathie. Seine neuen pedantischen Züge und die Kiste mit den Briefen, die ich in Agatha Lawrences Zimmer gefunden habe, bringen mich dazu, bei meinem erlogenen Ehrenamt fragen zu wollen, ob ich vielleicht noch ein paar Extraschichten übernehmen kann. Die Briefe lagen in einer festen Schachtel ganz hinten in einem Aktenschrank. Es waren Hunderte, alle in blassgelben Umschlägen an jemanden, den sie nur «Beautiful» nannte. Der Inhalt ist herzzerreißend – Geständnisse an eine verbotene Liebe, und keinen der Briefe hat sie abgeschickt.

Ich wühle ungeduldig nach meinen Schlüsseln. Wenn ich mich nicht beeile, riskiere ich, Sam über den Weg zu laufen. Er hat jetzt seine Freistunde und geht dann gerne essen, und ich bin nicht in der Verfassung, mich mit seiner schlechten Stimmung auseinanderzusetzen. Ich hole meine Jacke aus dem Schrank und öffne gerade die Haustür, als ich höre, wie ein

Auto den Hügel zum Haus hinauffährt. Ich gehe wieder hinein. Er muss doch jemanden in diese freie Stunde gequetscht haben. Egal, denke ich entschlossen. Ich muss raus aus diesem Haus.

Ich warte, bis die Schritte verklungen sind, und trete dann auf die Veranda. Ich überlege gerade, ob ich in das neue Sushi-Lokal gehen soll, in dem die Nuschelzwillinge neulich ihren ersten Jahrestag gefeiert haben, als ich den Wagen neben Sams sehe. Den grünen Mini Cooper mit dem weißen Rallye-Streifen.

Das französische Mädchen ist zurück, zwei Tage nach ihrem letzten Termin.

Ich drehe auf dem Absatz um und gehe zurück ins Haus. Dann habe ich mich eben krankgemeldet.

* * *

«Freut mich, dass wir diesen Termin finden konnten», sagt Sam, als wir alle wieder an unseren Plätzen sind: Sam auf seinem überteuerten Eames-Bürostuhl, das französische Mädchen auf dem Sofa, ich oben am Lüftungsschlitz.

«Danke, dass Sie mir da entgegengekommen sind», sagt sie. «In Chestnut Hill scheint es ja nur so von Frauen mittleren Alters zu wimmeln, die sich ständig über irgendetwas beklagen. Ich war mir sicher, dass Sie ausgebucht sind.»

Sam lacht leise. «Meine Praxis hier gibt es erst seit ein paar Monaten», sagt er. «Ich baue mir immer noch einen Patientenstamm auf.»

«Wo waren Sie denn, bevor Sie hierher gekommen sind?», fragt sie.

«Die letzten achtzehn Jahre in New York.»

«Ich liebe New York.»

«Haben Sie denn schon einmal dort gelebt?»

«Ja. Ich komme eigentlich aus Paris und bin hergekommen, um an der NYU Bildhauerei zu studieren.»

Ich unterdrücke ein genervtes Stöhnen. Die Frau ist ja ein wandelndes Klischee. *Ich arbeite nackt, und an den Wochenenden trinke ich gern Whisky an meiner Feuerleiter und habe eine Affäre mit Ethan Hawke.*

«Was hat Sie denn zur Bildhauerei gebracht?», fragt Sam.

«Ich arbeite gern mit den Händen», sagt sie. «Das war schon immer so. Sie laufen gern, oder?»

«Ja», sagt Sam. «Woher wissen Sie das?»

«Ich habe den Artikel über Sie in der Zeitung gelesen. Dieses kleine Interview, das Sie gegeben haben. ‹Zwanzig Fragen an Sam Statler›.»

«Der Artikel war ein bisschen ausführlicher, als ich erwartet hatte», sagt Sam. «Ich weiß nicht, ob ich mich noch einmal darauf einlassen würde.»

«Ach, das muss Ihnen nicht peinlich sein», sagt sie. «Sie wirken darin sehr charmant.» Sie flirtet eindeutig, was wirklich ärgerlich ist, aber sie hat recht. Dieser Artikel war wirklich sehr sympathisch.

«Danke schön, Charlie. Es ist nett, dass Sie das sagen.» Die beiden schweigen einen Augenblick.

«Im Artikel steht, dass Sie verheiratet sind, aber kein Wort über Ihre Frau. Wie lange sind Sie denn schon in festen Händen?»

«Darf ich fragen, warum Sie das wissen wollen?», fragt Sam, genau wie ich erwartet hätte. So reagiert er jedes Mal, wenn ein Patient etwas Persönliches fragt. Auf diese Weise achtet er auf seine Grenzen und sorgt dafür, dass die Aufmerksamkeit beim Patienten bleibt.

«Ich erzähle Ihnen die intimsten Dinge aus meinem Leben,

Sam. Ich glaube schon, dass Sie mir sagen können, wie lange Sie schon verheiratet sind.»

«Na gut», sagt Sam. «Fünfzehn Wochen.»

«Fünfzehn *Wochen?*», sagt sie. «Reden wir hier von einer Ehe oder von einem Säugling?»

«Meine Frau und ich feiern es jede Woche», sagt er. «Das ist unsere kleine Tradition.»

«Klingt ja ziemlich gefühlsintensiv», sagt sie. «Und ein bisschen bedürftig.»

Er schweigt einen Moment lang. «Können Sie sich selbst denn eine Ehe vorstellen?»

Sie lacht. «Das war aber ein wirklich sehr geschickter Versuch, das Thema wieder auf mich zu bringen, Doktor. Ihr Doktorvater wäre sicher stolz auf Sie.» Sie hält inne. Dann sagt sie: «Nein, ich kann mir für mich keine Ehe vorstellen. Sich für immer auf einen einzigen Menschen einlassen? Warum sollte man das überhaupt tun?»

Sam zögert. «Eine Ehe hat natürlich so ihre Herausforderungen, das stimmt.»

Oh, ich verstehe. Das ist eine Technik. Er versucht, ihr das Gefühl zu geben, sie zu verstehen, damit sie ihm vertraut und sich ihm öffnet, damit sie weiterarbeiten können. Schlau.

«Wie lange brauchten Sie, bis Sie wussten, dass Ihre Frau die Richtige war?», fragt das französische Mädchen.

«Ich habe ihr nach sechs Monaten einen Antrag gemacht», sagt er.

Sie schnaubt etwas verächtlich. «Das war aber ganz schön mutig.»

«Tja, danke schön.»

«Also ist es für Sie wahr geworden, dieses Wenn-man-es-weiß-weiß-man-es-eben.»

«Ja.» Er schweigt, und ich merke, dass ich unwillkürlich den Atem anhalte. «Ich glaube schon.»

«Oh?», murmelt sie. «Jetzt klingen Sie aber etwas unsicher.»

«Sie haben es selbst gesagt – es ist eine Herausforderung, sich auf einen Menschen ganz und gar einzulassen.»

«Welche Herausforderungen haben Sie denn in Ihrer Ehe?»

Eine Reihe lauter Klopfgeräusche übertönt seine Antwort. Zuerst denke ich, dass jemand unten in seinem Wartezimmer gegen seine Tür hämmern muss, aber dann klingelt es, also kann es nicht von unten kommen, sondern von hier. Jemand ist an der Haustür.

Verärgert schiebe ich den Teppich über den Lüftungsschlitz und schleiche aus dem Zimmer.

«Na, hallöchen!» Es ist die Taube. Ich wische mir die Hände an den Jeans ab und öffne die Tür. «Haben Sie das gehört?», fragt sie. «Ein Sturm kommt auf uns zu.»

Natürlich habe ich das gehört. Ich bin doch keine Amish, ich schaue die Nachrichten. Es die Art von Wetterereignis, auf die die hiesigen Meteorologen wie Irv Weinstein immer warten, und er schreit seit vorgestern abends um sechs Uhr über nichts anderes. Franklin Sheehy, der zuverlässige und langjährige Polizeichef von Chestnut Hill, war heute Morgen in den Nachrichten und erklärte, wie wichtig es sei, nicht auf die Straße zu gehen und genügend Lebensmittel und Wasserflaschen zu Hause zu haben. Sie nennen den Sturm Gilda, und nur ein Volltrottel hätte nicht die Liste mit den Notfallvorräten ausgedruckt, die man bei einem Sturm der Kategorie 2 braucht, der vermutlich eine Menge Chaos und schwierige Reisebedingungen verursachen wird. «Ein Sturm Mitte *Oktober*», sagt die Taube. «Das hatten wir hier noch nie.»

«Klimawandel», sage ich ungeduldig.

«Ganz genau. Ich habe schon darüber nachgedacht, eine Demo zu organisieren. Wissen Sie, was Drew gesagt hat, als ich ihm davon erzählte? ‹Wenn es eins gibt, das den Klimawandel aufhalten kann, dann ist es eine Demo von zehn Hausfrauen in Chestnut Hill, New York.› Idiot. Jedenfalls ...» Sie lächelt und hält eine Glasschüssel hoch, als wären wir in einer Folge der *Desperate Housewives*. «Ich habe zu viel vegetarisches Chili gemacht und wollte es nicht wegwerfen. Mögen Sie Chili?»

«Gibt es Menschen, die es nicht mögen?», frage ich sie und nehme die Schüssel. «Das ist sehr nett, danke schön.»

«Gern geschehen. Und eine coole Brille», sagt sie. «Wo haben Sie die her?»

Ich berühre sie – die Brille mit dem leuchtend blauen Rahmen, die ich mir aus einer von Agatha Lawrences Kisten geholt habe, korrigiert meinen Sehfehler perfekt. *Sie hat der Frau gehört, die hier gestorben ist, und ich mag sie.* «In der Stadt», sage ich. «Schon lange her.»

«Sieht wirklich toll aus», sagt sie und zeigt dann auf die beiden Schaukelstühle auf der Veranda. «Sie sollten das alles reinholen. Der Wind wird sicher ziemlich schlimm.»

«Gute Idee. Ich bitte Sam, das zu tun, wenn er fertig ist.» Ich halte die Schüssel hoch. «Danke noch mal.»

Ich gehe hinein und stelle die Schüssel in den Kühlschrank. Bevor ich durch den Flur zum Lüftungsschlitz gehe, halte ich kurz inne, überlege es mir anders und gehe die Treppe hinauf. Ich glaube, ich hatte schon genug französisches Mädchen für heute.

KAPITEL 13

Sam liegt auf dem Bett. Der Laptop auf seinem Bauch wird langsam ganz warm. Er lässt das Video noch einmal von vorn laufen. «Zweite Hälfte des fünften Innings, und Sie wissen, was *das* bedeutet», verkündet eine verschwommene Version seines Dads auf dem Bildschirm.

«Na klar, Dad», erwidert Sam und spricht den Rest mit Ted mit. «Zeit für wenig Hintergrundwissen mit unseren Freunden Keyote und Frank Key.» Keyote und Frank Key sind die beiden Maskottchen der Frederick Keys: ein Kojote, der aussieht wie ein normaler Hund, und tatsächlich ein weißer Typ in einem Kolonialkostüm, den jemand vor ein paar Jahren unbedingt dazustellen musste.

«Okay, James aus Columbia, sind Sie bereit?», fragt Sams Vater. Sam greift nach dem Bier, das an Annies Kissen gelehnt steht. Es ist die Übertragung eines Spiels vom 12. Juni 2016. Man kann es auf YouTube ansehen, und Sam hat sich jetzt siebzehn Mal die drei Minuten und sechzehn Sekunden angesehen, in denen sein Vater auf dem Bildschirm erscheint. Annie besucht seine Mutter in Rushing Waters, und er ist schon bei seinem dritten Bier; sein Vater steht mit einem übergroßen Mikrophon auf der Werferplatte. Er hat den Arm um einen moppeligen Typen in stonewashed Jeans gelegt.

Die meisten seriösen Moderatoren hassen es vermutlich, wenn sie auf diese Weise das Publikum anheizen müssen, aber Sam sieht, wie sehr Ted diesen Teil seines Jobs genießt – das Quiz vor dem fünften Inning zu moderieren und den Gast des

Abends vor dem ersten Pitch zu präsentieren. Natürlich genießt er das. So kann der alte Teddy aus Freddy seinen Charme spielen lassen und im Scheinwerferlicht stehen, dem Ort im Leben, den er allem vorzieht. «Wenn Sie richtig raten, bekommt jeder im Sitzbereich sechs einen Gutschein für eine große Pizza mit einem Belag nach Wahl von unseren guten Freunden von Capitol Pizza, wo jeder Abend Familienabend ist. Also, dann fangen wir mal an.» Ted hält eine Karte hoch. «Woher hat Frank Key, unser guter Freund und großartiges Maskottchen, seinen Namen?»

Das ist ein Kinderspiel. Selbst wenn Sam diese Frage nicht schon siebzehn Mal gehört hätte, würde er annehmen, dass alle wissen, dass das Maskottchen seinen Namen von Francis Scott Key hat, dem Goldjungen von Frederick, Maryland. Er war derjenige, der den Text der amerikanischen Nationalhymne «The Star-Spangled Banner» geschrieben hat. Aber James aus Columbia weiß das nicht, und deshalb bekommt keiner einen Pizza-Gutschein. Sam schließt seinen Laptop und fragt sich, was Annie wohl sagt, wenn sie von seinen Schulden erfährt.

Er wird es ihr erzählen, sobald sie wieder zu Hause ist, was jeden Moment passieren kann. Er hat in der letzten Stunde immer wieder geübt, was er ihr sagen will. Ganz einfach: die Wahrheit. Seine Mom hat sich alles ausgedacht. Die Scheidung seines Vaters, die zwei Millionen Dollar, die Briefe auf schickem Briefpapier, die jedes Jahr kamen, in denen stand, wie sehr Sams Vater ihn liebte ... und, oh ja, stell dir vor, es gibt gar kein Geld! Er las den Brief noch einmal, den er in der Schublade verwahrt hatte, in der all die «Briefe seines Vaters» lagen. Und jetzt verstand er die Reichweite der Wahnvorstellungen seiner Mutter. *Es gibt wohl keinen Tag, an dem ich nicht an dich denke, Maggie. Ich werde immer bereuen, was ich getan habe.*

Sam wird erklären, dass es ihm schwerfällt zu sagen, wer jämmerlicher ist: Margaret, weil sie sich seit vierundzwanzig Jahren nach diesem Arschloch verzehrt, oder Sam, weil er darauf hereingefallen ist. Er wird die Fehler in seinen Schlussfolgerungen erklären, sagen, dass er Annies Rat hätte annehmen und warten sollen, bis das Geld auf seinem Konto war, ehe er den nagelneuen Lexus RX 350 mit Ledersitzen und automatischer Zündung kaufte. Dann hätte er vielleicht irgendwann begriffen, wie unwahrscheinlich es war, dass der Vater, der höchstens zwei Mal im Jahr seinen Sohn anrief und jedes Mal vor allem über sich selbst sprach – «Ist das zu *glauben*, Sam, du sprichst mit einem Mann, der einen verdammten Weinkeller besitzt!» –, plötzlich der Familie, die er verlassen hatte, zwei Millionen Dollar überlassen würde, und das nur, weil ihm ihr *Glück* am Herzen lag.

Außerdem wird Sam darauf hinweisen, dass es vielleicht *auch* eine gute Idee gewesen wäre, darüber nachzudenken, dass der Brief womöglich nicht von seinem Vater, sondern von einer Frau geschrieben worden war, die sich schon im zweiten Stadium auf der Skala der klinischen Demenz befand, in dem sie keine Orientierung mehr in Zeit und Raum, kein sicheres Urteilsvermögen und eine Neigung zu Realitätsverlust hatte, der sie zum Beispiel glauben ließ, dass der selbstsüchtige Idiot, den sie geheiratet hatte, es bereute, ihr Leben zerstört zu haben.

Sam geht in die Küche, um sich noch ein Bier zu holen. Er wird es Annie erzählen, sobald sie wieder hier ist, und sie wird es verstehen. Wer weiß? Vielleicht geht sie doch nicht direkt wieder durch die Tür und wieder nach New York. Vielleicht vergibt sie ihm sogar. Verdammt, vielleicht tut er ihr sogar leid. «Ich finde, du bist ein Volltrottel, dass du Geld ausgegeben hast, das du noch nicht hattest», sagt sie vielleicht. «Aber ich verstehe das. Du wolltest unbedingt glauben, dass das Geld wirklich da ist, weil es der Beweis für das gewesen wäre, wonach du dich dein ganzes Leben gesehnt hast. Der Beweis dafür, dass dein Dad dich liebt.»

«Ja, genau», wird er dann erleichtert sagen. «Klassischer Fall von Wunschdenken, oder präziser: von Entscheidungen aufgrund von Wunschdenken, anstatt aus Rationalität.»

Es ist alles so offensichtlich. Sam hat keine Wahl, er muss sich selbst bezichtigen. «Man sollte meinen, dass ich das bei meiner Ausbildung wirklich schneller hätte durchschauen müssen.»

Er holt das letzte Bier aus dem Kühlschrank und hört, dass ein Auto in die Einfahrt biegt. Annie ist zu Hause. Er schraubt den Bierverschluss ab und nimmt einen tiefen Schluck. Ich schaffe das, denkt er. Da piept sein Handy auf dem Tisch.

Hallo, Dr. S. Ich bin's, Charlie. Ihre neue Lieblingspatientin. Was tun Sie gerade?

Charlie. Kurz denkt er darüber nach, ihr die Wahrheit zu sagen: *tja, also, Charlie, ich warte gerade darauf, dass meine Frau hereinkommt, damit ich ihr gestehen kann, dass wir tief in den Schulden stecken. Und Sie?*

Hallo, Charlie, schreibt er stattdessen. Alles in Ordnung?

Ja. Ich möchte Ihnen noch einmal für die Sitzung gestern danken. Ich habe jetzt eine ganz neue Einstellung zum Leben.

Das freut mich.

Es stimmt, was die Frauen aus Chestnut Hill über Sie auf Yelp schreiben. Sie sind wirklich sehr fähig.

Der Motor von Annies Auto verstummt. Danke, schreibt er. Schön zu hören. Möchten Sie vielleicht einen neuen Termin ausmachen?

Ja, gern. Morgen.

Er schaut aus dem Fenster. In Annies Auto brennt das Licht.

Ich habe morgen früh noch eine Stunde frei, schreibt er.

Ich meinte morgen Abend.

Die Tür von Annies Auto wird zugeschlagen. Morgen Abend? Er hört Annies Schritte auf dem Gartenweg draußen. Das Licht der Veranda geht an. «Hallo, Süßer», sagt sie, tritt ein und bringt einen Schwall kalter Luft mit sich herein. Er steckt sein Handy zurück in seine Tasche. Sie lässt ihre Tasche auf den Tisch fallen. «Wie geht's uns denn so?»

«Uns geht's gut.»

Sie gibt ihm einen Begrüßungskuss. «Alles in Ordnung?»

«Ja, alles gut.»

«Ich habe etwas zu essen mitgebracht», sagt sie und greift in ihre Tasche. «Außerdem Pfefferminzkekse und Rotwein. Hast du Hunger?»

Er zögert und überlegt. Er könnte sich mit seiner Frau an den Tisch setzen und ihr die Wahrheit sagen. Damit würde er aber den Abend ruinieren, vielleicht sogar sein ganzes Leben. Oder er könnte sich ins Hinterzimmer zurückziehen und mit Charlie reden.

«Ich muss noch ein bisschen arbeiten», sagt er und trinkt das Bier aus. «Ich springe mal unter die Dusche und fange damit an.»

«Okay», sagt Annie. «Aber ich lasse dir vielleicht nichts übrig.» Er küsst sie im Vorbeigehen auf die Stirn und geht dann den Flur hinunter ins Schlafzimmer und von dort ins Badezimmer. Er schließt die Tür hinter sich und zieht das Handy hervor. Gerade kommt wieder eine neue Nachricht herein.

Ja, Dr. Statler, morgen Abend.

Ich verstehe nicht, schreibt er.

Natürlich tust du das, Sam. Oder soll ich darum betteln?

Er wartet fasziniert, weil er sieht, dass sie weiterschreibt.

Denn das werde ich tun, wenn du das willst.

Er lehnt sich gegen das Waschbecken und spürt, wie ihn das Adrenalin durchströmt. *Das Spiel geht los.*

KAPITEL 14

«Willkommen bei Lowe's. Wie kann ich Ihnen helfen?»

Der Mann trägt ein blaues Shirt mit der Aufschrift *Stellen Sie mir Ihre Fragen*, und ich überlege kurz, ihn zu fragen, warum sich Sam so distanziert und kalt verhält, aber dann frage ich stattdessen, wo ich ein Viererpack Everlite-Türdämpfer finde.

Ich verstehe es nicht. Ich habe mir solche Mühe gegeben, verständnisvoll und geduldig zu sein, immer wieder versucht, Sam Raum zu geben, und ihm gleichzeitig Hilfe angeboten, aber beides scheint nicht zu wirken. Er läuft immer noch mit langem Gesicht herum.

Aber es ist schon okay, weil ich alles wieder gut werden lasse. An diesem Abend bei einer ganz besonderen Happy Hour werde ich ihn sanft zum Reden bringen. Er *muss* sich einfach auf ein Gespräch einlassen – immerhin besteht seine ganze Karriere daraus, dass er die Leute dazu ermutigt, sich mit ihrer eigenen «Jauche» auseinanderzusetzen, wie er es unten einmal genannt hat. Und es kann ja wohl kaum eine bessere Art geben, sich mit der Jauche zu beschäftigen, wenn man dabei einen Cocktail trinkt, den ich selbst erfunden habe. Zwei Stunden habe ich heute Morgen damit zugebracht, verschiedene Getränke mit dem Inhalt der Schnapsflaschen zu mixen, die ich in Agatha Lawrences Vorratskammer gefunden habe. Schließlich habe ich mich für einen scharfen Birnenmartini entschieden und dafür sogar drei Birnen in Sternanis und einer halben Flasche Brandy mariniert. (Ich habe beschlossen, den Drink Gilda zu nennen, nach dem Sturm, der auf uns zukommt.)

«Bitte sehr», sagt der Mann im blauen Shirt, als wir den Gang 9J erreichen. Er gibt mir die Türdämpfer, und ich lasse sie in meinen Einkaufswagen fallen, auf den Pflanzendünger und die Ersatzbatterien. Ich lächle und gehe in Richtung Küchengeräte. Ich mag die Energie in diesem Laden. Nur in Amerika kann man ein Zwölferpack Everlite-Türdämpfer für 4,99 Dollar und einen Craftsman Dual Hydrostatic Null-Wendekreis-Rasenmäher für 2900 Dollar kaufen. Ich bleibe bei dem Rasenmäher stehen. Ich sollte ihn kaufen. So einen wollte ich schon immer haben, seit ich Craig Parker, meinen Nachbarn von gegenüber in Wayne, Indiana, damit in seinem Vorgarten herumfahren sah.

Mr. Parker war Rechtsanwalt, und Mrs. Parker half montags immer in der Schulcafeteria aus, wo sie Milch und Ei-Sandwiches für einen Vierteldollar verkaufte. Jennys Freundinnen bekamen alle ein Kaugummi. Jenny war ihre Tochter – ein Name, den ich nicht ohne Neid aussprechen kann. Sie war Cheerleaderin, einen Jahrgang über mir, und ich stand manchmal am Fenster und beobachtete sie und ihre Familie. Im Sommer fuhr Mr. Parker mit seinem Rasenmäher auf und ab, wobei er auf dem Rasen gerade Bahnen hinterließ. Mrs. Parker und Jenny trugen dieselben Strohhüte und jäteten Unkraut. Wenn sie fertig waren, verschwanden sie im Haus. Ich stellte mir immer vor, dass Jenny dann sofort zum Kühlschrank ging, um sich eine kalte Dose Traubensprudel herauszuholen. (Ich weiß ganz sicher, dass sie Traubensprudel trank. Ich war sechs Mal in ihrem Haus, und jedes Mal achtete ich darauf.) Sie hatten das hübscheste und größte Haus im Viertel, eine echte Extravaganz im Vergleich zum Zwei-Zimmer-Ranchhaus, für das mein Dad nicht 42 000 Dollar bezahlt hatte, nur um meine verdammten Schuhe mitten im Wohnzimmer auf dem Fußboden zu sehen.

Aber auch das ist kein Grund, diesen Craftsman Dual Hydrostatic Rasenmäher zu kaufen, und ich gehe an dem Ausstellungsstück vorbei und zur Kasse. Ich packe die Waren aus meinem Wagen auf das Band und beobachte dabei das Mädchen, das an der Kasse sitzt. Sie kann offenbar kaum Begeisterung für ihren Job aufbringen. Sie kommt von hier, das sehe ich an ihrer Haut. Man erkennt das hübsche Mädchen, das sie hätte sein können, wenn sie irgendwo aufgewachsen wäre, wo es bessere Schulen und saubereres Wasser gab.

«Das macht dann zweiunddreißig Dollar und sechs Cent», sagt sie, als sie fertig ist.

«Und das hier», sage ich und schnappe mir eine Tüte mit Schokoriegeln von einem Metallständer am Ende des Bandes. «Warum nicht, oder? Ich habe etwas zu feiern.»

Offenbar findet sie nicht, dass sie dafür bezahlt wird, ihre Kunden danach zu fragen, was sie denn zu feiern haben, aber die Sache ist die, dass sich Josh Lyman und Donna Moss endlich geküsst haben. *West Wing*, Staffel 7, Folge 13. Ich war zu sauer auf Sam, um ihm zu erzählen, dass ich es schon bis Staffel 7 geschafft habe, aber das habe ich, und ich weiß, dass Donna jetzt das Weiße Haus und Präsident Bartlet verlassen hat, um an einer Kampagne zu arbeiten, und sie und Josh waren so glücklich über die neuesten Umfrageergebnisse, dass sie in Joshs Hotelzimmer gelandet sind. Es war zärtlich, aber auch ungeheuer heiß, genau so, wie jeder erwartet hatte, und wenn das jetzt kein Grund dafür ist, sich eine Tüte Kit Kats zu gönnen, dann weiß ich auch nicht.

Es regnet jetzt, und der Wind wird stärker, als ich aus dem Laden komme und zu meinem Auto laufe. Ich fahre sehr vorsichtig die Straßen entlang und biege direkt in die Cherry Lane ein. Im Haus der Taube ist alles erleuchtet, und ich fahre langsam daran vorbei. Ich stelle mir sie darin vor, wie sie ihre Weinflaschen zählt, um sicherzugehen, dass sie genug hat, wenn die Schulen wegen des Orkans schließen.

Ich fahre über die Brücke und dann in meine Einfahrt. Der glänzende weiße Audi von Skinny Jeans parkt neben Sams Auto, und ich renne zum Haus. Der Wind weht Blätter über den Weg. Ich lasse meine Stiefel draußen und meine Jacke im Eingangsbereich, renne in die Küche und überlege kurz, ob ich zum Lüftungsschlitz gehen soll, um herauszufinden, wie es dem jungen Mr. Skinny Jeans so geht, kreativ gesehen. Ich entscheide mich dagegen und öffne stattdessen den Kühlschrank, um mir einen Gilda aus dem Krug einzuschenken, den ich am Morgen vorbereitet habe – *flüssiger Mut*, wie meine Mutter die beiden Gläser Rotwein zu nennen pflegte, die sie immer trank, bevor mein Dad nach Hause kam. Ich nehme einen tiefen Schluck und gehe dann hinauf, um mich vorzubereiten.

Es ist wichtig, dass ich heute in Höchstform bin.

KAPITEL 15

Die Tür schlägt hinter Christopher zu. Sam sieht zu, wie der Himmel dunkler wird und sich der Sturm nähert. Gilda heißt er, und er kommt mit Starkregen und Windböen bis zu 130 Stundenkilometer. Es gibt bereits eine Reisewarnung. Er schaut auf die Uhr: 17.03 Uhr. Der Wind peitscht gegen die Fenster. Er holt die Flasche Johnnie Walker Blue aus der untersten Schublade seines Schreibtisches, die Annie ihm an dem Tag geschenkt hat, als er seine Praxis offiziell eröffnete. Ein wenig ist noch darin, und diesen Rest kippt er in ein Glas. Dann holt er sein Handy aus der Tasche.

Er öffnet eine neue Nachricht. Hallo, Charlie. Ich habe über deine Einladung nachgedacht, tippt er.

Sofort taucht eine Blase mit den drei Pünktchen darin auf. Und?

Und ich werde kommen, antwortet er.

Was ist denn mit diesem Sturm? Sieht ziemlich schlimm aus draußen.

Das kriege ich schon hin. Er trinkt den Whisky aus. Wie ist denn die Adresse?

Er holt seinen Regenmantel aus dem Schrank. Sie tippt eine neue Nachricht. Er lässt den Schirm an seinem Haken, er möchte nicht noch mehr Aufmerksamkeit auf sich ziehen, wenn er hinausschleicht. Er tritt in den Eingangsbereich, schließt langsam die Haustür hinter sich und betet, dass ihn niemand sieht. Er schlägt den Kragen hoch und eilt den Weg zur Einfahrt entlang. Sobald er bei den Verandastufen angelangt ist, hört er, wie sich die Haustür öffnet, das Klingeln von Eis gegen Glas, die Begrüßung, die ihm langsam auf die Nerven geht.

«Hallöchen, Herzensbrecher.»

Verdammt, denkt er. Ich sitze in der Falle.

KAPITEL 16

Irgendetwas ist nicht in Ordnung.

Ich habe einen sauren Geschmack im Mund, und mein Herz pocht, als hätte man es mit einem Hammer aufgebrochen. Ich blinzele und werfe einen Blick auf die Uhr – 9.03 Uhr –, dann greife ich nach dem Rest Wasser im Glas auf dem Nachttisch. Neben der Tür sind Schlammspuren auf dem Holzfußboden zu sehen. Neben der Schranktür liegt der leere Krug, umgefallen. Ich setze mich abrupt auf und schlage die Decke zurück. Plötzlich erinnere ich mich wieder. Gestern Abend. Der Sturm. Happy Hour.

Ich kneife die Augen zusammen. Ich hatte auf der Veranda auf Sam mit den Getränken und einer Schüssel Knabberzeug gewartet (in meiner Begeisterung über den Cocktail hatte ich die Snacks völlig vergessen). Es regnete bereits in Strömen, der Wind riss an den Zweigen. Ich hatte zwei Decken für die Schaukelstühle mitgebracht, weil ich dachte, es wäre nett, dem Sturm zuzusehen und dabei zu plaudern.

Und er ignorierte mich. Als wäre ich gar nicht da. Als stünde ich nicht in der Kälte, mit zwei Cocktail-Gläsern in den Händen. Ich war völlig verblüfft, als ich ihn auf dieses lächerliche Auto zulaufen sah, als hätte er Angst, gesehen zu werden. Er stieg ein, schon völlig durchnässt, und fuhr schnell aus der Einfahrt. Seine Rücklichter verblassten im Nebel, noch bevor er die Brücke erreichte.

Mein Kopf hämmert, als ich aus dem Bett aufstehe. Mir ist schlecht. Ich erinnere mich daran, dass ich beide Gildas ziemlich schnell heruntergekippt habe. Und dann muss ich wohl in die Küche gegangen sein, um den Krug zu holen, und ihn mit nach oben genommen haben, wo ich alles ausgetrunken und dann eingeschlafen bin. Ich nehme Agatha Lawrences Morgenmantel vom Haken hinter der Tür und muss mich dabei an der Wand abstützen. Im Medizinschrank im Badezimmer suche ich nach einer Schmerztablette. Ich nehme vier mit einer Hand voll Wasser. Ich sehe mich selbst im Spiegel an – entdecke neue graue Strähnen – und wünschte, ich könnte Linda anrufen und ihr sagen, was gestern passiert ist, wie schlimm Sam meine Gefühle verletzt hat. Aber das kann ich natürlich nicht. Wir haben nicht mehr miteinander gesprochen, seit ich die Stadt verlassen habe, und ich kann jetzt nicht einfach so anrufen und mich über einen Mann beschweren, den sie gar nicht kennengelernt hat. Sie würde mir ohnehin nur sagen, was ich schon längst weiß: dass es eine bescheuerte Idee war, mich zu entwurzeln und hierher zu ziehen, zu glauben, ich könnte einfach neu anfangen und glücklich sein. Ich brauche sie nicht dafür, dass sie mir sagt, wie idiotisch das war.

Auf wackeligen Beinen trete ich ans Fenster. Dicke Äste liegen kreuz und quer im Vorgarten, und das Schild – Dr. Sam Statler, Psychotherapeut –, das ich aufgestellt habe, bevor Sam unten seine Praxis eröffnete, liegt umgekippt auf der Straße. Und dann fällt mir etwas anderes auf. Sams Auto ist nicht da.

Ich spüre, wie es mir kalt den Rücken herunterläuft. Ich eile aus dem Zimmer, die Treppen hinunter, durch die Küche. Ich öffne die Tür zu Agatha Lawrences Arbeitszimmer, und eiskalte Luft schlägt mir entgegen. Der Fußboden ist nass, Glasscherben liegen auf dem Boden. Der Sturm hat das Fenster eingedrückt. Ich laufe zu der Ecke und schiebe den Smiley-Teppich beiseite, aber noch bevor ich das Ohr an den Lüftungsschlitz legen kann, spüre ich schon die Leere darunter.

Ich stehe wieder auf und renne in den Flur. Ich schaffe es gerade noch rechtzeitig zur Toilette, um den Krug mit Birnen-Martinis in die Kloschüssel zu erbrechen. Ich bin mir ganz sicher, dass irgendetwas hier überhaupt nicht stimmt.

* * *

Zwei Stunden später sitze ich auf Sams Bürostuhl, starre die Uhr auf dem Boden neben dem Sofa an und höre zum dritten Mal, wie jemand die Klingel von Sams Büro drückt. Die Nuschelzwillinge stehen draußen, pünktlich zu ihrem Zwei-Uhr-Termin. Sie warten noch sechsundneunzig Sekunden und geben dann auf. Ich stelle mir vor, wie sie unter einem gemeinsamen Schirm zurück zu ihrem Auto stapfen, zu Recht empört, dass Sam sie nicht angerufen hat, um den Termin abzusagen.

Der Wind drückt gegen das bodentiefe Fenster, das den Blick auf den Garten und den Wald dahinter freigibt. Ich höre, wie ihr Auto den Hügel hinunterfährt, und erinnere mich daran, wie ich zum ersten Mal hier in den Wald gegangen bin, in der Woche nach meinem Umzug ins Lawrence House. Die Sonne schien, und ich spazierte unter den Bäumen entlang, wobei ich mir den Weg mit einer Gartenmachete freischlug, die ich bei Hoyt's Hardware gekauft hatte. Ich schaute mich um, betrachtete das Haus in seiner ganzen Pracht und konnte nicht glauben, dass etwas so Schönes mir gehören sollte.

Eine weitere Welle der Übelkeit steigt in mir auf, und ich schließe die Augen, spüre das Gewicht der Kreditkartenrechnungen in meinen Händen. Neun insgesamt, und die Schulden betragen 120 000 Dollar. Die Rechnungen hat Sam hier in seiner

Schreibtischschublade versteckt, zwischen den Seiten eines Stephen-King-Romans, den er noch vor ein paar Wochen auf der Veranda gelesen hatte.

Er hat gelogen. Als wir uns kennenlernten, erzählte er mir, er sei finanziell abgesichert – dass er niemals Probleme habe, seine Rechnungen oder seine Miete zu bezahlen. Und jetzt weiß ich nicht mehr, was ich glauben soll.

Andererseits: Wer bin ich, den ersten Stein zu werfen? Es ist ja nicht so, dass ich behaupten könnte, dass ich immer hundertprozentig ehrlich zu ihm gewesen wäre. Tatsächlich liegt der Beweis dafür oben in dem violetten Ordner in meiner Bibliothek, wo ich meine Listen aufbewahre, einschließlich meiner schändlichsten.

Worin ich Sam belogen habe: nach Wichtigkeit

Unser Kennenlernen war nicht zufällig. Ich wusste ganz genau, wo er an dem Tag war, an dem das Schicksal uns zusammenbrachte. Ich hatte jeden Aufsatz gelesen, den er geschrieben hatte, die Vorlesungen geschaut, die er über die Schnittpunkte von psychischer Gesundheit und Kindheitstraumata gehalten hatte. Ich war so hin und weg von ihm, dass ich…

Das Handy in meinem Schoß klingelt und reißt mich aus meinen Gedanken, und ich schaue auf die Nummer. Ich erkenne sie nicht, vermutlich irgendein Telefonmarketing-Anruf oder eine Umfrage. Irgendjemand jedenfalls, der nicht versteht, dass ich nicht in Stimmung bin zu reden.

«Ja, hallo», sage ich kurz angebunden.

«Oh gut, Sie sind da.» Die Stimme einer Frau, sie klingt erleichtert. «Tut mir leid, dass ich Sie störe, aber ist Sam vielleicht da?»

«Sam?» Ich richte mich auf. «Wer ist da?»

«Hier ist Annie», sagt die Frau. «Sams Frau.»

TEIL II

KAPITEL 17

Annie.» Ich stehe auf. Der Stapel Rechnungen und das Buch fallen zu Boden. *Sie* ist es, seine Frau. «Alles in Ordnung?»

«Nein», sagt sie. «Sam ist letzte Nacht nicht nach Hause gekommen, und ich mache mir Sorgen. Ich habe Ihre Nummer auf dem Mietvertrag gefunden, den Sie beide unterschrieben haben. War er heute Morgen in seinem Büro?»

«Nein ...», stammele ich. «Ich habe ihn seit gestern nicht mehr gesehen, als er gegangen ist.»

«Haben Sie mit ihm gesprochen?»

«Nein.» *Ich habe es versucht, Annie, aber er ist einfach ohne ein einziges Wort an mir vorbeigegangen, als wäre ich Nichts für ihn.* «Ich habe ihn von meinem Fenster aus gesehen. Wie er zu seinem Auto rannte. Er hatte nicht mal einen Regenschirm dabei.»

«Sie müssen mir den Gefallen tun und mich in sein Büro lassen», sagt sie. «Ich könnte in einer Viertelstunde da sein.»

«Sein Büro?» Ich schaue mich um. «Tut mir leid, Annie, aber das kann ich nicht tun.»

«Warum nicht?», fragt sie mit einem scharfen Unterton.

«Ich darf nicht nach unten ins Büro», sage ich. «Sie kennen ja die Klausel, die mir den Zutritt zu bestimmten Bereichen des Hauses verbietet. Wir haben sie beide unterschrieben. Ich darf sein Büro nur betreten, wenn ich die ausdrückliche Erlaubnis dafür habe.»

«Verstehe», sagt sie. «Sie können mir den Schlüssel geben, und ...»

«Ich habe den Schlüssel nicht.»

Einen Moment lang schweigt sie. «Im Ernst?», sagt sie dann. «Sie vermieten die Räume an Sam und haben keinen Schlüssel zu seinem Büro?»

«Ihr Mann hat darauf bestanden», sage ich mit ruhiger Stimme. «Er achtet sehr darauf, die Privatsphäre seiner Patienten zu schützen.»

Sie flucht leise. «Ich weiß wirklich nicht, was ich tun soll.»

«Haben Sie schon versucht, ihn anzurufen?»

«Ja, daran habe ich tatsächlich auch schon gedacht», sagt sie ungeduldig. «Er antwortet weder auf meine Anrufe noch auf meine Textnachrichten. Eigentlich tut er das immer.»

«Na ja, es gibt dafür sicher eine Erklärung.»

«Das hier ist mein Handy, aber kann ich Ihnen auch meine Festnetznummer geben?», bittet sie. «Für den Fall, dass er auftaucht?»

«Ja, natürlich. Ich muss nur kurz einen Stift holen.» Ich schaue mich im Zimmer um. Der Stephen-King-Roman auf dem Fußboden fällt mir ins Auge. Ich hebe ihn auf und finde in Sams Schreibtischschublade einen Stift. «Schießen Sie los», sage ich, öffne das Buch und notiere die Nummer, die sie mir sagt. «Ich werde Sie sofort anrufen, sobald er wieder auftaucht. Und machen Sie sich keine Sorgen, Mrs. Statler. Es wird ganz sicher alles in Ordnung sein.»

«Danke schön», sagt sie. «Und ich heiße Potter.»

«Wie bitte?»

«Ich heiße Annie Potter. Wir haben unterschiedliche Nachnamen.»

«Potter. Verstanden», sage ich und schreibe ihren Nachnamen in Druckbuchstaben unter die Nummer. «Dann bis bald.»

Das Telefon in meiner Hand erstirbt. Ich bücke mich, um Sams Rechnungen aufzusammeln, lege sie zurück ins Buch und gehe zur Tür. In meinem Eingangsbereich verstecke ich den Zweitschlüssel, den der Schlüsseldienst netterweise für mich angefertigt hat, ziehe meine Latexhandschuhe aus und gehe zum Computer in der Bibliothek. Ich bin ganz aufgeregt. Natürlich. *Potter*, nicht Statler. Deshalb konnte ich dich bei meinen Google-Recherchen nie finden, Annie.

* * *

Am Schreibtisch in der Bibliothek spitze ich meinen Bleistift an und überfliege meine Liste.

Was ich über Sams Frau herausfinde: eine Liste

- Annie Marie Potter ist einundvierzig und in Kennebunkport, Maine geboren.
- Sie ist, wie mein Vater sagen würde, der ehrgeizige Typ Frau:
  1. Ein Doktortitel mit Auszeichnung in Komparativer Literatur an der Cornell University.
  2. Eine Lehrtätigkeit an der Columbia University im Fachbereich Genderforschung. Den haben sie sich offenbar in den siebziger Jahren ausgedacht.
  3. Seit letztem September hat sie einen Gast-Lehrauftrag an einer kleinen Privatuniversität in Chestnut Hill, New York, wo sie, soweit ich das weiß, nur ein Seminar gibt: *Das ist alles nur in ihrem Kopf: Frauen und Geisteskrankheiten in der Literatur. Von den irren Heldinnen der klassischen viktorianischen Literatur zum Aufschwung der unzuverlässi-*

gen Erzählerin war die psychische Verletzlichkeit von Frauen lange ein spannendes Thema. Dienstags und donnerstags um 10.00 Uhr im Higgins Hall Hörsaal.

- Sie ist längst nicht so hübsch, wie ich erwartet hatte. Ich weiß, dass es vermutlich ein ganzes Heer von Frauen in Annies Genderforschungsfachbereich gibt, der sich dem Thema widmet, warum es falsch ist, ihre äußerliche Erscheinung überhaupt zu kommentieren, aber es stimmt. Sie scheint weise alle sozialen Medien gemieden zu haben, aber ich habe ein Foto von ihr auf der Website der Universität gefunden, das ich mir die ganze letzte Stunde angeschaut habe. Attraktiv, glaube ich, aber nicht der Typ Model, den ich erwartet hatte.
- Ich hätte niemals in der Highschool mit ihr oder mit Sam gesprochen, und zwar aus jeweils unterschiedlichen Gründen. Mit ihm nicht, weil er gedacht hätte, dass er zu gut für mich ist; mit ihr nicht, weil ich schon immer Angst vor selbstbewussten Mädchen hatte.

Theoretisch wusste ich, dass es sie gibt. Erstens wurde sie (nebenbei) in dem Interview erwähnt, das das Lokalblatt mit Sam geführt hatte, und dann sprach er selbst ein paar Mal über sie, wie damals, als er auf den Flyer reagierte, den ich unter seinen Scheibenwischer geklemmt hatte. Er kam sofort, um sich das Haus anzusehen, blieb eine Stunde, ging auf und ab und hörte sich meine Ideen an, wie man es renovieren könnte. *Sie könnten Ihr Büro hier einrichten. Einfach die hintere Wand einreißen und stattdessen ein Panoramafenster einsetzen lassen.* «Meine Frau Annie ist besser in diesen Dingen», sagte er, aber er war begeistert. «Ich glaube, Sie haben recht. Das könnte wirklich großartig werden.»

Ich Dummerchen. Ich hätte gleich wissen können, dass Sam ein Mann ist, der sich den Typ Frau sucht, der lieber seinen Mädchennamen behält. Dr. Annie Marie Potter. Nicht Ann oder Anne oder Anna, sondern *Annie*. (Nicht gerade der Name, den Eltern einem kleinen Mädchen geben, auf das sie all ihre Hoffnungen setzen. Mädchen, die Annie heißen, träumen davon, einmal Stewardessen oder Inneneinrichterinnen zu sein, die auf zum Mobiliar passende Pullover achten. Sie veröffentlichen nicht eines Tages – am 6. Mai 2008, um genau zu sein – einen von der Kritik sehr gut aufgenommenen Artikel in *Feminist Theory*, einer Zeitschrift, von der ich noch nie gehört hatte.)

Ich nahm an, dass sie und ich uns eines Tages über den Weg laufen, vielleicht mit unseren Einkaufswagen in der Biofleischabteilung bei Farrell's kollidieren würden, wo Paare wie Sam und Annie ihrer Vorliebe für Fleisch von grasgefütterten Rindern frönten. Nicht, dass es sie gekümmert hätte, aber ich hätte ihr gern von mir erzählt:

Ich bin einundfünfzig und Single.

Ich habe fünfundzwanzig Jahre lang als staatlich geprüfter häuslicher Krankenpfleger bei Home Health Angels gearbeitet. Drei Mal wurde ich zum Angestellten des Monats gewählt.

Ich habe mich gut um Ihren Mann gekümmert, seit er vor drei Monaten unten eingezogen ist. Ich habe ihm alles gegeben, was er wollte – ungiftige Wandfarben, Fußbodenheizung –, man hätte annehmen müssen, dass er mich mehr schätzen würde.

Wer weiß, vielleicht lernen Annie und ich uns doch noch kennen. Vielleicht kommt sie morgen vorbei, um über Sams Verschwinden zu klagen, und ich sage ihr dann, wie sehr es mir leidtut zu hören, dass sie mit achtzehn ihre Eltern verloren hat.

Sie hießen Archie und Abigail Potter, und ihre gemeinsame Todesanzeige erschien im *York County Coast Star* in Kennebunkport, Maine, am 12. Juni 1997. *Der hingebungsvolle Ehemann Archie und seine geliebte Frau Abigail wurden bei einem Hubschrauberunglück über dem Hudson River am Abend ihres zwanzigsten Hochzeitstags getötet. Sie hinterlassen eine achtzehnjährige Tochter.*

Was für eine Geschichte. Archie hatte sein Leben lang Flugangst gehabt, und Abigail war entschlossen gewesen, ihn davon zu heilen. Sie buchte in New York City einen dreißigminütigen privaten Hubschrauberflug als Überraschung für sie beide. Der Motor versagte, und beide stürzten in den Fluss.

Die Uhr auf dem Schreibtisch läutet – es ist schon ein Uhr. Wo ist der Tag hin? Ich setze meine Brille ab und reibe mir die Augen. Mein Kater wird langsam zu einem dumpfen Kopfschmerz. Ich schalte den Computer aus, verlasse die Bibliothek und lasse die Schiebetüren zugleiten. Oben in meinem Schlafzimmer trete ich ans Fenster und nehme das Fernglas von seinem Haken, um nach der Taube zu schauen. Ihr Auto steht in der Einfahrt, und ich stelle mir vor, wie sie drinnen Kaffee aus einem riesigen Becher mit der Aufschrift *IN WIRKLICHKEIT IST DAS WEIN* trinkt. Ich hänge das Fernglas zurück und wende mich ab. Da taucht ein Auto auf dem Hügel auf. Es fährt an ihrem Haus vorbei, überquert die Brücke und biegt in meine Einfahrt ein. Ich schließe die Vorhänge und trete zum Schrank, um mir etwas Richtiges anzuziehen.

Die Polizei ist da.

* * *

Ich öffne die Haustür, als ein Mann vom Fahrersitz des Polizeiwagens klettert.

«Guten Tag», ruft er und geht zur Veranda. «Ich möchte gern mit dem Besitzer des Lawrence House sprechen.»

«Das bin ich», sage ich.

«Franklin Sheehy.» Er zeigt mir seine Dienstmarke. «Polizeichef.»

«Ich weiß», sage ich. «Ich habe Sie im Fernsehen gesehen, als Sie vor dem Sturm warnten.»

«Wäre schön, wenn mehr Leute zugehört hätten», sagt er. Ein junger Mann tritt von hinten an ihn heran. Er ist groß gewachsen und hat ein kindliches Gesicht, sicher ist er nicht älter als fünfundzwanzig. «Das hier ist Officer John Gently. Es tut uns leid, dass wir Sie stören müssen, aber …»

«Geht es um Dr. Statler?», frage ich.

«Ja, seine Frau rief uns heute an. Sie wirkte besorgt.»

Ein kalter Windstoß hebt den Kragen von Sheehys Nylon-Polizeijacke. «Hätten Sie etwas dagegen, wenn wir reinkämen?»

«Nicht, wenn Sie nichts dagegen haben, sich die Schuhe auszuziehen», sage ich. «Ich habe die Böden gerade erst gewischt.»

«Natürlich.» Sheehy tritt in den Eingangsbereich und bleibt stehen, um sich seine schwarzen Stiefel auszuziehen. Es ist genau das praktische Schuhwerk, das man bei einem Polizeichef erwartet. «Sind nur Sie zu Hause?»

«Ja, nur ich», sage ich.

Er geht ins Wohnzimmer und schaut sich um. «Ganz schön groß für eine Person.»

«Sieben Jahre in der Stadt», sage ich. «Ich hatte Sehnsucht nach ein wenig Platz.»

«New York?»

«Nein, Albany. Ich finde New York scheußlich.»

«Ich habe einen Neffen an der Uni in Albany. Schöne Stadt.»

«Also, es geht um Dr. Statler», sage ich, um ihn daran zu erinnern, dass wir hier über Sam sprechen und keine TripAdvisor-Tipps über größere US-Städte austauschen wollen. «Gibt es denn Grund zur Sorge?»

«Seine Frau nimmt das an», sagt Sheehy und sieht mich dann direkt an. «Sie hat ihn gestern Abend zu Hause erwartet, und er ist nicht aufgetaucht. Jetzt ist sie verständlicherweise aufgebracht.» Er greift in seine Jacke und holt ein Notizbuch und eine Schildpatt-Lesebrille heraus, die ich für ihn nicht ausgesucht hätte. «Man hat mir gesagt, dass er bei Ihnen unten im Souterrain seine Praxis hat.»

«Ja», sage ich.

«Seit wann?»

«Seit drei Monaten», sage ich. «Er ist am ersten Juli eingezogen, um genau zu sein.»

Um halb vier Uhr nachmittags, um noch genauer zu sein. Ich erinnere mich lebhaft daran. Ich schaute von einem Fenster aus zu, wie er in die Auffahrt fuhr und den schicken neuen Lexus hinter meinem Auto parkte. Er hievte sechs Kisten aus dem Kofferraum in seine neue Praxis und klopfte noch einmal an meine Tür, bevor er wieder ging. «Das ist aber nett», sagte er und zeigte auf das Schild, das ich am Anfang der Einfahrt aufgestellt hatte. Dr. Sam Statler, Psychotherapeut. «Das weiß ich sehr zu schätzen.»

«Willkommen im Lawrence House», sagte ich. «Ich hoffe, dass es Ihnen hier gefällt.» Er sagte mir dann, dass er ein Extra-Schloss an seiner Praxistür anbringen lassen wolle, aber jetzt dringend zurück nach New York müsse; ob ich wohl so nett wäre, den Mann vom Schlüsseldienst hereinzulassen? Sein Name sei Gary Unger, die Firma heiße Gary Unger Schlüsseldienst, sagte Sam und fügte hinzu, dass er gern in der Fokusgruppe gewesen wäre, die Gary Unger bestimmt angeheuert hatte, um den perfekten Namen für sein Unternehmen zu finden. Ich lachte und sagte Sam, dass ich ihn gern für ihn hereinlassen würde. Tatsächlich half ich immer gern.

«Und wie gut kennen Sie ihn?», fragt Sheehy und drängt mich zurück ins Zimmer.

«So, wie ein Vermieter eben seinen Mieter kennt», sagte ich. «Wir grüßen uns, wenn wir uns über den Weg laufen.»

«War er ein guter Mieter?»

«Sehr gut.»

«Hat er die Miete immer rechtzeitig bezahlt?»

«Er hat gar keine Miete bezahlt.»

Er und der Junge sehen mich an. «Nichts?», fragt Sheehy. «Das ist aber sehr großzügig von Ihnen.»

«Na ja, bevor Sie jetzt einen Antrag auf einen Heiligenschein für mich stellen – wir hatten ein Arrangement. Sam half mir im Haus. Kleine Dinge. Glühbirnen auswechseln. Den Müll rausbringen. Wie Sie schon sagten, dieses Haus ist ein bisschen viel für eine Person.»

«Besonders so ein altes Haus wie dieses. Da ist ja immer etwas.» Sheehy schüttelt den Kopf, als hätte er Erfahrung mit alten Häusern. «Was ist mit merkwürdigen Gestalten? Haben Sie vielleicht irgendwelche Typen unten herumhängen sehen?»

John Gently grinst. «Sind die nicht alle ein bisschen verrückt? Ich habe eine Schwester, die in Therapie geht. Sie zahlt zweihundert Dollar, um sich fünfundvierzig Minuten lang über ihren Mann auszukotzen. Reiche Leute finden immer einen Weg, all ihr Geld auszugeben.»

Ich zwinge mich, neutral zu schauen. Wenn dieser junge Mann nur wüsste, wie vielen Menschen Sam schon geholfen hat – allein die Dinge, die er für mich getan hat, nur durch

Osmose –, dann wüsste er auch, dass Sam jeden Cent wert ist. «Nein, keine seltsamen Gestalten», sage ich an Franklin Sheehy gerichtet. «Natürlich muss ein Therapeut immer vorsichtig sein und sich vor Übertragungen hüten.»

«Wie bitte?», sagt er und späht über den Rand seiner Brille.

«Es kommt nicht selten vor, dass die Patienten ihren Therapeuten idealisieren», erkläre ich. «Dass sie ein ungesundes Bedürfnis entwickeln, ihm nahe zu sein.» *Wie zum Beispiel dieses französische Mädchen mit den ungesunden Beziehungen, die ich mir, wenn ich Sie wäre, mal genauer ansehen würde.*

«Er hat mit Ihnen über seine Patienten gesprochen?», mischt sich der Junge ein.

Ich lache. «Natürlich nicht. Damit hätte er eindeutig das Arzt-Patient-Vertrauensverhältnis verletzt. Aber jeder mit ein bisschen Verstand kann sich ja wohl vorstellen, dass diese Arbeit ebenso schwierig wie befriedigend sein kann.»

«Hm, hm», macht Sheehy und wirkt gelangweilt. «Und am Abend des Unwetters. Seine Frau hat uns gesagt, dass Sie gesehen hätten, wie Dr. Statler seine Praxis verlassen hat?»

«Ja, das stimmt. Gegen fünf», sage ich. «Ich ärgere mich sehr darüber, dass ich vergessen hatte, Sam von der Reisewarnung zu erzählen. Ich glaube kaum, dass er Zeit hat, sich die Wettervorhersage anzusehen, weil er den ganzen Tag nur hier unten sitzt und den Menschen hilft. Ich hätte …»

«Oh, ich würde mir keine Vorwürfe machen, wenn ich Sie wäre», sagt Sheehy und blinzelt auf sein Notizbuch hinunter. «Sie wissen doch, wie manche Leute sind. Denen kann man gar nichts sagen.»

«Glauben Sie, dass er einen Unfall hatte?»

«Wir können nichts ausschließen», sagt Sheehy. «Wir suchen auch nach seinem Auto.» Er schließt das Notizbuch. «Wie schade, dass wir uns nicht in seiner Praxis umschauen können. Sie haben keinen Schlüssel, habe ich gehört?»

«Aus Gründen der Diskretion», sage ich und schüttele den Kopf. «Sam war darin ziemlich pingelig.»

«Das hört man gern», sagt Sheehy. «Jemand, der Diskretion noch in Ehren hält.»

«Ja, allerdings», sage ich. «Tut mir leid, dass ich nicht helfen kann.»

Sheehy steckt seine Brille in die Vordertasche seiner Jacke und richtet sich auf. «Rufen Sie uns an, wenn irgendetwas ...», sagt er, als ich sie durch den Flur führe.

«Natürlich. Viel Glück», rufe ich ihnen hinterher, als sie durch den kalten Regen zurück zum Auto gehen. «Hoffentlich finden Sie ihn.»

KAPITEL 18

Annie steht am Fenster und wählt die Nummer erneut. «St. Luke's Notaufnahme, kann ich Ihnen helfen?»

Wieder die Frau, die vor ein paar Stunden schon rangegangen ist.

«Ja, hallo, hier ist Annie Potter», sagt sie. «Ich habe vorhin schon einmal angerufen und gefragt, ob seit gestern Abend vielleicht ein Autounfall gemeldet worden ist. Mein Mann ist nicht nach Hause gekommen ...»

«Wie war noch mal der Name?»

«Sam Statler.»

Annie hört das Klackern der Tastatur. «Eine Sekunde bitte.» In der Leitung erklingt ein Richard-Marx-Song. Seit gestern Abend um acht ruft sie schon zum dritten Mal an, und die Male zuvor wurde sie nicht in die Warteschleife geschaltet. Vielleicht heißt das, dass sie seinen Namen in der Liste gefunden haben und ...

«Tut mir leid», meldet sich die Frau wieder. «Ich musste niesen. Und nein, keine Unfallopfer seit gestern Abend.»

Annie atmet erleichtert aus. «Danke schön», sagt sie und legt auf. Sie schiebt das Handy in die Gesäßtasche ihrer Jeans, bleibt am Fenster stehen und versucht, dieses dumme Auto mit der Kraft ihrer Gedanken dazu zu bringen, in der Einfahrt aufzutauchen. Sie stellt sich vor, wie er es an der gewohnten Stelle unter der Fichte abstellt und mit einer Salamipizza in den Händen auf das Haus zurennt. «Musste fast fünfzehn Stunden auf dieses Ding hier warten», würde er sagen und sich den Regen aus den Haaren schütteln. «Der Service dort ist wirklich *schrecklich.*»

Sie geht durch das Zimmer in die Küche. Sams Hoodie liegt noch dort, wo er ihn gestern liegen gelassen hat, über einem Hocker an der Kücheninsel, und sie zieht ihn an, öffnet den Kühlschrank und schaut mit leerem Blick hinein. Das Handy in ihrer Hosentasche klingelt, und sie holt es hektisch heraus, nur um enttäuscht die Nummer zu sehen. Es ist nicht er. Es ist Maddie, ihre Cousine, die aus Frankreich anruft.

«Hast du irgendwas gehört?», fragt Maddie, als Annie rangeht.

«Nichts.» Annie hat Maddie gestern Abend schon angerufen, ihr erzählt, dass ein schlimmer Sturm in ihrer Gegend wütete und dass Sam schon seit zwei Stunden hätte zu Hause sein müssen. Die Stadt hatte eine Reisewarnung ausgegeben, der Polizeichef hatte der Bevölkerung geraten, nicht auf die Straße zu gehen. Annies Anrufe gingen direkt auf seine Voicemail, und sie hatte beschlossen, dem unwirtlichen Wetter zu trotzen und zum Lawrence House zu fahren. Sie betete, dass er beschlossen hatte, in der Praxis zu warten, bis das Unwetter nachließ. Der Regen trommelte so hart gegen ihre Windschutzscheibe, dass sie kaum etwas sehen konnte. In der Stadt war niemand auf der Straße. Große Äste lagen auf der Fahrbahn. Ihr Handy auf dem Beifahrersitz vibrierte, als sie auf der Cherry Lane über die Brücke und auf das Lawrence House zu fuhr: eine Warnung des Nationalen Wetterdienstes. Sturmflutwarnung. Vermeiden Sie Ufergebiete. Hören Sie die lokalen Medien.

Im Lawrence House war alles dunkel, und Sams Auto stand nicht in der Einfahrt. Annie wurde nass bis auf die Knochen, als sie den Gartenweg zu Sams Praxis hinaufrannte. Dort hielt sie die Hände schützend gegen die Spiegelung ans Glas und spähte hinein. Im Wartezimmer war es dunkel, die Tür zu seiner Praxis verschlossen.

«Hast du die Polizei angerufen?», fragt Maddie.

«Ja, letzte Nacht. Ein Beamter hat meine Aussage entgegengenommen und gesagt, dass sie nach seinem Auto Ausschau halten würden.»

«Das ist gut, oder?», sagt Maddie.

«Nichts an dieser Sache ist gut.»

Maddie seufzt schwer. «Wie hältst du dich denn?»

«Ich habe schlimme Angst», antwortet Annie.

«Soll ich kommen?», fragt Maddie.

«Natürlich möchte ich, dass du kommst», sagt Annie. «Aber du wohnst in Frankreich.» Maddie, ihre Cousine, ist der Mensch, der ihr am nächsten steht. Sie ist die Tochter von Therese, der Zwillingsschwester ihrer Mutter. Nachdem ihre Eltern starben, verbrachte Annie die Ferien bei ihnen. Ihre Tante und ihr Onkel gaben sich alle Mühe, dass sie sich bei ihnen wie zu Hause fühlte.

«Ich weiß», sagt Maddie. «Aber es gibt ja jetzt Flugzeuge. Ich könnte morgen schon da sein.»

«Es geht schon.» Sie sagt Maddie, dass sie sie anrufen will, wenn sie etwas hört, und geht dann durch den Flur ins Schlafzimmer. Sie bleibt an der Terrassentür stehen und sieht, dass sie eine der jungen Eichen verloren haben, die sie ein paar Wochen nach ihrem Einzug gepflanzt hatten. Sam wird sicher bald wieder da sein und den Garten aufräumen, denkt sie. Morgen wird er schon dort draußen sein und Äste und Zweige in die Schubkarre legen, damit sie damit den Kamin anfeuern können.

Sie setzt sich auf die Bettkante und stützt das Gesicht in die Hände. Irgendetwas war merkwürdig mit ihm. Ein paar Wochen schon ist er irgendwie abwesend und distanziert, und nachts schläft er schlecht. Neulich beim Frühstück hatte sie ihn gefragt, ob er darüber reden möchte, aber er murmelte nur etwas Vages – die neue Praxis, seine Mutter –, und machte ihr so klar, dass er das nicht wollte. Sie beließ es dabei und dachte, er würde es ihr schon sagen, wenn er bereit wäre.

Sie legt sich hin und schließt die Augen, und sie ist kurz vor dem Einschlafen, als sie ein Auto in ihrer Einfahrt hört. Sie rappelt sich auf und schaut aus dem Fenster. Es ist die Polizei.

«Franklin Sheehy», sagt der Mann, als sie die Tür öffnet. «Polizeichef.»

«Haben Sie etwas gehört?», fragt sie voller Angst.

«Nein, Ma'am. Wir wollten nur nach Ihnen sehen.» Ein Junge mit einem Milchgesicht taucht hinter ihm auf. «Das hier ist John Gently.»

Annie erinnert sich an seinen Namen; er ist der Officer, der gestern Abend ihre Aussage aufgenommen hat. «Haben Sie ein paar Minuten?»

«Ja, kommen Sie doch herein.» Sie führt sie ins Wohnzimmer.

«Wir kommen gerade vom Lawrence House», sagt Franklin Sheehy. «Nachbarn haben gesehen, dass Ihr Mann gegen fünf Uhr nachmittags seine Praxis verlassen hat. Ich nehme an, Sie haben noch nichts von ihm gehört?»

«Nein, nichts», sagt sie. Die Cops setzen sich auf das Sofa ihr gegenüber. «Ich habe ihn auf dem Handy angerufen, aber es ist tot.»

«Woher wissen Sie, dass es tot ist?», fragt Sheehy.

«Meine Anrufe gehen direkt auf die Voicemail.»

«Was ich meine, ist, woher wissen Sie, dass er es nicht absichtlich ausgeschaltet hat?»

Sie runzelt die Brauen. «Warum sollte er das denn tun?»

Sheehy übergeht die Frage, holt ein Notizbuch und eine Lesebrille aus der Innentasche seiner Jacke heraus. «Ich weiß, dass Sie schon mit Officer Gently gesprochen haben, aber hätten Sie etwas dagegen, noch einmal mit mir die Hintergründe durchzugehen?»

«Natürlich nicht», sagt sie.

«Gibt es irgendwelche Probleme, von denen wir wissen sollten?», fragt Sheehy. «Spielen, Trinken?»

«Nein, gar nichts.»

«Wie war denn seine Stimmung?»

Sie zögert. «Gut», sagt sie. «Meistens. Er wirkte ein wenig abgelenkt.»

«Hat er mit Ihnen darüber gesprochen?»

«Nein», sagt sie. «Aber wir haben ja auch viele Veränderungen durchgemacht. Hierherzuziehen, uns um Sams Mutter zu kümmern. Das ist viel.»

Sheehy schüttelt den Kopf und schnalzt mit der Zunge. «Habe von Margaret gehört. Wirklich traurig. Sie war nicht mehr dieselbe, nachdem Ted sie wegen dieses Mädchens verlassen hatte.» Er faltet die Hände. «Ich frage das nicht gern, aber kann es sein, dass Ihr Mann vielleicht auch etwas Kleines nebenbei laufen hatte?»

«Nein», sagt Annie. «Nichts nebenbei.»

«Woher wissen Sie das?»

Die beiden Männer sehen sie an. «Weil ich meinen Mann kenne, und er würde das nicht tun.»

John Gently lacht laut. «Tut mir leid», sagt er, schlägt sich die Hand vor den Mund und wirft Sheehy einen beschämten Blick zu. «Es ist nur so ... Stats und ich sind auf dieselbe Highschool gegangen, er war viele Jahre vor mir. Dieser Typ ist eine Legende.»

Annie wirft dem Jungen einen flüchtigen Blick zu. «Na ja, das war vor zwanzig Jahren. Sam hat sich weiterentwickelt.» Sie wendet sich wieder Sheehy zu. «Konnten Sie sich denn in der Praxis meines Mannes umschauen?»

«Nein, leider nicht. Sie hatten recht. Der Vermieter hat keinen Schlüssel.»

«Aber können Sie nicht auf andere Weise hineinkommen?»

«Nein, Ma'am», sagt Sheehy. «Der Verdacht, aufgrund dessen wir in ein abgeschlossenes Büro eindringen dürfen, muss vor Gericht standhalten können, und ich fürchte, das ist hier nicht der Fall.»

«Standhalten?», fragt Annie. «Was bedeutet das?»

«Gently?»

«Das bedeutet», sagt er und setzt sich aufrecht hin, «Wenn Chef Sheehy einen Antrag auf eine Hausdurchsuchung an die Staatsanwältin schicken und sie bitten würde, vor Richterin Allison auszusagen, obwohl der Chief nicht mehr in der Hand hat als einen Typen, der von der Arbeit nicht nach Hause gekommen ist, wird keiner glücklich.»

«Bingo», sagt Sheehy.

«Von der Arbeit nicht nach Hause gekommen?», fragt Annie. «Ich hoffe, Sie meinen damit nicht, dass es sein kann, dass Sam ... weggegangen ist?» Sie gibt sich alle Mühe, gefasst wirken. «Er ist in einem schrecklichen Unwetter nach Hause gefahren. Vielleicht hatte er einen Unfall.»

Sheehy und Gently wechseln einen Blick. Dann nickt Sheehy und steckt sein Notizbuch zurück in seine Tasche. «Wir werden nach seinem Auto Ausschau halten, genauso wie die Landespolizei. Wenn er in einen Unfall verwickelt war, werden wir ihn finden und ihm helfen. Inzwischen wäre es für Sie das Beste, sich ein wenig auszuruhen.»

Sie zwingt sich zu einem Lächeln und steht auf. «Danke. Ich werde es versuchen.»

Sie geleitet sie zur Tür und bleibt am Fenster stehen, bis die Rücklichter des Polizeiwagens verschwunden sind. Dann nimmt sie ihr Handy aus der Tasche und schaut auf das Display – keine verpassten Anrufe –, um dann eine neue Textnachricht zu schreiben. Hallo, lieber Mann, tippt sie und schluckt ihre Angst herunter. Ich finde diese Situation wirklich schrecklich. Könntest du jetzt bitte nach Hause kommen?

KAPITEL 19

Ich logge mich ein, dehne meinen Nacken und beginne mit meiner Rezension.

«SIE» VON STEPHEN KING.

Mir ist noch ganz schwindelig.

Ich bin zufällig an das Exemplar eines Freundes geraten, und eigentlich wollte ich nur die ersten paar Seiten durchblättern. Aber dann habe ich das gesamte Buch ohne Pause durchgelesen. Ich habe bemerkt, dass einige Rezensenten Worte wie geistesgestört oder irre benutzt haben, um Annie Wilkes zu beschreiben, aber ich finde beide Ausdrücke vollkommen unpassend und hochgradig unsensibel.

Mir ist völlig klar, dass das Leid unserer Protagonistin das Resultat tiefer psychischer Wunden aus der Kindheit ist. Als Erwachsene versucht sie, irgendwie damit zurechtzukommen, indem sie verschiedene Verteidigungsmechanismen anwendet – Fixierung, Verleugnung, Regression –, ganz zu schweigen von dem (erfolglosen) Versuch, die Wut zu unterdrücken, die sie als kinderlose Frau mittleren Alters empfindet. Trifft sie immer die besten Entscheidungen? Natürlich nicht. Aber es ist nicht Boshaftigkeit, die sie antreibt, sondern Angst.

(Diejenigen, die an diesem Thema interessiert sind, sollten das Video «Sie und das Leid» von Dr. Anne (sic) Potter anschauen, einer ehemaligen Professorin an der Columbia Universität und Guggenheim-Fellow, das auf YouTube zu finden ist.)

Das Ende kam ein wenig zu überhastet. Vier Sterne.

Ich poste die Rezension und schiebe erschöpft meinen Stuhl vom Computer weg. Ich bin gestern Abend erst auf Annies Vorlesung gestoßen, nach dem Abendessen. Sie haben in der Beschreibung ihren Namen falsch geschrieben, weshalb ich das Video zunächst nicht gefunden hatte. «*Sie* und das Leid». Als ich den Titel gelesen hatte, freute ich mich darauf zu hören, wie sie die unzähligen Gründe aufzählen würde, aus denen so viele Frauen unglücklich sind. Aber dann schaute ich das Video und merkte, dass sie den Horrorroman von Stephen King meinte, dasselbe Buch, das Sam gelesen hatte (wie süß). Zweiundvierzig Minuten erklärte Dr. Potter Annie Wilkes' Psyche und dachte über ihre Rolle als Mutter und Verführerin nach – diesen Teil schaute ich sechs Mal hintereinander –, und meine Neugier war erwacht. Ehe ich mich versah, war ich um zwei Uhr morgens schon auf der letzten Seite.

Ich gehe durch die Küche, öffne die Tür zu Agatha Lawrences Arbeitszimmer und atme den sauberen Geruch im Zimmer ein. Ich habe es geschafft – ich habe dieses Zimmer endlich aufgeräumt. Nachdem ich das Buch zu Ende gelesen hatte, konnte ich nicht einschlafen, also beschloss ich, mich nützlich zu machen. Zuerst wollte ich nur Agathas Papierkram und die Kisten loswerden – für immer mit ihr abschließen –, aber plötzlich war es zwei Uhr morgens, und ich stand im 24 Stunden geöffneten Baumarkt in der Schlange, mit Rückenschmerzen und dem Werkzeug, um das Fenster selbst zu reparieren.

Damit hätte ich aufhören und ins Bett gehen können, aber stattdessen verwandelte ich das Arbeitszimmer in ein Gästezimmer mit frisch gewaschenen Vorhängen und einem Einzelbett, das ich von oben herunterschleppte. Das Ergebnis ist gemütlich und schick. Alles ist in ruhigen Farben gehalten und in das warme Licht der Buntglaslampe getaucht, die ich in einem Schrank fand.

Ich schaue mich ein letztes Mal im Zimmer um: Es gefällt mir. Dann gehe ich mit dem Wischmopp zurück in die Küche. Ich wringe den Lappen im Ausguss aus. Mein Blick fällt auf die heutige Ausgabe des *Daily Freeman* auf dem Tisch, wo ich sie hatte liegen lassen. Der Artikel über Sam ist auf der Titelseite. Ich war überrascht, als ich heute Morgen die Tür öffnete und sein durchweichtes und knittriges Gesicht von meiner Türmatte zu mir hochlächeln sah. Das hätte ich nicht sein müssen. Natürlich ist die Geschichte von allgemeinem Interesse: Hiesiger, allseits beliebter Therapeut wird in der Nacht des Unwetters als vermisst gemeldet. Es schadet natürlich nicht, dass er gut aussieht, und auch die Tatsache, dass er und seine Frau erst sehr kurz verheiratet sind, macht die Geschichte noch interessanter. Interessant genug jedenfalls, dass der Chefredakteur beim *Daily Freeman* die Geschichte der jungen und unerschrockenen Journalistin Harriet Eager überlässt, die einen Abschluss in Journalismus und einen passenden Nachnamen besitzt. Sie überbringt die schlechte Nachricht, dass Sam seit zwei Tagen nicht mehr aufgetaucht ist.

Dr. Sam Statler wurde vor zwei Tagen von seiner Frau als vermisst gemeldet, nachdem er von der Arbeit nicht nach Hause zurückgekehrt war. Jeder, der Informationen zum Verbleib von Dr. Statler besitzt, wird gebeten, sich bei der Reporterin Harriet Eager unter tipps@DailyFreeman.com zu melden.

Er sieht auf dem Foto, das Harriets Story illustriert, außergewöhnlich gut aus. Er trägt einen schicken blauen Anzug mit einer Krawatte, die seine Augen zum Strahlen bringen. Ich nehme an, dass Annie das Foto auf der Veranda ihres Hauses in der Albemarle Road 119 gemacht hat. Vier Schlafzimmer auf zweieinhalb Hektar Grundstück, eine frisch renovierte Küche und ein großes Badezimmer im ersten Stock haben sie 835 000 Dollar gekostet. Ich habe die Immobilienanzeige gefunden – Fotos und so –, nachdem Harriets Chefredakteur auch noch Sams Adresse abdruckte, wo seine junge Ehefrau Annie jetzt allein lebt, ohne einen Mann, der sie beschützen kann.

Ich nehme die Schere aus der Schublade und setze mich an den Küchentisch. Ich frage mich, was Dr. Annie Potter wohl denken würde, wenn sie von den unbezahlten Kreditkartenrechnungen wüsste, die ihr vermisster Ehemann offenbar vor ihr versteckt hat. Warum sonst sollte er sie in seinem Büro in einer Schublade verwahren, zwischen die Seiten eines Romans gesteckt, wenn er sie nicht vor ihr verstecken wollte? Ich habe mir die einzelnen Posten angesehen und war verblüfft, was er für die Dinge auszugeben bereit war.

Um ehrlich zu sein, bin ich mehr als nur ein wenig verletzt, dass Sam mir nichts von seiner Situation erzählt hat. Das ist absurd, ich weiß. 120 000 Dollar Schulden sind ein viel zu unglückliches Thema für eine Happy Hour, aber ich hätte ihm dabei helfen können herauszufinden, was ihn in die Situation gebracht hat, und mit ihm einen Plan schmieden können, wie er wieder herausfinden kann. (Auf der anderen Seite muss ich auch zugeben, dass ich mich doch insgesamt einen *Hauch* besser fühle. Immerhin lag Sams Kälte mir gegenüber nicht an mir. Er hat sich Sorgen wegen seiner Schulden gemacht.)

Ich bin gerade damit fertig, den Artikel auszuschneiden, als etwas Farbiges am Fenster vorbeiflitzt. Ich stehe auf, um nachzusehen. Es ist die Taube. Kurz überlege ich, ins Badezimmer zu gehen und abzuwarten, bis sie wieder fort ist, aber es ist schon zu spät. Sie winkt mir durch das Fenster zu. Ich lege die Schere weg, gehe ganz ruhig zur Tür und setze ein Lächeln auf.

«Haben Sie den Artikel gesehen?», quäkt sie, kaum, dass ich die Tür geöffnet habe. «Über Sam?»

«Ich habe ihn gerade gelesen.»

«Ich bin am Boden zerstört.» Sie kneift die Augen zu und tut dann das, was ich am allerwenigsten erwartet hätte: Sie umarmt mich.

Das letzte Mal, dass mich jemand berührt hat: eine Liste

- 4. März, vor sieben Monaten, an dem Tag, an dem ich Albany verließ.

Xiu, das älteste der vier Mädchen, deren Eltern das Happy Chinese im ersten Stock meines Wohngebäudes besaßen. Ich habe miterlebt, wie sie und ihre Schwestern im Restaurant aufwuchsen, wie sie hinter dem Tresen arbeiteten und abwechselnd die zwei Dollar Trinkgeld annahmen, das ich ihnen immer gab, wenn sie mir die Plastiktüte mit dem Essen gereicht haben – montags gebratenen Reis mit Huhn, freitags Barbecue-Spareribs, jede Woche, sechs Jahre lang.

Xiu saß im Eingangsbereich bei den Briefkästen auf dem Boden, kaute auf der Spitze ihres Pferdeschwanzes herum und las *Gregs Tagebuch.* Sie fragte mich, wohin ich mit einem so großen Koffer wolle, und als ich es ihr sagte, stand sie auf und umarmte mich zum Abschied. Ich konnte es kaum glauben. Diese Geste war so süß, dass sie mir die Tränen in die Augen trieb, die nicht wieder trockneten, auch als ich schon eine Stunde lang im Greyhound auf dem Weg nach Chestnut Hill, New York saß. (*Dritte-Klasse*-Plätze im Greyhound. Ich hatte gerade einen Scheck mit mehr Geld eingelöst, als ich mir je hätte *erträumen* können, und da saß ich nun, auf Platz 12C, und schaute auf fünfzehn Zentimeter mehr Knieraum und einen Liegesitz drei Reihen vor mir, der nur 29 Dollar mehr gekostet hätte.)

«Ich habe gesehen, dass die Polizei auch bei Ihnen war», sagt die Taube, als sie mich endlich loslässt. Sie senkt die Stimme, als hätte sie Angst davor, dass der Hund sie hören könnte. «Was haben *Sie* denen denn gesagt?»

«Ach, wissen Sie, dass ich gesehen habe, dass Sam von der Arbeit zu seinem Auto rannte, vermutlich weil er hoffte, noch vor dem Unwetter nach Hause zu kommen.»

«Ich habe ihn auch vorbeifahren sehen. Es war doch verrückt, bei dem Sturm fahren zu wollen. Bei einer Freundin von mir ist ein Baum auf das Dach gefallen, und der größte Teil der Stadt hatte keinen Strom mehr.»

«Das habe ich gehört.» Der Meteorologe von Chestnut Hill, Irv Weinstein, hatte mich früh geweckt. Er konnte beim Verlesen des Wetterberichts kaum an sich halten (*Hunderte von umgefallenen Bäumen! Kein Strom im östlichen Teil des Landes!*).

«Arme Annie», sagt Sidney.

«Sie muss ja ganz krank sein vor Sorge», stimme ich zu.

«Ich habe sie zusammen gesehen, vor ein paar Wochen, bei einer Veranstaltung. Sie wirkten glücklich. Ich kann immer noch nicht glauben, dass sich jemand diesen Typen an Land gezogen hat.» Sie hält inne. Dann fährt sie fort: «Sam und ich waren mal zusammen, wissen Sie.»

«Nein, das hat Sam nicht erwähnt.»

Sie lacht. «Warum sollte er auch? Es ist lange her. Und es war nur ganz kurz. Jedenfalls ...»– Sie holt einen gefalteten Zettel aus ihrer Hosentasche – «...eigentlich bin ich gekommen, um

Ihnen zu sagen, dass es jetzt eine Suche gibt. Ein paar Männer aus unserer Klasse organisieren sie. Wir treffen uns alle in einer Stunde an der Bowlingbahn.»

Ich nehme den Zettel. «Die Stadt sucht nach Sam Statler», lese ich.

«Na ja, eigentlich suchen wir wohl nach seinem Auto, glaube ich. Immerhin besteht die Gefahr, dass er einen Unfall hatte, oder?»

«Oder er befand sich in einem psychischen Ausnahmezustand.» Ich habe das gestern Abend gegoogelt: *Warum verschwinden Männer spurlos.* «Da gab es mal einen Mann in Delaware, der kurz Doughnuts kaufen gehen wollte», sage ich der Taube. «Man hat ihn zwei Wochen später gefunden. Er wollte sich in San Diego ein Gesichtstattoo machen lassen. Wusste absolut nicht, wie er dorthin gekommen war. Jedenfalls ...» Ich halte den Zettel hoch und machen einen Schritt zurück ins Haus. «Danke, dass Sie mir Bescheid gesagt haben.»

Ich schließe die Tür und bleibe im Eingangsbereich stehen, wobei ich ihren Schritten lausche, die immer leiser werden. Als sie schließlich die Hecke erreicht, schließe ich ab und lese mir den Zettel noch einmal durch. «Treffpunkt bei Lucky Strikes um zehn Uhr morgens! Zieht euch warm an!»

In der Küche hole ich den ausgeschnittenen Artikel von Harriet Eager und gehe in die Bibliothek, wo ich die Schiebetüren aufziehe und den violetten Ordner aus dem Regal hole. An Agatha Lawrences Schreibtisch loche ich den Zettel und den Artikel sorgsam und lasse dann die Metallringe aufschnappen, um sie abzuheften. Ich schließe die Ringe wieder und blättere vorwärts, an Sams Kreditkartenrechnungen vorbei, die ich heute Morgen hinzugefügt habe, bis zum allerersten Blatt.

Das Interview, das er gegeben hat.

Ich werde nie den Tag vergessen, an dem ich auf den Artikel stieß und so zum ersten Mal von Sam hörte. Ich hatte da schon drei Monate lang in Chestnut Hill gewohnt – ganz allein in diesem großen Haus, das angefüllt ist von den Erinnerungen an eine tote Frau. Ich hatte einen Handwerker angerufen, der ein Loch in der Decke des Wohnzimmers reparieren sollte, und kam gerade nach unten, als er fertig wurde. Der Dielenboden war zum Schutz mit den Exemplaren ein und derselben Ausgabe des *Daily Freeman* bedeckt, sodass mir Sams Gesicht dutzendfach entgegenschaute. Ich nahm eine der Zeitungen in die Hand und las mir das Interview durch. Ein Junge von hier, der nach Hause zog, um sich um seine Mutter zu kümmern, die ehemalige Sekretärin an der Highschool. Seine Antworten waren charmant und lustig, und ich googelte ihn sofort, blieb lange wach, las über seine Arbeit und wusste sofort, dass ich ihn kennenlernen wollte.

Ich schließe den Ordner und stelle ihn wieder ins Regal zu den anderen. Dann mache ich mich auf die Suche nach meinen Stiefeln. Die Suche nach Sam beginnt bald. Ich muss los.

KAPITEL 20

Annie sitzt hinter dem Lenkrad. Sie hat Sams schmutziges T-Shirt in der Hand. Sie drückt es sich ins Gesicht und atmet den Geruch seines Schweißes ein. Sie erinnert sich, wie er Anfang der Woche in diesem Shirt aus dem Fitnessstudio kam. Vier Frauen gehen vor Annies Auto über die Straße. Sie tragen alle die gleichen violetten Regenmäntel der katholischen Kirche St. Ignatius. Sie öffnen die Tür zur Bowlingbahn und verschwinden darin. Lucky Strikes, die inoffizielle Zentrale der Suche nach Sam, die auf Zetteln angekündigt ist, die Sams ehemalige Klassenkameraden vervielfältigt und in der Stadt verteilt haben, wobei sie nicht an Ausrufezeichen gespart haben. «Treffpunkt bei Lucky Strikes um zehn Uhr morgens! Zieht euch warm an!» Annie sitzt schon seit zwölf Minuten in ihrem Auto und schaut zu, wie Autos kommen und Leute in wasserdichten Stiefeln und mit hochgezogenen Kapuzen durch den nebligen Regen zum Eingang rennen.

Sie stellt sich vor, wie Sam neben ihr auf dem Beifahrersitz sitzt, dass sie beide auch nur ein Paar wären, das an der Suche teilnimmt, froh darüber, dass sie an einem Freitagmorgen etwas Interessantes vorhaben.

Guck, was du da geschafft hast, flüstert sie. *Du bist zurück nach Hause gezogen und hast die ganze Stadt zusammengebracht. Du solltest dich zum Bürgermeister wählen lassen, wenn du wieder auftauchst.*

Gute Idee, erwidert er. *Wirst du dann das Greet and Meet veranstalten?* Sie kann fühlen, wie er ihre Hand nimmt. *Du musst jetzt reingehen.*

Ich will aber nicht.

Warum nicht?

Ich weiß nicht, flüstert sie.

Natürlich weißt du das, mein Dummchen. Er verschränkt seine Finger mit ihren. *Es liegt daran, dass du eine Todesangst hast, dass irgendwer in der Bowlingbahn heute irgendwann mein Auto und meine Überreste darin findet, und das willst du einfach nicht erleben.*

Ihr Handy auf dem Beifahrersitz klingelt, und sie zuckt zusammen. Es ist Gail Withers, die Filialmanagerin der nächsten Chase-Bank, knapp fünfzig Kilometer von hier entfernt.

«Ms. Withers», sagt Annie und packt das Handy fester. «Danke, dass Sie zurückrufen.»

«Sie haben heute Morgen ja einige Nachrichten hinterlassen», sagt Gail. «Wie kann ich Ihnen helfen?»

«Mein Mann hat ein Girokonto bei Ihnen, und ich versuche herauszufinden, wann seine Kreditkarte zum letzten Mal benutzt wurde.»

«Sind sie auf das Konto als Eigentümerin eingetragen?»

«Nein.»

«Verstehe.»

«Ich habe viel Zeit mit Telefonieren verbracht und eine Menge 1-800er-Nummern angerufen, weil ich Antworten haben wollte.»

«Und was haben Sie dabei herausgefunden?»

«Absolut gar nichts.» Annie spürt, dass sich hinter ihren Augen wieder dieser Schmerz aufbaut. «Weshalb ich Sie kontaktiert habe. Ich dachte, mit jemandem zu sprechen, der hier in der Nähe arbeitet, wäre vielleicht ...»

«Tut mir leid, Ms. Potter, aber die Bank kann unautorisierten Nutzern keine Informationen geben. Zum Schutz unserer Kunden.»

«Ich möchte ja gar nicht, dass die *Bank* das tut, Gail. Ich bitte Sie darum.»

Sie zögert. «Es tut mir leid, Annie. Ich könnte das nicht tun, selbst, wenn ich wollte.»

Annie atmet tief durch und unterdrückt den Drang zu schreien. «Ich habe seit zwei Tagen nicht mehr mit meinem Mann gesprochen», murmelt sie. «Ich weiß nicht, was ich tun soll.»

«Es tut mir wirklich leid», sagt Gail und klingt ehrlich betroffen. «Ich habe heute Morgen den Artikel gelesen. Ich weiß, wie schwierig das ist.»

Annie würde am liebsten laut auflachen. *Ach, wirklich, Gail? Ist dein Mann also auch einfach so aus heiterem Himmel verschwunden? Rasen deine Gedanken auch immer im Kreis, damit du dir nicht vorstellen musst, wie dein Mann langsam unter dem bescheuertsten Auto der Welt stirbt?* «Danke, Gail.» Sie beendet das Gespräch, öffnet die Autotür und geht schnell zur Bowlingbahn, bereit, die Sache hinter sich zu bringen. Drinnen schlägt ihr sofort der Geruch von Pommes und dem Wachs der Bahnen entgegen. Eine Frau mit Klemmbrett und Stift tritt auf sie zu. Sie ist schon in ihren Sechzigern. Ihr Haar hat die Farbe von Concord-Traubenmarmelade.

«Name, bitte?»

«Ich bleibe nicht», sagt Annie. «Ich bringe nur etwas vorbei.»

Ein Mann läuft mit zwei Schachteln frischer Doughnuts vorbei. Er stellt sie auf einen Tisch in der Nähe. Darüber hängt ein Schild: Mit den besten Wünschen von Eileens Bäckerei auf der Centerview Plaza. «Nehmen Sie sich einen, bevor sie weg sind, Mrs. Escobedo», sagt er im Vorbeigehen.

Sie schüttelt den Kopf. «Tag vierzehn meiner neuen Diät,

und das Einzige, was ich bisher verloren habe, sind zwei glückliche Wochen.» Annie geht an ihr vorbei. Überall laufen Leute herum, schenken sich Kaffee aus Kannen an der Bar ein. Im Hintergrund dudelt Bon Jovi. An den Bartischen stehen Frauen und schmieren wie am Fließband Erdnussbutter auf Weißbrotstapel. Eine von ihnen winkt ihr zu, ihr Gesichtsausdruck wirkt traurig, und Annie braucht einen Augenblick, um sie einzuordnen. Sidney Pigeon, die Frau, die gegenüber vom Lawrence House wohnt. Noch eine Exfreundin, die Sam durch den Raum hinweg angeglotzt hatte. Es war bei einer politischen Benefizveranstaltung, und Annie erinnert sich, wie sie an diesem Abend ins Auto stieg und so tat, als wäre sie Sidney Pigeon, aus dem Jahrgang von 1998. Zu Hause zog sie Sam hinter sich her ins Schlafzimmer und beschrieb ihm, beschwipst wie sie war, all die Dinge, von denen sie in den letzten fünfzehn Jahren geträumt hätte.

Annie nickt und dreht sich um, um nach einem großen Mann Ausschau zu halten, der unter dem Namen Crush bekannt ist. Crush Andersen, Star-Linebacker bei den Fighting Cornjerkers. («Ich will es gar nicht so genau wissen», sagte Annie, als Sam zum ersten Mal den Namen seines Highschool-Footballteams erwähnte.) Annie hat Crush im Mulligan's kennengelernt, dem Treffpunkt in der Stadt, kurz nachdem sie nach Chestnut Hill gezogen waren. Sie hatten zehn Minuten vor einem Teller mit Nachos und Frozen Margaritas gesessen, als sechs Typen, alle mit derselben Frisur, in das Lokal kamen. Es gab eine Menge Schläge auf den Rücken und eine schnelle Vorstellungsrunde – Crush, Lucky, Half-a-Deck, praktisch die gesamte Besetzung der 70er-Jahre-Serie *Happy Days*, und alle waren hellauf begeistert, dass ihr alter Kumpel Stats wieder nach Hause gezogen war.

Einer der Typen von der Polizei hat Crush von der Fahnung nach Dr. Sam Statler erzählt, und Crush hat alles stehen und liegen gelassen, um an der Rettungsaktion teilzunehmen. Flugblätter. Eine Facebook-Seite. Die Bowlingbahn, die umsonst genutzt werden kann, solange alle um fünf Uhr nachmittags wieder weg sind, wenn der Family-Fun-Abend beginnt. Zwei Frauen in orangefarbenen Parkas treten an den Doughnut-Tisch. «Barbara hat gesagt, dass jemand vom Fernsehen kommt», sagt eine von ihnen und befingert das Schmalzgebäck. «Meinst du, dass die Sache in einer dieser überregionalen Nachrichtensendungen kommt?»

«Mach dich nicht lächerlich», versetzt die andere. «Der ist doch nicht Jon Bénet.»

«Annie, Süße, du hast es geschafft!» Crush kommt mit ausgestreckten Armen auf sie zu. «Wie geht es dir?», fragt er sie und umarmt sie so fest, dass sie sich am liebsten losgemacht hätte.

«Beschissen», sagt sie und hält Sams T-Shirt hoch. «Ich habe das hier mitgebracht. Du sagtest, du wolltest etwas möglichst Stinkendes, also ...»

Er nimmt es und riecht daran. «Huh», sagt er und zuckt zurück. «Zander wird das *lieben.*» Er meint den Spürhund im Ruhestand, den jemand mitzubringen versprochen hat.

«Ihr seid alle draußen», sagt Annie. Sams Stimme kommt ihr in den Sinn. *Was hast du denn erwartet?*, sagt er höhnisch. *Ich hab dir doch gesagt, dass Crush in der Highschool derjenige war, von dem alle immer schon wussten, dass er wahrscheinlich die Suche nach Sam Statler anführen würde, wenn er in zwanzig Jahren verschwindet.*

«Stats würde dasselbe auch für mich tun», sagt Crush. *Nein, würde ich nicht*, erwidert Sam. «Bleibst du hier?»

«Nein», sagt Annie. «Das ist nicht so meins. Aber du rufst mich doch an, wenn irgendetwas …»

«Keine Sorge, Süße. Ich halte dich über jeden einzelnen Schritt auf dem Laufenden.» Sie bedankt sich bei ihm und geht zurück zum Ausgang, zu ihrem Wagen. Mit einem flauen Gefühl im Bauch fährt sie die Route 9 schneller entlang, als sie dürfte, und biegt nach links ab, um den Berg hinaufzufahren. Vor den Kurven vor ihrer Einfahrt wird sie langsamer und reckt den Hals, um einen Blick über die Leitplanken in den Abgrund dahinter zu werfen. Sie gibt sich Mühe, sich nicht das Schlimmste vorzustellen. *Die Windböen waren stärker, als er erwartet hatte, und er fuhr zu schnell in die Kurve …*

Der Himmel ist dunkelgrau, als sie wieder zu Hause ankommt. Im Wohnzimmer schaltet sie das Licht ein und sieht das Chaos. Papierstapel auf dem Fußboden, überall liegen Bücher herum, der Inhalt der Kramschublade aus der Küche liegt auf dem Beistelltisch. Sie lässt ihren Mantel aufs Sofa fallen und geht in die Küche. Sie hat keine Energie, sich dem Chaos zu stellen, das sie gestern Nacht angerichtet hat, als sie nach dem Zweitschlüssel zu Sams Büro suchte. Sie weiß, dass es einen gibt. Sie sieht es noch ganz klar vor sich: Sam, wie er mir einen schweren goldenen Schlüssel an einer orangefarbenen Plastikschlüsselkette zeigt, auf der

GARY UNGER
GARY UNGER SCHLÜSSELDIENST

steht.

Es war ihr zweiwöchiges Ehejubiläum, und Sam war zehn Minuten zu spät in das Parlor gekommen. Er hatte sich darüber beschwert, wie schwierig es gewesen sei, sich aus einem

Gespräch mit dem einsamen, exzentrischen Besitzer des Lawrence House zu lösen, bei dem er gerade sein Mietverhältnis begonnen hatte.

«Der Zweitschlüssel für die Praxis», sagte Sam. «Für den Notfall.»

«Was soll denn das für ein Notfall sein?», fragte sie. «Wenn du plötzlich unter einem ganz besonders großen Ego vergraben wirst und nicht mehr aufstehen kannst?»

Aber dann sagte er ihr nicht mehr, wohin er den Schlüssel legen wollte, und jetzt blieb sie bis drei Uhr morgens wach und suchte überall im Haus, wobei sie sich fragte, was für ein Volltrottel sich extra einen Notfallschlüssel macht und dann *niemandem* sagt, wo er sich befindet. Es ist sinnlos. Sie weiß das. Die Polizei hat ihr gesagt, dass Sams Vermieter gesehen hat, wie er die Praxis verließ, und wenn er dort wieder aufgetaucht wäre, wäre auch sein Auto dort. Aber sie ist viel zu unruhig, um untätig zu bleiben.

In der Küche öffnet und schließt sie die Kühlschranktür. Sie weiß nicht mehr genau, wann sie das letzte Mal etwas gegessen hat. Aufgedreht und ruhelos geht sie ins Schlafzimmer und überlegt kurz, die Notizen zur Hand zu nehmen, die sie für ihre nächste Vorlesung vorbereitet hat, aber sie ist zu abgelenkt und muss immer daran denken, wie jetzt alle im Lucky Strikes ihre Aufgaben zugeteilt bekommen und mit ihren durchnässten Landkarten ausschwärmen, um nach einem Lebenszeichen von Sam zu fahnden.

Sie steigt ins Bett. Die Briefe, die sie letzte Nacht gefunden hatte, sind immer noch auf seinem Kissen verteilt. Sie lagen in einer Schachtel auf einem Regalbrett im Schrank, ein kleiner Stapel von Sams Dad, getippt auf teuer wirkendem Briefpapier. Sie war beim Lesen eingeschlafen, weil sie alle im Grunde gleich waren: *Hallo, Sammy! Ich denke die ganze Zeit an dich, mein Sohn. Ruf an, wenn du möchtest! Hab dich lieb, mein Sohn!*

Sie zieht die Decke hoch und denkt an Sams gequälten Gesichtsausdruck, als er ihr die Geschichte von seinem Vater erzählte – wie er die Familie verließ, als Sam vierzehn war, dann das unerwartete Geschenk in Höhe von zwei Millionen Dollar. Sie holt das Handy aus der Gesäßtasche ihrer Jeans und öffnet ihre Voicemail. Sie muss seine Stimme hören. Sie hat Bluetooth aktiviert, und ihr Handy verbindet sich mit dem Spitzen-Soundsystem, das Sam unbedingt installieren musste. Sie lässt eine Nachricht abspielen, die er vor ein paar Wochen auf dem Weg von der Arbeit nach Hause hinterlassen hat, und sofort erfüllt seine Stimme das Zimmer.

Hallo Annie. Hier ist Sam, dein Mann. Sie schließt die Augen. In ihrer Brust wird es ganz eng. *Ich rufe dich an, als wäre es 1988, um dir zu sagen, dass ich in zehn Minuten bei Farrell's sein werde. Möchtest du etwas von dort haben? Oh – und du hast ja immer noch nicht deinen Namen im Anrufbeantwortertext zu Mrs. Sam Statler geändert.* Seine Stimme wird streng. *Das ist meine letzte Aufforderung. Ist das klar?*

Sie kann nicht anders, sie muss lachen. Sie hat sich diese Nachricht schon ein Dutzend Mal in den letzten vierundzwanzig Stunden angehört, und jedes Mal muss sie wieder lachen. Aber dann hört sie auf zu lachen und muss einfach so weinen und kann nicht mehr damit aufhören. Ist das immer so? Dass die Dinge eine Weile ganz wunderbar laufen, und dann schlägt das Schicksal zu und alles bricht zusammen? Es ist, als wäre sie wieder achtzehn Jahre alt und winkte ihren Eltern an jenem Kai zum Abschied zu, damals, am Tag des Unglücks. Am schlimmsten Tag ihres Lebens.

Ihr Handy piept. Eine neue Textnachricht ist hereingekommen. Sie wischt sich die Tränen ab und greift danach. Die Nachricht ist von Crush.

Es geht los, Annie. Wünsch uns Glück.

KAPITEL 21

«Sam?»

Sam öffnet die Augen. Es ist dunkel, und sein Kopf hämmert wie verrückt.

«Sam, können Sie mich hören?»

«*Hallo*», murmelt Sam. Er versucht sich aufzusetzen, aber die Schmerzen in seinem Schädel verbieten es. «Helfen Sie mir ...»

«Versuchen Sie gar nicht erst, sich zu bewegen.» Es ist die Stimme eines Mannes. «Bleiben Sie, wo Sie sind. Hier, können Sie meine Hand drücken?» Sam spürt eine Hand in seiner und drückt zu. «Sehr gut, Sam. Es wird alles wieder gut.» Dann spürt er Finger an seinen Lippen, die ihm Tabletten in den Mund schieben. «Ich gebe Ihnen etwas gegen die Schmerzen. Dann hole ich Sie hier raus. Sie müssen ein wenig warten, bis sie wirken.» Der Mann hat recht, denn was auch immer Sam da gerade geschluckt hat, es scheint den Schmerz jetzt schon zu lindern. Tatsächlich spürt er bald nichts mehr als zwei kräftige Arme, die ihn hochhieven und langsam über den scharfkantigen Kies zerren. «Nur die Ruhe, Sam. Alles wird gut», schnauft der Mann. Die Landschaft verändert sich. Der Himmel öffnet sich über ihnen, und bevor Sam noch fragen kann, wo er sich befindet, fallen ihm die Augen zu, und er sinkt in einen tiefen Schlaf.

KAPITEL 22

In der Bibliothek ziehe ich meinen Stuhl an den Tisch mit dem Computer und stelle meinen Tee auf einen Untersetzer. Ich atme tief durch und öffne Amazon, gespannt, meinen Rang zu sehen. Mir wird ganz flau im Magen. Ich bin in weniger als einer Woche um fünfzehn Plätze gesunken, während Lola Wohl-Eher-Aus-Missouri noch auf Nummer neun ist, die Irre. Aber es ist in Ordnung. Ich werde das schon hinkriegen. Ich werde alles hinkriegen.

Ich öffne mein Notizbuch und beginne ganz oben mit meiner Rezensionen-Liste: ein Paar TrailEnd wasserdichte Wanderschuhe in Aschblau.

Ich bin gerade zwei Stunden auf matschigem Untergrund gelaufen, und meine Füße sind kaum feucht geworden. Aber ich kann einfach absolut nicht verstehen, warum diese Dinger KEINE BLASEBALG-SCHUHZUNGEN HABEN.

Hätte ich doch nur Fotos gemacht. *Drei* Mal musste ich stehen bleiben, um Steinchen aus meinen Stiefeln zu schütteln, die durch die undichten Schuhzungen eingedrungen waren. Die acht anderen Leute in meiner Gruppe, die den Wald an der Route 9 durchsuchen sollten, mussten jedes Mal auf mich warten. Dieses Gebiet hätte Sam in der Unwetternacht auf dem Weg von der Arbeit nach Hause durchqueren müssen. Ein paar Kantinenfrauen von der Brookside High School und ich haben den ganzen Nachmittag den Wald durchkämmt und nach seinem Auto gesucht. Niemand schien gern draußen im Regen zu sein, und wir hätten schon eine Stunde früher aufgegeben, wenn Eleanor Escobedo nicht gewesen wäre, die seit 35 Jahren überaus beliebte Küchenchefin an der Brookside High. (Ich habe ihr Gesicht erkannt. Es lächelt auf der Rückseite jedes Jahrbuches. Sie winkt auf dem Foto zum Abschied durch die Cafeteria-Tür.) Es war kalt und trostlos im Wald, und Mrs. E. gab sich alle Mühe, die Stimmung aufzuhellen, indem sie kleine Anekdoten über Sam erzählte, den gut aussehenden Jungen, den alle gemocht zu haben scheinen. Sie erzählte auch, wie sehr am Boden zerstört seine Mutter war, als sein nichtsnutziger Vater mit einem Unterwäsche-Model durchbrannte.

Ich hätte sie natürlich am liebsten unterbrochen und meine eigenen Geschichten erzählt. Dass Sam die Souterrain-Praxis in meinem Haus gemietet hatte, wie sehr ich es genoss, mir seine Sitzungen anzuhören. Und auch, wie einsam ich mich fühle, seit ich nicht mehr durch den Flur gehen und seine sanfte Stimme Expertenrat verteilen hören kann. Natürlich hat mich das nicht daran gehindert, zwei Mal allein in der letzten Stunde das Ohr an den kalten Metall-Lüftungsschlitz zu legen. Ich wünschte, alles wäre anders gekommen.

Ich beginne mit der Rezension des Sechserpacks Dab-A-Do!-Bingo-Marker, das neulich per Post gekommen ist («Die Farben leuchten, ganz genau wie auf den Fotos»), als ich ein leises Motorengeräusch höre. Ein Auto fährt den Hügel hinauf. Ich höre auf zu tippen und lausche. Ich würde ja annehmen, dass es die Taube ist, die nach einer langen Shoppingtour mit der Frauentruppe, die sie auf Instagram ständig taggt, wieder nach Hause kommt. Aber ich habe sie vor zehn Minuten erst in ihrem Schlafzimmer auf dem Heimtrainer gesehen. Ich schalte den Bildschirm aus, ziehe meinen Morgenmantel an und gehe nach unten. Der dunkelgraue Nebel draußen wird von zwei Scheinwerferlichtern durchdrungen. Ein Auto fährt über den Hügelkamm und nähert sich der Brücke. Ich weiche vom Fenster zurück. Das Auto fährt in meine Einfahrt, und der Motor verstummt. Ich halte den Atem an, in der Erwartung, jetzt Schritte auf den Verandastufen zu hören, aber derjenige, der angekommen ist, läuft an der Veranda vorbei auf Sams Praxistür zu. Ich ziehe die Vorhänge auf und sehe das Auto – einen grünen Mini Cooper mit einem weißen Rallye-Streifen – in meiner Einfahrt stehen.

Das französische Mädchen ist hier.

Ich ziehe mich erneut vom Fenster zurück und gehe zum Schrank, um meinen Mantel herauszuholen. Ich muss wohl derjenige sein, der es ihr sagt: Dr. Statler wird seit achtundvierzig Stunden vermisst und kann sich in der nächsten Dreiviertelstunde leider nicht um Ihre Unsicherheiten kümmern. Ich öffne die Haustür und trete in meinen Hausschuhen auf die Veranda. Vielleicht sollte ich ihr *meine* Dienste anbieten, ihr die harte, kalte Wahrheit ins Gesicht sagen: Ihre Promiskuität ist das Resultat eines geringen Selbstwertgefühls. Ich habe mich seit ihrer letzten Sitzung in das Thema eingelesen und verstanden, dass ihr liederliches Benehmen daher rührt, dass sie als junges Mädchen nicht genügend beaufsichtigt wurde. Sie benutzt Sex, um Aufmerksamkeit zu erregen, weshalb sie niemals eine erfüllende Beziehung erleben wird. Stattdessen wird ihr Selbstwertgefühl immer weiter sinken.

«Hallo?», rufe ich in die Dunkelheit. «Sind Sie da?» Ich gehe vorsichtig den rutschigen Weg zu Sams Tür entlang. Stille. Und dann geht das Licht in Sams Wartezimmer an.

Ich ducke mich. *Sie ist irgendwie hineingekommen.* Ich drehe mich um und renne die Stufen ins Haus hinauf. Meine Hände zittern, als ich die Haustür verschließe und durch die Küche und den Flur entlang zu Agatha Lawrences Arbeitszimmer renne, wo ich in der Zimmerecke auf die Knie falle und den Smiley-Teppich wegziehe.

Ich höre, wie sich die Tür zu seinem Büro öffnet, dann klickt der Lichtschalter. Sie geht herum, und – mein Gott – sie öffnet die Schreibtischschubladen. Ich weiß nicht, was ich tun soll. Die Polizei rufen? Sie anschreien, dass sie sich verziehen soll? Ich weiß. Ich gehe zu ihr hinunter und erinnere sie daran, dass sie sich auf Privatbesitz befindet. Aber gerade, als ich aufstehen will, beginnt sie zu weinen.

«Hallo, ich bin's. Ich bin in Sams Praxis.» Sie schweigt. Dann sagt sie: «Nein, ich bin allein hier.» Sie schweigt wieder und schnieft. «Ich habe den Schlüssel in einer seiner Manteltaschen gefunden.» Irgendetwas ist mit ihrer Stimme, und ich brauche einen Moment, bis ich begreife, dass der französische Akzent fehlt. «Ich bin gerade erst gekommen.»

Dann begreife ich. Diese Stimme. Ich *kenne* diese Stimme. Es ist die Stimme von der YouTube-Vorlesung – «*Sie* und das Leid», die ich nun schon bestimmt zwanzig Mal gesehen habe. Mir wird ganz schwummrig. Das französische Mädchen ist überhaupt kein französisches Mädchen.

Das französische Mädchen ist seine Frau.

KAPITEL 23

Und?», fragt Maddie nervös. «Wie sieht es aus?»

Annie öffnet langsam noch eine Schublade in Sams Schreibtisch. Darin liegen eine Reihe von Stiften und die Notizblöcke mit dem karierten Papier, das er so mag. «Gut», sagt sie. Die Bücher stehen alle an ihrem Platz auf den Regalen, die Staubsaugerstreifen sind noch auf dem Teppich zu sehen. «Ich war hier neulich, und es sieht noch genauso aus.»

Annie hört, wie Maddie einatmet, und sie stellt sich vor, wie ihre Cousine vor dem Restaurant in Bordeaux steht, das ihr gehört, und die einzige Zigarette raucht, die sie sich am Ende des Abends nach dem letzten servierten Essen gönnt. Maddie und Annie – die nur elf Monate auseinander sind – wurden in den Sommerferien oft für Schwestern gehalten. Annie und ihre Eltern verbrachten die Sommer in Frankreich auf der Olivenfarm, auf der ihre Mutter aufwuchs und wo ihre Tante und ihr Onkel jetzt wohnen. Maddie und Annie führten jedes Jahr einen Countdown-Kalender, auf dem sie jeden Tag abhakten, bis Annie endlich kam und sie ein Zimmer miteinander teilen konnten, obwohl es genügend Platz gegeben hätte.

«Mir gefällt es nicht, dass du da allein bist», sagt Maddie. «Kannst du jetzt gehen?»

«Ja», sagt Annie.

«Versprochen?»

«Ja.» Annie beendet das Gespräch und sieht sich im Zimmer um. Es ist friedlich hier. Der Blick in den Garten, der jetzt unter einem Nebelteppich liegt. Die grüngrauen Wände, die, wie

Sam erklärt hatte, Ruhe ausstrahlen sollten. («Ich dachte, das sei dein Job», hatte sie zu ihm gesagt, als er ihr das Farbmuster zeigte.) Sie tritt zu dem Tisch neben seinem Bürosessel und blättert durch die Papiere, die darauf liegen. Ein Exemplar einer wissenschaftlichen Abhandlung über Anna Freud und psychische Abwehrmechanismen. Die letzte Ausgabe der *In Touch Weekly*, mit Bildern von Kris Jenners heimlicher Hochzeit in Mexiko auf dem Cover.

Sie lässt sich auf das Sofa sinken und starrt Sams leeren Sessel ihr gegenüber an. Sie stellt sich ihn vor, wie er vor ein paar Tagen war, als sie unangekündigt in seinem Wartezimmer auftauchte und so tat, als wäre sie eine Patientin.

Sie schließt die Augen und erinnert sich an seinen Gesichtsausdruck. Eine Frau in einem Nadelstreifenkostüm und roten Lippen war fünf Minuten zuvor gegangen und hatte ihr im Vorbeigehen zugenickt. «Annie», hatte Sam verwirrt gesagt, als er sie auf einem der weißen Stühle im Wartezimmer sitzen und durch ein Exemplar des *New Yorker* blättern sah. «Was tust du hier?» Er wollte auf sie zugehen und sie umarmen. «Gleich kommt der nächste Patient …»

«Annie?», sagte sie mit ihrem besten französischen Akzent. «Sie müssen mich wohl mit einer anderen Patientin verwechseln, Dr. Statler. Ich heiße Charlie. Ich habe Ihnen eine E-Mail geschickt, um einen Termin auszumachen.»

«Du warst das?» Sam hielt inne, und sie sah, wie er eins und eins zusammenzählte. Die E-Mail, die er vor drei Tagen von einem Google-Account bekommen hatte, den sie extra für diese Gelegenheit eingerichtet hatte. Charlie, vierundzwanzig, rastlos und mit Angst vor der Zukunft. Er hatte geantwortet und diesen Termin vorgeschlagen, und Annie hatte sich gefragt, ob er wohl bei diesem Spiel mitmachen würde. Hier, in seiner Praxis; die heikelste Version der «Jagd» bisher. «Ja, natürlich, *Charlie*», sagte Sam schließlich, genau, wie sie es sich erhofft hatte. «Verzeihen Sie meinen Fehler. Bitte kommen Sie doch herein. Setzen Sie sich, wohin Sie möchten.»

«Egal wohin?», hatte sie gesagt, war in seine Praxis getreten und hatte ihre Jacke ausgezogen. «Auch auf Ihren Sessel?»

Er spielte seinen Part ganz wunderbar – den prinzipientreuen, neugierigen Therapeuten, der ihr Fragen zu ihrem Hintergrund stellte und immer sehr professionell sprach. Sie genießt den Gedanken daran. Wie sie auf dem Sofa saß und den Sex mit einem anderen Mann bis ins kleinste Detail schilderte, in dem Wissen, dass ihr Parfum in der Luft hängen bleiben und ihn den Rest des Tages ablenken würde.

Sie hatte geplant, das Spiel am Abend des Unwetters zu Ende zu bringen. Am Abend davor schickte sie ihm als Charlie die Einladung zu sich nach Hause. An jenem Nachmittag war sie von ihrer Arbeit noch in den Supermarkt gegangen, um zwei Flaschen Rotwein und die Zutaten für Sams Lieblingsessen zu kaufen: Lasagne und dazu einen Laib warmes Knoblauchbrot. Den ganzen Tag hatte sie sich darauf gefreut, ihm die Haustür zu öffnen. Sie hatte vorgehabt, ihnen Rotwein einzuschenken und den Kamin anzuzünden, damit sie barfuß auf dem Sofa sitzen konnten. Sam würde zu erklären beginnen, dass es recht normal sei, Gefühle für den eigenen Therapeuten zu entwickeln. Sie würde sagen, dass er so klug sei, und dann all die Dinge beschreiben, die sie miteinander anstellen könnten. Sie hatte gerade mit der Zubereitung des Abendessens begonnen, als seine Textnachricht kam, pünktlich um 17.03 Uhr, kurz nachdem sein letzter Patient gegangen war.

Hi Charlie. Ich habe über Ihre Einladung nachgedacht.

Und?

Und ich werde da sein.

Sie erinnert sich daran, wie die Minuten vergingen, als sie am Fenster stand und nach dem Licht seiner Scheinwerfer Ausschau hielt. *Er lässt mich warten.* Das war ihr erster Gedanke. Er nahm sich Zeit, blieb noch ein wenig in der Praxis, spielte mit ihr. Aber dann wurde die Wartezeit einfach zu lang, er reagierte weder auf ihre Textnachrichten noch auf ihre Anrufe, und sie glaubte nicht mehr, dass das Teil der Jagd war. Etwas war passiert.

Sie hört über sich ganz leise eine Diele knarren. Das Geräusch bringt sie zurück in Sams Praxis. Sams Vermieter ist oben. *Zu schön, um wahr zu sein.* So hatte Sam es bezeichnet, als er diesen Raum fand.

Er war aus New York hierher gefahren, um sich die verfügbaren Büroräume anzusehen. Am Morgen hatte er sie noch niedergeschlagen angerufen. Beim Anruf ein paar Stunden später klang er ganz aufgekratzt. Jemand hatte einen Flyer unter seinen Scheibenwischer gesteckt, auf dem ein Büroraum zur Miete angeboten wurde. Er war dorthin gefahren, um ihn sich anzusehen: das Souterrain in einem historischen Haus, nur ein paar Minuten vom Stadtzentrum entfernt. Er würde es renovieren müssen, hatte Sam erklärt, aber der Vermieter erlaube es, dass er sich die Räume ganz nach seinen Vorstellungen gestalte, um so die Praxis seiner Träume zu bekommen. «Das ist Schicksal», sagte er. «Wenn wir ein Zeichen gebraucht hätten, dass es richtig war, nach Chestnut Hill zu ziehen, dann ist es das. Es wird ganz großartig, Annie. Ich weiß das.»

Sie atmet tief durch und schließt die Schranktür, bevor sie seine Praxis verlässt, und schaltet das Licht aus. Im Wartezimmer sieht sie, dass es aufgehört hat zu regnen. Sie sucht in ihrer Tasche nach dem Autoschlüssel, als das Handy in ihrer Gesäßtasche klingelt. Sie holt es heraus und sieht Crushs Namen auf dem Display.

«Hallo», sagt sie nervös ins Handy. «Gibt es etwas Neues?»

KAPITEL 24

Etwas zerrt an Sams Stirn. «Spüren Sie das?»

Sam versucht zu nicken, aber er kann den Kopf nicht bewegen. «Ja», bringt er hervor.

«Gut. Sie machen das großartig. Noch ein paar Minuten, und dann haben wir Sie wieder zusammengeflickt. Hören Sie mich, Sam? Es wird alles wieder gut.»

* * *

«Sam, Schatz, beeil dich. Dein Vater wartet.»

Es ist der Tag, an dem das Baseballspiel stattfindet, und seine Mutter ruft aus der Küche nach ihm, wo sie den Rest der Mayonnaise aus dem Glas auf zwei Scheiben Weizenbrot ohne Rinde schmiert. Sams Vater wartet mit laufendem Motor im Auto.

«Hast du deinen Schläger?», fragt Margaret und wischt sich die Hände an einem Küchentuch ab. Sie kommt hinaus in den Flur, um Sams Mütze zu richten.

Sam hält den Easton Black Magic hoch, den besten Baseballschläger auf dem Markt, mit dem er schon sechs Homeruns in einem Spiel gegen die Hawthorne Pirates erzielt hat, womit er bei den Unter-Fünfzehnjährigen einen neuen Rekord aufstellen konnte. Es ist zwei Wochen vor seinem vierzehnten Geburtstag, und er erwartet, dass es der allertollste Tag seines Lebens werden wird. 6. September 1995. Er hat die Tickets, um Cal Ripken Jr. im Camden Yards-Stadion zu sehen, an dem Tag, an dem der Iron Man zu seinem 2121. Spiel hintereinander aufläuft, womit er Lou Gehrigs Rekord brechen wird. Margaret strahlt. «Und komm bloß nicht nach Hause, bevor du von dem Mann selbst ein Autogramm auf dem Ding bekommen hast», sagt sie. «Wollen wir den Plan noch einmal durchgehen?»

«Ja», sagt Sam. «Die Schlange bildet sich vor dem Ausgang in der Nähe von Bereich 12. Dad und ich werden in der ersten Hälfte des neunten Innings unsere Plätze verlassen, um uns anzustellen.» Sam zeigt ihr die Karte von Camden Yards, die sie ihm zu zeichnen geholfen hat, und eine dicke rote Textmarker-Linie beschreibt den schnellsten Weg von ihren Plätzen in Bereich 72, links, zur Tür auf der entgegengesetzten Seite des Stadions. Es geht das Gerücht, dass Ripken dort nach jedem Spiel auftaucht und exakt zehn Minuten damit verbringt, Autogramme zu geben. «Einhundert Leute lassen sie zu. Ich werde der Erste sein.»

«Sam, komm schon!», schreit Ted von der Einfahrt aus.

«Na komm, dein Dad wartet auf dich.» Margarets Augen funkeln, und sie umarmt Sam lange und sagt ihm, er solle eine Telefonzelle suchen, um sie anzurufen, sobald sie in Baltimore angekommen seien, und dann gibt sie ihm die braune Papiertüte mit zwei Schinkensandwiches darin. «Ich habe noch einen Oreo-Keks für dich hineingetan», sagt sie.

«Ich will nicht gehen», sagt er.

Sie neigt den Kopf verwirrt zur Seite. «Was willst du damit sagen, du willst nicht gehen? Du hast dein ganzes Leben auf diesen Tag gewartet.»

«Ich weiß, aber da wird er dieses Talbots-Model treffen, und dann wird er uns verlassen. Bitte, zwing mich nicht zu gehen. Bitte!»

Er öffnet die Augen.

Es ist warm und stockdunkel. Nur ein dünner Streifen Licht

dringt unter einer Tür auf der anderen Seite des Raums hindurch. Es riecht stark nach Desinfektionsmitteln, und sein Rücken und sein Kopf pochen.

Er ist in einem Krankenhaus. St. Luke's. Das Krankenhaus, in dem er geboren wurde; wo ein Arzt ihm den kleinen Finger schnell genug geschient hat, dass er noch rechtzeitig zum sechsten Inning wieder aufs Feld konnte; wo er mit seiner Mutter in einem Privatbüro im vierten Stock saß und zuhörte, wie Dr. Walter Aldermann bei ihr Demenz diagnostizierte.

«Präsenile Demenz, mittleres Stadium, um genau zu sein», sagt Dr. Alderman gerade, als Sam sich wieder der Dunkelheit ergibt. «Das betrifft generell sehr junge Menschen.»

«Okay, jetzt haben wir einen Namen dafür», sagt Margaret, die ganz gerade auf ihrem Stuhl sitzt und ein starres Lächeln aufgesetzt hat, als hätte Dr. Alderman gerade verkündet, dass sie erneut und zum sechsten Mal in Folge den Blaubeerkuchen-Wettbewerb auf dem Jahrmarkt gewonnen habe. «Was bedeutet das?»

«Es bedeutet, dass Sie vermutlich noch mehr von den Symptomen erleben werden, wegen denen Sie mich angerufen haben», sagt er. «Verwirrung. Enthemmtheit. Anfallartiges Essen und kein sozial angemessenes Verhalten mehr.» Er hält inne und sieht Sam an, den Sohn, der ein Auto gemietet hat, um bei diesem Termin dabei zu sein, und der jetzt mit versteinertem Gesichtsausdruck dasitzt und schweigt. «Ich glaube, wir sollten damit beginnen, Ihnen einen Platz in einem Pflegeheim zu besorgen, Margaret.»

Sam nimmt im Aufzug die Hand seiner Mom. Das hat er nicht mehr getan, seit er klein war. «Oh, mach dir keine Sorgen», sagt sie, tätschelt seinen Arm und unterdrückt die Tränen. «Bestimmt übertreibt er. *So* krank bin ich nicht.»

Auf dem Parkplatz gehen sie schweigend unter einem wolkenlosen Himmel zu ihrem blauen Corolla. Sie bleibt davor stehen, weil sie sich nicht erinnern kann, wie man die Autotür öffnet. Als sie wieder zu Hause sind, geht sie sofort in ihr Zimmer, und er zieht sich seine Laufkleidung an. Er läuft aus der Tür, die Leydecker Road nach Albemarle entlang, die härteste Route den Berg hinauf. Ganz oben schreit er seine Wut heraus und betet zu allen, die zuhören, um sie nicht auch noch zu verlieren.

Er will weiter schreien, ganz laut, bis Annie die Tür zu diesem Krankenhauszimmer öffnet. Er spürt, dass sie ganz in der Nähe ist. Unten, in der Nähe des Starbucks, wo sie vor ihrer fünften Tasse Kaffee sitzt und wartet, bis er das Bewusstsein wiedererlangt, damit sie ihn nach Hause bringen kann. Aber als sich die Tür öffnet, ist es nicht Annie, sondern wieder der Arzt, der sich seine Wunde an der Stirn ansieht und ihm noch mehr Tabletten in den Mund steckt, von denen er zurück in einen vollkommen traumlosen Schlaf sinkt.

KAPITEL 25

Ich sitze allein an meinem Esstisch und blättere übernächtigt durch die neuesten Artikel, die ich von einigen vertrauenswürdigen Websites ausgedruckt habe.

Dementsprechend sind sich die meisten Fachleute auf dem Gebiet der Sexualgesundheit einig, dass sexuelles Rollenspiel, wenn es richtig eingesetzt wird, glücklich verheirateten Paaren dabei helfen kann, ihre Verbindung zu vertiefen. Gleichzeitig kann es eine wichtige und freudvolle Quelle der Selbstwertsteigerung für beide Partner sein. Der gelangweilte Sachbearbeiter kann ein gnadenloser Despot werden. Die gestresste Hausfrau und Mutter kann sich als Verführerin darstellen. Die Möglichkeiten sind grenzenlos.

Ich lege den Artikel beiseite und nehme ein paar Popcorn aus der Schüssel neben mir. Okay, gut, ich verstehe. Dr. Annie Marie Potter spielte eine sinnliche vierundzwanzigjährige Französin, um ihr Selbstwertgefühl innerhalb und außerhalb des Schlafzimmers zu erhöhen, und um Sam noch intimer kennenzulernen. Der Akzent. Ihr Alter. Es gehörte alles dazu. Das ist ganz offensichtlich *ein Thema*, wenn man Dr. Steven Perkins glauben kann, dem Sexexperten auf AskMen.com. Gemäß seinen Erkenntnissen machen 66 Prozent aller verheirateten Paare irgendwann in ihrer Beziehung Erfahrungen mit Rollenspielen.

Ich kratze die letzten Popcorn-Körner aus der Schüssel und schüttele den Kopf. Die Balzrituale verheirateter Paare werde ich nie verstehen. Wie auch? Meine längste romantische Beziehung dauerte exakt null Tage. (Aber eins weiß ich: Die Tatsache, dass sie das hier im *beruflichen* Umfeld tun, in einem Raum, den sicher viele seiner Patienten als Schutzraum ansehen, geht meiner Meinung nach zu weit.) Ich wasche die Popcorn-Schüssel aus und gieße meine Sammlung Hängepflanzen. Da klingelt die Alarmfunktion meines Weckers. Die Nachrichten beginnen.

Im Wohnzimmer ziele ich mit der Fernbedienung in Richtung Fernseher. Die *Augenzeugen-News* sollen um elf Uhr abends losgehen, und ich erwarte, dass sie ebenso beginnen wie um sechs Uhr: mit dem hiesigen Meteorologen Irv Weinstein, der vor seiner Wetterstation steht und der Kälte trotzt. Aber es ist nicht Irv, den ich sehe, sondern die Blondine mit dem angespannten Gesicht. Sie trägt ein pinkfarbenes Polyesterkleid. Die Worte SUCHE NACH DEM VERMISSTEN DOKTOR laufen über ihrem Kopf über den Bildschirm.

«Wir beginnen heute Abend mit einem Update zu Dr. Sam Statler, dem Mann aus Chestnut Hill, der vor zwei Tagen als vermisst gemeldet wurde. Die Polizei versuchte in den letzten achtundvierzig Stunden herauszufinden, was dem vermissten Psychotherapeuten zugestoßen sein könnte. Die Bewohner Chestnut Hills haben an diesem Nachmittag eine Suchaktion gestartet. Mehr dazu wird uns Alex Mulligan berichten, die live vor Ort ist.»

Eine andere Frau in einer blauen Regenjacke erscheint auf dem Bildschirm. «Ganz richtig, Natalie», sagt sie. «Fast einhundert Freiwillige haben diesen verregneten Freitagnachmittag damit verbracht, die Wälder hinter der Brookside High School zu durchkämmen» – sie zeigt mit dem Daumen auf das Wäldchen, das hinter ihr im Schatten liegt –, «an der Sam Statler damals der Star-Sportler war. Unglücklicherweise wurde nichts gefunden, was darauf hinweist, was in der Nacht des Unwetters mit ihm geschehen ist. Augenzeugen haben berichtet, dass er gegen fünf Uhr nachmittags seine Praxis verlassen habe. Wie alle wissen, gab es eine Reisewarnung, und die Wetterlage wurde als extrem gefährlich eingeschätzt. Ich stehe hier mit dem Mann, der die Suche organisiert hat.» Die Kamera fährt zurück und zeigt einen lächelnden Crush Andersen, den fleischigen ehemaligen Linebacker, der heute an der Bowlingbahn allen übertrieben freundlich die Hände geschüttelt hat. «Crush, erzählen Sie uns doch bitte, was Sie bei der heutigen Suchaktion herausfinden wollten», sagt die Reporterin und hält ihm das Mikrophon vor die Nase.

«Ganz egal, Hauptsache, es hilft, das hier aufzuklären», erwidert Crush. «Aber vor allem haben wir nach seinem Auto Ausschau gehalten. Es war eine großartige Truppe, die heute trotz des schlechten Wetters draußen gesucht hat, und wir konnten sogar mehr Gebiete durchsuchen, als wir gehofft hatten. Wenn Stats auf dem Weg nach Hause einen Unfall hatte, hätten wir sein Auto gefunden.»

«Da es ja bisher keinerlei Hinweise gibt – was glauben Sie denn, was mit Ihrem alten Freund passiert sein könnte?»

Crush schüttelt den Kopf, offenbar ist er bestürzt. «Keine Ahnung. Aber wir werden weiterhin die Hoffnung aufrechterhalten, dass es ihm gutgeht, und dass das alles wieder in Ordnung kommt.»

Die Reporterin nickt ihm mitfühlend zu und gibt dann zurück an Natalie im Studio, die zu den Entlassungen in einer hiesigen Hühnerfarm überleitet. Ich schalte den Fernseher aus und gehe nach oben in mein Zimmer. Ich glaube, dass Crush recht hat.

Sam geht es gut, und alles kommt wieder in Ordnung.

KAPITEL 26

Sams Lider flattern und öffnen sich.

Im Raum ist es dunkel, und er erinnert sich nicht mehr daran, wann er zum letzten Mal Licht gesehen hat. Sein ganzer Körper schmerzt, und irgendetwas kommt ihm komisch vor. Er braucht einen Moment, bis er es schließlich versteht. Es sind seine Beine.

Er kann sie nicht bewegen.

Er greift nach unten und spürt die raue Oberfläche eines Pflasters unter den Fingerspitzen. Seine Beine sind in Gipsverbänden, beide. Er versucht sie anzuheben, aber das kann er nicht. Entweder ist der Gips zu schwer, oder seine Beine sind zu schwach. Ihm bleibt nur, sich wieder zurück in den Schlaf sinken zu lassen. Er weiß nicht, wie viel Zeit vergangen ist, als er von dem Geräusch der sich öffnenden Tür wachgerissen wird. Das Licht aus dem Flur schmerzt in seinen Augen. Eine Gestalt taucht neben seinem Bett auf, und er wartet darauf, dass das Licht angeschaltet wird, aber nichts passiert.

«Was ist mit meinen Beinen passiert?», fragt er. Seine Kehle ist schmerzhaft trocken.

«Oh, Sie sind wach.» Die Stimme des Mannes kommt ihm bekannt vor – es ist der Arzt, der eben schon da war und Sams Stirn genäht hat. «Sie hatten einen Unfall.»

«Einen Unfall?», fragt Sam. «Wie lange bin ich schon hier?»

«Drei Tage.»

Drei Tage. «Wo ist meine Frau?», fragt er. Der Arzt bindet eine Manschette mit Klettverschluss um seinen Oberarm.

«Sie sind gerade noch rechtzeitig gefunden worden», sagt der Arzt, statt auf seine Frage zu antworten. Er pumpt die Manschette fester um Sams Arm. «Sie wurden aus dem Wrack ihres schicken Autos geborgen. Man hätte meinen sollen, dass sich ein Mann von Ihrem Intellekt an den Rat der Polizei hält und sich von den Straßen fernhält.»

Die Manschette wird mit einem Ratschen geöffnet, und dann erscheint ein Lichtstrahl wie von einer Taschenlampe in der Dunkelheit. Er ist auf ein Klemmbrett in den Händen des Arztes gerichtet. Sams Augen gewöhnen sich gerade so an das wenige Licht, dass er Einzelheiten des Zimmers ausmachen kann, das größtenteils im Dunkeln liegt. Er liegt in einem Einzelbett unter einer Patchworkdecke. Dahinter sind ein Schrank und ein kleines Fenster, vor dem geblümte Vorhänge hängen. Die Tapete – hellgrün-gelbe Formen, die sich aus sich selbst heraus wiederholen, wie eine Art Escher auf Droge. Sam kneift die Augen wieder zu. Das hier ist kein Krankenhauszimmer. Es ist eher jemandes Schlafzimmer.

«Wo bin ich?», fragt Sam.

«Ich nehme an, daran erinnern Sie sich nicht», sagt der Arzt. «Die kognitiven Zentren des Hirns neigen bei traumatischen Ereignissen dazu, ihre Arbeit einzustellen. Damit wir die schlimmen Erlebnisse vergessen können.» Der Arzt wendet sich jetzt Sam zu, und Sam sieht, dass das, was er für eine Taschenlampe gehalten hat, eigentlich eine Stirnlampe am Kopf des Arztes ist. «Aber was erzähle ich Ihnen da, nicht wahr, Dr. Statler? Sie verstehen davon sicher mehr als jeder andere.»

Der Arzt neben seinem Bett schaut jetzt über den Rand einer Brille auf ihn herunter, und Sam kann den Blick nicht von dem Gesicht wenden. Sein Hirn braucht lange, um die Puzzlestücke zusammenzusetzen.

Das kurze Haar, an den Schläfen ergraut. Die leuchtend blaue Brille, die dasselbe Paar Augen verbirgt, das Sam jeden Tag aus einem Fenster im oberen Stockwerk beobachtete, wenn er zur Arbeit kam.

«Albert Bitterman?», sagt Sam. Er bildet sich das ganz sicher ein. «Mein Vermieter?»

Albert beugt sich über ihn und lächelt. «Hallöchen, Herzensbrecher.»

«Albert», sagt Sam verwirrt. «Warum bin ich in Ihrem Haus?»

Aber Albert flüstert nur *Pst!* in sein Ohr und drückt ihm zwei Tabletten in den Mund. «Schlafen Sie schön, Dr. Statler», sagt er und schaltet seine Stirnlampe aus. Sam schwebt zurück in die Dunkelheit. «Sie haben eine Menge durchgemacht.»

TEIL III

KAPITEL 27

Albert Bitterman?», ruft der UPS-Bote am nächsten Morgen aus seinem Lieferwagen.

«Ja, das bin ich!», rufe ich. Ich ziehe meine Jacke an und trete auf die Veranda. Er verschwindet im Laderaum des Lieferwagens und taucht dann wieder mit einer Sackkarre voller Pakete auf. «Sie waren aber schnell», sagte ich, als er näher kommt. «Habe Sie über GPS gesehen. Als kleinen blauen Punkt. Sie haben das Lager kurz nach acht Uhr morgens verlassen. Ganz tolles Feature auf Ihrer neu designten Website.»

Der Mann zieht die Karre rückwärts die Treppe hinauf. «Das ist irgendwie gruselig, wenn Sie mich fragen», sagt er, und jetzt hätte ich das am liebsten selbst als Erster gesagt, weil ich da ganz seiner Meinung bin. (Wenn er die neuesten Kommentare auf der Facebook-Seite von UPS gelesen hätte, wüsste er, dass ein anonymer Kunde (ich) vor zwanzig Minuten dasselbe bemerkt hat. Bin ich der Einzige, der die Gefahr erkennt, die darin liegt, dass jeder Depp mit einem Internet-Account in Echtzeit die Fahrtroute eines Lieferwagens mit hochwertigem medizinischem Gerät im Wert von mehreren tausend Dollar verfolgen kann?

Regen tropft dem UPS-Mann vom Schirm der Baseball-Mütze. Er zieht ein kleines Gerät aus seiner Gesäßtasche, und ich kontrolliere die Lieferung. Ein Rollwagen aus Metall mit beweglichem Arm. Ein Notfallwagen für den Transport von Sauerstoffflaschen und Defibrillatoren, mit einem integrierten Fach für Abfälle und Haken für einen Besen und einen Mopp – einer der wenigen Ausrüstungsgegenstände, dem ich als Angestellter von Home Health Angels Inc. (seit fünfundzwanzig Jahren) eine Fünf-Sterne-Bewertung gegeben habe.

«Scheint alles angekommen zu sein», sage ich.

«Soll ich es hineinschaffen?»

«In den Eingangsbereich, das wäre schön.»

«Wie Sie wollen.» Er schiebt die Karre ins Haus und stellt die Kisten auf den Boden. «Coole Bude», sagt er und wirft einen Blick ins Wohnzimmer. «Schön und hell.»

«Leider nicht mein Verdienst», sage ich, als er mir sein kleines Gerät hinhält, damit ich den Empfang der Lieferung unterschreibe. «Es ist noch so, wie es die letzte Eigentümerin hinterlassen hat, ich wollte nichts verändern.»

«Agatha, oder? Nette Dame.»

Ich halte inne. Der Plastikstift schwebt über dem Display des Geräts. «Sie kannten Sie?»

«Ein wenig. Wenn man lange genug ein und dieselbe Lieferroute fährt, kennt man irgendwann jeden.» Er steckt das Gerät wieder in seine Tasche zurück. «Es tat mir leid zu hören, dass sie gestorben ist. Wussten Sie, dass sie fünf Tage hier tot lag, bevor sie von der Putzfrau gefunden wurde?»

«Es war ein Mann», sage ich.

«Wie bitte?»

«Derjenige, der sie gefunden hat. Es war ein Mann.»

«Ach wirklich?» Er zuckt die Achseln. «Ich dachte, es wäre die Haushälterin gewesen, daher die Vorstellung, dass es eine Frau war. Egal.» Er schiebt sich den Schirm seiner Mütze tiefer ins Gesicht, zieht den Kopf zwischen die Schultern und tritt hinaus auf die kalte Veranda. «Schönen Tag noch.»

Ich warte, bis die Rücklichter hinter dem Hügel verschwunden sind, um dann die blaue Home Health Angels-Schürze aus der Küche zu holen, die ich einfach nicht wegwerfen konnte, nachdem ich meinen Job verloren hatte. Ich binde sie um die Taille und fülle ihre Taschen mit den medizinischen Produkten – einer Tube Neosporin, einem frischen Verband, einem Paar Latexhandschuhe. Ich gehe den Flur entlang, stecke leise den Schlüssel ins Schloss und schalte beim Eintreten das Licht ein. Sam rührt sich in seinem Bett und murmelt den Namen seiner Frau. Ich schließe die Tür hinter mir und trete an sein Bett, mit geradem Rücken und Freude im Herzen. Ich fühle mich so nützlich wie seit Langem nicht mehr.

KAPITEL 28

Annie parkt zwischen zwei Polizeiwagen und zieht sich die Kapuze über den Kopf. Sie hat den Regen so satt. John Gently sitzt hinter dem Empfangstresen, als sie in das Wartezimmer tritt.

«Ist Chief Sheehy da?»

Gently nimmt den Hörer zur Hand und drückt auf einen Knopf. «Haben Sie schon von ihrem Mann gehört?», fragt er.

«Noch nicht.»

«Hallo, Chief», sagt er in den Hörer, wobei er seiner Stimme etwas Gewichtigkeit verleiht. «Die Frau von diesem Doktor ist da. Sie will mit Ihnen reden.» Er nickt zwei Mal und legt auf. «Letzte Tür rechts.»

Franklin Sheehy sitzt hinter seinem Schreibtisch, die Ärmel hochgekrempelt. Sein Hemd spannt über dem Bauch, sodass die Knöpfe hervortreten. «Kommen Sie rein, Mrs. Statler», sagt er und winkt sie herein.

«Ich heiße Potter», verbessert sie ihn.

«Entschuldigung, das vergesse ich ständig. Wollen Sie Kaffee? Es ist nicht das schicke Gesöff, an das Sie vermutlich gewöhnt sind, aber es ist heiß.»

«Ich würde das Zeug auch als Pulver schniefen», sagt Annie. «Ich habe drei Nächte lang kaum geschlafen.»

Sheehy drückt auf einen Knopf seines Schreibtischtelefons. «Zwei Kaffee, Gently», sagt er. «Milch und Zucker dazu.» Er legt wieder auf. «Er hasst es, wenn ich das tue.»

«Ich habe Ihnen noch ein paar Fotos von Sam mitgebracht»,

sagt Annie und sucht in der Tasche nach ihnen. Sie schiebt sie ihm über den Tisch – drei Fotos, die von einer Yogalehrerin am Tag ihrer Hochzeit in ihrem neuen Garten aufgenommen worden waren. Maddie war per Facetime als Brautjungfer die ganze Zeit dabei. Der Laptop war auf einen Ast des Baumes gestellt worden, unter dem sie standen, damit sie alles sehen konnte. Annie hatte diese Fotos in der Drogerie ausgedruckt und sie Sam gegeben, damit er sie seinem Vater schicken konnte. Stattdessen steckte er sie in eine Küchenschublade und vergaß sie.

«Ich habe auch die technischen Daten von Sams Auto ausgedruckt, den genauen Typ und das Modell», sagt sie. Sie muss sich zurückhalten, damit sie nicht den Spitznamen für das Auto benutzt: Jasper, den ekligsten Namen, der ihr einfiel.

Sie war oben in ihrer Wohnung gewesen und hatte für den Umzug in die Steppe gepackt, als er sie angerufen und ihr gesagt hatte, sie solle aus dem Fenster schauen, wie in einer romantischen Komödie. Er saß mit freudigem Gesicht in dem Auto, das er vor einem Feuerhydranten geparkt hatte. «Ich habe einen Lexus gekauft», sagte er am Telefon.

«Das sehe ich.» Einen Lexus 350 mit Ledersitzen und automatischer Zündung. Er *liebte* das: im Wohnzimmer zu stehen und auf den Knopf zu drücken und dabei zuzusehen, wie die Scheinwerfer aufleuchteten und der Motor anging. («Jetzt sieh dich nur mal einer an», sagte Annie, als sie ihn zum ersten Mal dabei beobachtete. «Stolz wie ein Südstaaten-Vater bei einem dieser Purity-Balls, wo er seine jungfräuliche Tochter zum ersten Mal zeigt.»)

Die Tür wird aufgestoßen, und John Gently kommt mit zwei Pappbechern Kaffee herein, die er auf seiner linken Handfläche balanciert. Milch und Zucker hält er in der Rechten. «Bitte sehr, Chief», sagt er und hält ihnen die Becher entgegen, wobei ein paar Tropfen auf den Schreibtisch schwappen. Er zieht die Tür betont fest hinter sich zu, als er wieder geht.

Annie sieht zu, wie Sheehy die Zuckertütchen durchsucht, bis er zum Süßstofftütchen kommt. «Gibt es überhaupt Neuigkeiten zu Sam oder zu seinem Auto?»

«Gently!», schreit Sheehy.

Die Tür fliegt auf, als hätte er im Flur gestanden und gelauscht. «Mrs. Statler hätte gern den aktuellen Stand der Ermittlungen.»

«Ja, Sir.» John Gently tritt in den Raum. «Vor drei Nächten haben wir das Auto zur Fahndung ausgegeben, direkt nachdem Sie Ihren Mann als vermisst gemeldet hatten. Einen silbernen Lexus 350 mit automatischer Zündung und Ledersitzen. Ein sehr schönes Auto. Wir haben außerdem die Autobahnpolizei verständigt und die Bereiche, in denen es automatische Nummernschilderkennung gibt. Wenn er irgendwo dort auftaucht, wo eines der Geräte steht, können wir seine Reiseroute nachvollziehen. Zurzeit gehen wir die Aufnahmen von öffentlichen und privaten Videokameras aus der Gegend durch. Wenn sein Auto irgendwo da draußen ist, werden wir es finden.»

«Und wenn er einen Unfall hatte?», fragt Annie.

Sheehy schüttelt den Kopf. «Um ehrlich zu sein, Mrs. Statler, ist das unwahrscheinlich. Es ist bereits zweiundsiebzig Stunden her, und es wurde kein einziger Unfall gemeldet. Meine Männer sind jetzt schon ein paar Mal die Strecke von Sams Praxis zu Ihrem Haus abgefahren. Wir hätten sein Auto gefunden.» Er lächelt geknickt und gibt sich alle Mühe, mitfühlend zu wirken. «Ich weiß, dass Sie sich Sorgen machen, aber seien Sie versichert, dass wir alles tun, was wir können. Wir rufen Sie sofort an, sobald wir etwas hören. Aber was Sie tun können, Mrs. Statler, ist zu versuchen, die Nerven zu behalten.»

«Ich gebe mir Mühe», sagt sie und steht auf. «Und vielleicht könnten Sie Ihrerseits versuchen, meinen Namen zu behalten. Ich heiße Potter.»

KAPITEL 29

Sam spürt das zarte Flattern von Flügeln an seiner Wange und öffnet die Augen. Die Motten verschwinden in der Schwärze, und er ist wieder da. Albert Bitterman, sein Vermieter, steht in der Tür, eine blaue Schürze um die Taille gebunden. «Hallöchen, Herzensbrecher», sagt Albert und schiebt einen medizinischen Notfallwagen in den Raum. «Wie geht es uns denn heute?»

«Ich bin ein wenig verwirrt», sagt Sam und versucht, sich aufzusetzen. «Warum bin ich in Ihrem Haus?» *Und warum schieben Sie hier einen Notfallwagen herein?*

«Habe ich Ihnen doch schon erklärt», sagt Albert. «Sie hatten einen Unfall.» Er stellt den Wagen am Fuß von Sams Bett ab und zieht sich ein Paar blaue Latexhandschuhe über. «Als Sie aus der Einfahrt fuhren, fiel ein Baum auf Ihr Auto. Zu Ihrem Glück habe ich alles von der Veranda aus beobachtet. Ich bin so schnell herausgerannt, wie ich konnte.»

«Warum bin ich nicht im Krankenhaus ...»

«Offenbar sind Ihre beiden Beine zertrümmert», unterbricht ihn Albert. «Aber keine Sorge. Ich habe sie wieder zusammengeflickt. Und ich gebe Ihnen etwas gegen die Schmerzen.»

Die Vorstellung ist merkwürdig, aber auch seltsam vertraut – *zwei gebrochene Beine, regelmäßig Tabletten* –, aber er kann nicht genau sagen, warum. «Annie», sagt er. «Ich muss Annie anrufen, meine Frau. Kann ich Ihr Telefon benutzen?»

Aber Albert achtet gar nicht auf ihn und holt ein Fläschchen mit Tabletten aus der Schürzentasche.

«Nein», sagt Sam. «Keine Tabletten mehr. Ich muss Annie anrufen.»

Sam versucht, sein Gesicht abzuwenden, aber Albert packt Sams Kinn und zwingt ihm drei Tabletten in den Mund, wobei er Sams Kiefer mit zitternder Hand so lange zuhält, bis sich die Tabletten aufgelöst haben. Der Geschmack ist schlecht, so schlecht wie der von Buckley's Mixture, dem Saft, den seine Mom ihm früher immer gab, wenn er Halsschmerzen hatte. «Es schmeckt schrecklich. Und es hilft», ist der derzeitige Werbeslogan von Buckley's, der direkt auf die Packung gedruckt ist, aber selbst das schmeckt eine Million Mal besser als diese Tabletten, die beeindruckend schnell wirken. Sie lassen seinen Körper dahinschmelzen, rufen die Motten herbei, reduzieren die Realität auf zwei Tatsachen: Sein Kopf schmerzt nicht mehr, und er ist so dermaßen am Arsch.

KAPITEL 30

Warten Sie mal, Professor Potter», ruft der Junge, der am nächsten Tag durch den Mittelgang im Vorlesungssaal auf Annie zukommt. «Das haben Sie heute toll gemacht», sagt er und lächelt sie an, als sie ihm den Aufsatz zurückgibt, den sie heute Morgen erst durchgesehen und zensiert hat, kurz vor der Vorlesung. Zwei Mal hat er darin das Wort «Patriarchat» in Anführungsstriche gesetzt. «Langsam fangen Sie an, mich davon zu überzeugen, dass ich vielleicht doch die Annahmen überprüfen sollte, die ich beim Lesen hatte. *Langsam.*»

«Danke, Brett», sagt Annie.

Sein Gesicht wird ganz rot. «Ich heiße Jonathan.»

Ich weiß, dass du Jonathan heißt – du bist einer der Jungs, die sich in dieses Seminar nur wegen der Frauen eingeschrieben haben – aber Brett ist ein Arschloch-Name, und du wirkst ganz genau wie ein Arschloch. «Sorry», sagt Annie. «Schönen Tag noch.»

Sie sammelt ihre Notizen ein und wartet, bis die letzten Studenten den Saal verlassen haben. Dann schaltet sie das Licht aus. Sie weiß gar nicht, wie sie dieses Seminar überlebt hat. Eine Dreiviertelstunde vor einem vollen Hörsaal unausgeschlafener College-Kinder, die erforschen sollten, wie männliche Autoren weibliche Figuren in sechs beliebten literarischen Werken beschreiben, angefangen mit F. Scott Fitzgeralds *Zärtlich ist die Nacht.* «‹Ihr Körper schwebte zart auf dem äußersten Rand der Kindheit›», las sie laut vor und hoffte, dass die Studenten nicht merkten, wie das Buch in ihrer Hand bebte. «‹Sie war fast achtzehn, beinahe vollständig, aber noch lag der Tau auf ihr.›» Sie hatte hin und her überlegt, das Seminar abzusagen, sich am Morgen aber dagegen entschlossen. Zu Hause wird sie noch wahnsinnig, weil sie die ganze Zeit darauf wartet, seinen Schlüssel im Schloss zu hören.

Sie hastet über den Campus zum Fachbereichsgebäude, schlicht und heruntergekommen, ganz anders als die Columbia University. Aber genau das hatte sie gewollt, das ist es, was Sam und sie beide wollten: ein einfacheres Leben.

Seit sie ihren Abschluss an der Cornell University gemacht hatte, wo sie ein paar Jahre blieb, um zu lehren, hatte sie eine schwere Last auf den Schultern getragen. Sie war gerade mit ihrer nächsten Station, einem zweijährigen Lehrauftrag an der Columbia, fertig gewesen und hatte überlegt, was als Nächstes kommen sollte, als sie Sam kennenlernte. Man hatte ihr eine befristete Stelle an der Utah State angeboten, an der sie kaum hätte publizieren können, aber sie sagte das Angebot ab und nahm eine Gastprofessur hier, an einem winzigen geisteswissenschaftlichen College im Staat New York an. Sie folgte dem ersten Mann, den sie je geliebt hatte.

Ein kleines Grüppchen wartet auf den Aufzug, und sie beschließt, zu ihrem Büro im zweiten Stock die Treppe zu nehmen. Sie schließt gerade die Tür auf, als Elisabeth Mitchell, die Dekanin des Fachbereichs, aus ihrem Büro drei Türen weiter tritt.

«Annie», sagt sie. «Was machen Sie hier?»

«Ich habe Sprechstunde», sagt Annie.

«Ich weiß, ich meine ...» Dr. Mitchell zögert. «Ich habe den Artikel über Sam gesehen.»

«Oh, den», sagt Annie.

«Sie müssen nicht hier sein», sagt Dr. Mitchell. «Sie könnten auch ...»

«Mein Dad stammt aus einer langen Linie fleißiger irischer Katholiken», sagt Annie. «Ich habe gelernt, trotz meines Schmerzes zu arbeiten.»

«Na ja, wenn Sie Zeit brauchen ...»

«Danke schön», sagt Annie, tritt in ihr Büro und lässt die Tür leicht angelehnt. Sie schaut auf die Uhr. Eine Stunde. Sie wird das schaffen. Sie setzt sich an den Schreibtisch und nimmt das Sandwich heraus, das sie vor dem Seminar im Café der Studentenvereinigung gekauft hat. Pute mit Schweizer Käse und Extra-Jalapeños, das kauft sie sich jede Woche vor der Sprechstunde. Es ist eine Angewohnheit von ihr, sich immer dasselbe zu bestellen. Sie macht Sam verrückt. Damals in New York, als sie begannen, miteinander auszugehen, trafen sie sich mindestens zweimal die Woche im selben Restaurant: Frankies 457, einen Block von ihrer Wohnung entfernt. Sam starrte sie jedes Mal ungläubig an, wenn sie wieder dasselbe bestellte: Cavatelli mit Salsiccia und einen grünen Salat.

Sie kann sich seinen erstaunten Gesichtsausdruck vorstellen. «Du willst nicht mal *irgendetwas* anderes probieren?»

«Ich weiß, was ich mag, und ich habe kein Problem, darum zu bitten», sagte sie ihm. «Gewöhn dich dran.»

Aber heute dreht sich ihr beim Anblick des Sandwiches der Magen um, und sie lässt es in den Abfalleimer fallen und sucht nach dem Handy in ihrer Tasche. Sie öffnet FaceTime und ruft Maddie an, die sofort rangeht. Sie hat sich die braunen Locken zu einem Dutt gebunden, und sie hat Ohrhörer in den Ohren.

«Was tust du gerade?», fragt Annie.

«Ich wollte gerade joggen gehen», sagt Maddie, und schon der Klang ihrer Stimme beruhigt Annies Nerven.

«Du hasst Joggen.»

«Ich weiß, aber alle im Restaurant machen diese blöde Fünf-Kilometer-Challenge, und – warte.» Maddie bleibt stehen. «Was ist passiert? Ich sehe dir doch an, dass etwas passiert ist.»

Annie steht auf und schließt die Tür zu ihrem Büro. «Sam hat Rechnungen bekommen», flüstert sie.

«Was meinst du mit *Rechnungen?*», fragt Maddie.

«Kreditkartenrechnungen.» Die erste kam gestern: Chase Sapphire Preferred, das Kreditkartenlimit in Höhe von 75 000 Dollar überzogen. Sie war verwirrt, versuchte aber, nicht zu viel hineinzuinterpretieren. Der Umzug, das neue Haus – sie wusste, dass sich da einiges summierte. Aber als sie heute in den Briefkasten sah, fand sie noch eine Rechnung: Capital One, mit einer Forderung in Höhe von 35 000 Dollar.

«Was zum Teufel hat er denn da gekauft?», fragt Maddie.

«Was hat er *nicht* gekauft, ist da wohl die richtigere Frage.» Es ist beinahe lächerlich, was er ausgegeben hat. Sie saß auf dem Parkplatz ihrer Fakultät in ihrem Auto und ging die Liste durch. Dreihundert für Laufschuhe. Fünftausend für einen Teppich für seine Praxis. Sechs Kaffeetassen à 34 Dollar.

«Wusstest du von diesen Kreditkarten?», fragt Maddie.

«Nein, aber Sam ist ein vierzig Jahre alter Mann. Er hat natürlich Kreditkarten. Wir haben unser Geld nicht zusammengetan.» Sie geht in ihrem Büro auf und ab, immer acht Schritte hin und acht Schritte her. Dann lässt sie sich auf ihren Stuhl fallen, weil sie plötzlich so erschöpft ist. «Ich nehme an, dass das erklärt, warum er so abwesend war in letzter Zeit.»

«Abwesend?», fragt Maddie. «Das hast du mir gar nicht erzählt.»

«Wir sind in eine neue Stadt gezogen, und er hat seine Praxis eröffnet, und währenddessen geht es seiner Mutter immer schlechter», sagt Annie abwehrend. «Es wäre eher schräg, wenn er *nicht* abwesend gewesen wäre.»

«Annie, glaubst du …» Maddie verstummt. Ihr Gesicht ist ganz angespannt.

«Was?», fragt Annie.

«Ich weiß nicht. Es ist doch eigenartig, dass er dir nichts davon erzählt hat.»

Annie schluckt einen dicken Kloß in ihrem Hals herunter. «Ich weiß», presst sie hervor. Sie hört draußen auf dem Flur Schritte. Sie wartet, bis sie verklingen. «Ich muss jetzt», sagt sie und reißt sich zusammen. «Ich bin bei der Arbeit. Ich rufe dich später wieder an.» Sie beendet die Verbindung, öffnet ihre Tür ein paar Zentimeter und geht zurück zu ihrem Schreibtisch, wo sie eins der Bücher öffnet, das sie für das nächste Seminar vorgesehen hat. Es hilft nichts: dreißig Sekunden später nimmt sie ihre Tasche vom Fußboden, greift hinein, holt die Rechnungen heraus und prüft sie erneut. «Sam, du Idiot», flüstert sie. «Siebenhundert Dollar für Steakmesser?»

«Dr. Potter?» Eine Studentin steht in der Tür. Annie versucht sich an ihren Namen zu erinnern. «Entschuldigen Sie bitte, die Tür war offen.»

«Schon in Ordnung, Clara», sagt Annie. «Kommen Sie doch rein.»

«Sicher?» Die Studentin tritt ein, und Annie lässt die Rechnungen zurück in ihre Tasche gleiten. «Weil ich nämlich ein Jobangebot bekommen habe und einen Rat gebrauchen könnte.»

«Natürlich», sagt Annie und zieht den Reißverschluss ihrer Tasche zu. «Setzen Sie sich, lassen Sie uns reden.»

KAPITEL 31

Das Licht ist eingeschaltet, als Sam wieder aufwacht. Es ist ganz still im Zimmer. Er hält den Atem an und lauscht nach Albert Bitterman.

«Albert Bitterman *Junior*, um genau zu sein. Der Sohn, den mein Vater sich immer gewünscht hatte.» Das hatte Albert zu Sam an dem Tag gesagt, an dem sie sich kennenlernten. Er hat sich das Hirn zermartert, um sich an alles zu erinnern, was er über diesen Typen weiß, und es ist ihm gerade erst wieder eingefallen – ihr erstes Kennenlernen. Annie war in New York, um die letzten beiden Wochen an ihrer Stelle dort abzuarbeiten, und Sam rief sie von Chestnut Hill aus an, wo er den Morgen damit verbracht hatte, sich die schrecklichen Büros anzusehen, die im Angebot waren. Er hatte sich schon damit abgefunden, sich mit etwas Suboptimalem zu begnügen. Und dann, wie von Zauberhand, steckte der Flyer unter seinem Scheibenwischer, als er aus der Bank kam. «Büroraum in historischem Haus zu vermieten, perfekt für einen ruhigen Mieter.» Er konnte sein Glück kaum fassen.

Albert stand schon auf der Veranda, als Sam zwanzig Minuten später in die Einfahrt fuhr, und schien begeistert zu sein, ihm den Raum im Souterrain zu zeigen. «Die Grundsubstanz ist gut, aber es müsste ein bisschen Arbeit reingesteckt werden», sagte er und führte Sam einen Pfad am Haus entlang. «Sie können es sich dort so ausbauen, wie Sie mögen. Ich hätte absolut keine Ideen dafür.» Er schloss eine Tür auf und ließ Sam ein. Der Raum war groß und offen, bis auf einen Stapel Kisten an der

Wand war er leer. «Es gibt so viel Platz hier, und es wäre schön, wenn sich jemand seiner annehmen würde.»

Sam schaut sich um. Er nimmt an, dass er sich im Erdgeschoss von Alberts Haus befindet, einen kurzen Gang von der Küche hinunter und direkt über seinem Büro. Albert hatte ihm sein Haus an dem Tag gezeigt, an dem Sam kam, um nach einem tropfenden Wasserhahn zu sehen. Das war Teil der Abmachung, die Sam eigentlich gar nicht gewollt hatte: Gratismiete als Gegenleistung für gelegentliche Reparatur- und Instandhaltungsarbeiten – Blätter zusammenkehren, Glühbirnen auswechseln, nichts zu Schwieriges, hatte Albert ihm versichert. Sam versuchte mehrmals, dieses Arrangement abzulehnen, und bot stattdessen an, Miete zu zahlen, aber Albert bestand darauf und sagte, Sam würde ihm einen Gefallen tun.

Merkwürdig. Das war das Wort, das Annie benutzt hatte, als Sam ihr von dem schier unglaublichen Angebot erzählte: ein unausgebauter Raum auf Gartenhöhe in einer viktorianischen Villa, den er nach Gusto ausbauen konnte. «Das ist nicht *merkwürdig*», hatte Sam gesagt. «So etwas nennt man nett. So sind die Leute auf dem Land. Keine Sorge, du wirst dich schon daran gewöhnen.»

Und es war tatsächlich nett: Albert hatte gesagt, er müsse keinerlei Kosten scheuen, also tat er es auch nicht. Fußbodenheizung. Klimaanlage. Ein Panoramafenster, das einen beruhigenden Blick in den Garten bot. Seine neue Praxis war perfekt, viel besser als alles, was er sich hatte vorstellen können. Aber dann war Albert ständig da, wartete auf ihn. Trank seinen Tee auf der Veranda, wenn Sam kam. Ging hinaus zum Briefkasten, wenn Sam zum Mittagessen ging. Kam am späten Nachmittag mit diesem verdammten Tablett mit Drinks heraus. *Hallöchen, Herzensbrecher, wie war Ihr Tag?* Sam tat der Typ leid. Er war einsam in dem großen Haus und hatte den ganzen Tag nichts zu tun.

«Hallo?», ruft Sam. «Albert? Ich muss telefonieren.»

Stille.

Er schaut zur Tür in den Flur und schätzt die Entfernung ab. Zwei Meter, höchstens zweieinhalb. Das kann er schaffen. In seinem Querfeldein-Läuferteam war er der Schnellste; da wird er es doch wohl von seinem Bett zu der Tür schaffen und dann hinaus dorthin, wo Albert Bitterman das schwere, schwarze schnurlose Telefon aufbewahrt, das so einer wie er vermutlich besitzt.

Natürlich kann Sam das schaffen.

Er atmet tief durch, schlägt die Decke zurück und erschrickt beim Anblick seiner Beine. Die Gipsverbände sind eine Katastrophe, einer seiner Füße ist doppelt so groß wie der andere. Er schiebt dieses Problem – zusammen mit der Frage, wie genau sein Vermieter sowohl an die nötigen Materialien und Gerätschaften gekommen ist, um ihm Gipsverbände an die gebrochenen Beine anzulegen – zunächst einmal von sich und überlegt, wie er aus dem Bett kommen kann. Indem er sich hinunterschiebt? Hinunterrollt? Er entscheidet sich für eine Mischung aus beidem: Er schiebt sich zum Rand der Matratze und rollt sich dann vorsichtig auf den Boden.

«Scheeeiiiiiße», stöhnt er so leise wie er kann, als sein Brustkorb hart auf den Boden aufkommt, gefolgt von den Gipsverbänden. Er legt die hämmernde Stirn auf den Dielenboden und atmet den Schmerz weg. Dabei wartet er auf Alberts eilige Schritte, die aus dem Flur näher kommen.

Aber es ist still.

Er hievt sich auf die Ellenbogen und kriecht in Richtung Tür. Seine Beine hängen wie Felsbrocken an seinen Hüften. Er ist schweißgebadet und außer Atem, als er vor der Tür liegt, aber er schafft es – er greift nach der Klinke.

Nein, das kann nicht sein.

Die Tür ist abgeschlossen.

Er kriecht näher und zieht sich an der Tür hoch. Er packt die Klinke mit beiden Händen und rüttelt an der Tür, dabei betet er, dass das hier nur ein Traum ist. Er schaut sich um. Das Fenster. Er lässt sich erneut auf den Bauch fallen und kriecht zurück durch den Raum. Es wird alles wieder gut. Er wird die Vorhänge aufziehen, und Sidney Pigeon wird mit ihrem preisgekrönten Cockerspaniel am Ende der Einfahrt stehen, so wie immer. Sie wird die Tür aufschließen, und Sam wird hallo sagen und sich mit den Ellenbogen direkt an ihr vorbei robben, durch die Tür, über die Brücke und direkt zur Bäckerei, wo die nette alte Frau, die morgens dort arbeitet, ihm zwei Schmerztabletten gegen die Kopfschmerzen geben und ihn ihr Telefon benutzen lassen wird.

Er schafft es zum Fenster und muss erst wieder zu Atem kommen, bevor er sich aufsetzen und die Vorhänge aufziehen kann. Er erstarrt. Das Fenster ist mit Sperrholzplatten zugenagelt und lässt kein bisschen Licht hinein.

Ich bin in einen Raum eingesperrt, mit zwei gebrochenen Beinen.

Und dann versteht er. *Sie.*

Die Erinnerung ist ganz klar. Die Veranda. Die Blätter, die sich golden verfärbten. Albert kam heraus und fragte, was er da lese. Sam zeigte ihm das Cover. *Die Geschichte ist echt krank.*

Seine Haut prickelt, ihm ist heiß, und er ist sich sicher, dass er sich gleich übergeben muss, aber dann geschieht etwas anderes. Er beginnt zu lachen. Zuerst ist es nur ein Kichern, aber dann bricht der Damm, und er lacht so heftig, dass er gar nicht mehr atmen kann. Ein Schutzmechanismus wie aus dem

Lehrbuch: Gelächter als Methode, mit überwältigender Angst zurechtzukommen. Natürlich wird das Ganze noch absurder durch den knallgelben Smiley-Teppich, der ihn aus der Ecke des Zimmers anstarrt.

«Oh ja, Teppich?», sagt er zwischen zwei Lachsalven. «Du findest das lustig?» Er lacht immer noch, als die Panik wieder in ihm hochsteigt und ihm die Schwere seiner Situation klar wird. Er hört auf zu lachen und neigt den Kopf zur Seite. Er hätte schwören können, dass er ein Motorengeräusch gehört hat, aber es ist ganz still. Er muss sich das wohl eingebildet haben. Aber Moment, nein, da ist es wieder: eine Autotür, die zuschlägt. Jemand ist da.

Gott sei Dank. Er hatte recht. Es wird wirklich alles wieder gut. Albert ist keine verrückte, besessene Frau. Stattdessen steht er genau in diesem Moment draußen in der Einfahrt und begrüßt den Krankenwagen, der unerklärlich lange gebraucht hat, um zu kommen. Er wird den Sanitätern den Weg zu seinem Zimmer zeigen und eine vollkommen überzeugende Erklärung dafür haben, warum die Tür verschlossen und das Fenster mit Spanplatten vernagelt ist. Annie ist vermutlich auch da und schreit alle an, damit sie sich beeilen. Sie will sicher als Erste zu ihm kommen. Sie werden das alle irgendwie süß finden, aber in Wahrheit muss sie erst etwas loswerden. *Vier Tage, und du konntest kein Telefon finden, um mich anzurufen? Im Ernst, Schwachkopf?*

Er wartet auf das Geräusch von Schritten im Flur, aber stattdessen hört er das unverwechselbare Geräusch seiner Praxistür, die ins Schloss fällt. Diese verdammte Tür, denkt er, die Albert zu richten versprochen hatte und die seine Sitzungen ständig unterbrach, wenn jemand kam oder ging. Sams Kopf hämmert immer noch, und er gibt sich alle Mühe zu verstehen, warum

(1.) die Sanitäter in seine Praxisräume gehen, obwohl er doch hier in einem Schlafzimmer im ersten Stock ist, und (2.) wie sie dort hineingekommen sind, obwohl er den einzigen Schlüssel hat. Dann passiert etwas sehr Seltsames.

Der Smiley-Teppich spricht mit ihm.

«Soll ich Sie Doktor nennen?», fragt der Teppich. Er hat eine männliche Stimme.

«Was?», sagt Sam.

«Sind Sie Dr. Keyworth?», sagt der Teppich.

Die Stimme kommt ihm bekannt vor. «Nein», antwortet Sam. «Ich heiße Dr. Statler.» Plötzlich kommt ihm der Gedanke, dass er den Autounfall vielleicht gar nicht überlebt hat. Vielleicht ist er eigentlich tot und lernt gerade, dass das Leben danach sich genauso anfühlt wie damals, als er im Sommer 1999 in Joey Amblins Garten Zauberpilze genommen hatte.

«Was ist denn mit Ihrer Hand passiert?», fragt der Teppich.

Sam hält seine Hand hoch.

«Ich hab mich geschnitten, als ich ein Glas abgestellt habe.» Diese Worte kommen nicht von Sam. Er versteht nicht mehr, wer hier spricht. Die merkwürdige Vertrautheit der Teppichstimme irritiert ihn. Und nicht nur das, denn in den Pausen zwischen den Dialogsätzen hört Sam etwas, das ziemlich sicher das Geräusch von jemandem ist, der Popcorn isst.

«Wer bist du?», flüstert Sam in den Teppich und rutscht näher heran.

«Dr. Keyworth, ich bin der stellvertretende Stabschef im Weißen Haus», sagt der Teppich.

«Was?» Sam ist verwirrt. Die Stimme. Woher kennt er bloß diese Stimme?

«Eintausendeinhundert Angestellte des Weißen Hauses sind mir unterstellt», sagt der Teppich. «Ich berichte direkt an Leo

McGarry und den Präsidenten der Vereinigten Staaten. Oder glauben Sie, dass Sie es hier mit dem Zeitungsjungen zu tun haben?»

«Mit dem Zeitungsjungen?», fragt Sam den Smiley. Er hebt den Teppich an. Etwas glänzt metallen darunter. Ein Lüftungsschlitz. Er legt sein Ohr daran, um zu lauschen, und genau in diesem Augenblick hört er das unverkennbare Juchzen von Albert Bitterman, gefolgt von den dramatischen Eröffnungsklängen des besten Themensongs in der Geschichte des Fernsehens.

The West Wing – Im Zentrum der Macht.

Albert sitzt unten in Sams Praxis und schaut *The West Wing* – «Noël», Staffel 2, Folge 10, um genau zu sein –, und Sam hört durch den Lüftungsschlitz im Fußboden jedes Wort davon. Es geschieht erneut: Sam muss lachen. Diesmal ist es ein lautes Lachen, das aus dem Bauch kommt, weil er plötzlich alles versteht: Albert war hier oben und lauschte seinen Therapiesitzungen. Tja, bei Gott, natürlich war er das, denkt Sam, und die Lachtränen rinnen ihm die Wangen hinab. Er *wusste* es; dieses ganz und gar unterbewusste Gefühl, dass Albert über ihm saß, wird plötzlich bewusst – eine Energie im Zimmer über ihm, die ein und aus ging, Alberts Rhythmus, der sich seinem so sehr angepasst hatte.

Sam lacht so laut, dass er beinahe die Unruhe unten überhört – Alberts Stimme, die aus dem Lüftungsschlitz dringt («Mein Gott, Sam, bist du das?»), das Geräusch von Sams Praxistür, die zuschlägt. Und Sam lacht nicht nur, er genießt es auch, den Smiley-Teppich zuschanden zu schlagen – ein völlig fadenscheiniges Stück Scheiße –, und der Teppich ist zerfetzt, als Albert ganz verschreckt mit einer Tüte Smartfood-Popcorn wieder in der Tür steht.

«Sie haben mich von hier oben belauscht», sagt Sam.

«Was? Nein …», sagt Albert.

Er hört auf zu lachen. Die Erinnerung an jene Nacht kommt zurück, so klar und deutlich wie der helle Tag. Das Unwetter braute sich zusammen, und Sam schloss die Tür seiner Praxis hinter sich zu. Dabei stellte er sich vor, wie Annie zu Hause auf ihn wartete, in einem Topf auf dem Herd rührte und den Wein schon geöffnet auf dem Küchentresen stehen hatte. Albert stand mit einem Tablett mit Drinks auf der Veranda. Sam tat so, als sähe er ihn nicht, und rannte zu seinem Auto.

Er stieg in sein Auto und merkte, dass er seine Schlüssel vergessen hatte. Er hatte sie auf seinem Schreibtisch liegen gelassen.

Die Erinnerung an das, was danach geschah, ist überraschend lebhaft, sogar die kleinsten Einzelheiten, wie er zum Beispiel durch den Regen zurück in seine Praxis rannte, die Schweißtröpfchen auf Alberts Oberlippe, als er in seinem Wartezimmer auftauchte, wie der Regen aus seinem Haar tropfte, dass er eine Schaufel in den Händen hielt. Alberts wilder Gesichtsausdruck, als er sich auf Sam stürzte, die Schaufel hoch über dem Kopf erhoben.

Angst überkommt Sam. «Bitte, lassen Sie mich meine Frau anrufen.»

«Tut mir leid, Sam, aber das kann ich nicht zulassen.» Alberts Blick ist ausdruckslos. Er rührt sich nicht von der Stelle.

«Was meinen Sie damit? Natürlich können Sie das», fleht Sam. «Holen Sie einfach Ihr Telefon.»

«Nein, Sam, das kann ich nicht.»

«Warum, Albert?» Sam spürt, wie ein Schluchzen in seine Kehle steigt. «Warum halten Sie mich hier gefangen?»

«Gefangen?», sagt Albert und sieht aus, als hätte man ihm

eine Ohrfeige verpasst. «Ich halte Sie hier nicht gefangen, Sam. Ich kümmere mich um Sie.»

«Aber ich will nicht, dass Sie sich um mich kümmern», flüstert Sam. «Ich will nach Hause.»

«Tja, dann hättest du den *Drink* nehmen sollen», blafft Albert. «Den Spezialcocktail, den ich extra für dich gemacht habe. Du hättest ja nicht so unhöflich sein müssen.»

«Den ... *Drink?*», stammelt Sam. «Sie haben das hier alles wegen eines Drinks getan?»

Albert atmet ostentativ tief durch. «Nein, Sam, ich habe das alles hier nicht wegen eines *Drinks* getan. Ich habe es getan, weil du Hilfe brauchst, und weil ich der Einzige bin, der dir helfen kann.» Er tritt ins Zimmer und hebt die Teppichfetzen auf. Dann geht er wieder hinaus und knallt die Tür hinter sich zu. Sam wartet, bis er das Schloss klicken hört, und dann tut er etwas, das er nicht mehr getan hat, seit sein Dad die Familie verließ. Er erlaubt sich zu weinen.

KAPITEL 32

Die Taube feiert eine Party.

Ich erhasche aus dem Fenster oben immer wieder einen Blick. Sechs Paare, eines davon rücksichtslos genug, dass es auf dem Rasen der Taube parkt. Sie nennen es den Dinner Club. Ein paar ehemalige Cheerleader von der Brookside High, die reihum zum Abendessen einladen. Heute ist die Taube an der Reihe, und Drew grillt Steak. Er hat das Fleisch um zwei Uhr zu marinieren begonnen. Die Taube machte davon ein Foto und postete es auf Instagram, damit auch alle wissen, wie #dankbar ((sic!)) sie ist, dass sie eine bessere Hälfte hat, die kocht.

Das Haus ist erleuchtet, alle sind, wo sie sein sollen: Die Männer trotzen hinter dem Haus am Grill dem Regen, die Frauen stehen in der Küche, teilen sich eine Schüssel mit Guacamole und eine Flasche Rotwein. Vermutlich plaudern sie über den Zeitungsartikel heute Morgen: «Polizei tappt im Fall des seit vier Tagen vermissten Chestnut-Hill-Doktors im Dunkeln.»

Die junge Harriet Eager macht sich langsam einen Namen. Sie steht als Autorin über dem Artikel (ganz abgesehen davon, dass ihr Name auch auf der ersten Seite steht).

Nach vier Tagen intensiver, aber erfolgloser Suche nach dem hiesigen Psychotherapeuten Sam Statler haben die ermittelnden Detectives in dem Fall alle Mittel ausgeschöpft. «Wir können an diesem Punkt nur noch an die Menschen appellieren, uns jede Information zukommen zu lassen, die sie haben», sagte Polizeichef Franklin Sheehy.

Der Artikel wurde Dutzende Male auf Facebook geteilt. Ein dicklicher Typ namens Timmy Hopper besaß doch tatsächlich die Frechheit, einen Scherz über Sams Ruf in der Highschool zu machen – «Hat schon mal jemand in Sheila Demollinos Keller nachgesehen?» – womit er, als ich zum letzten Mal nachsah, immerhin sechs Likes geerntet hat.

Oben im Haus der Taube geht ein Licht an. Das zweitletzte Fenster, das Zimmer des mittleren Sohns. Ich schaue auf die Uhr. Fünf Uhr sechsundvierzig, ganz genau nach Plan. Er ist vierzehn Jahre alt und schleicht sich jeden Abend nach oben. Eine Rauchwolke dringt aus dem Fenster. Er raucht, um den Abend mit seiner Familie ertragen zu können. Das Feuerzeug leuchtet auf und erhellt sein Gesicht. Unten piept mein Herd. Ich hänge das Fernglas wieder an seinen Haken und gehe widerwillig nach unten in die Küche. Hoffentlich schläft Sam noch, wenn ich ihm das Abendessen bringe.

Er will nach Hause. Ich bin seit gestern nicht mehr in sein Zimmer gegangen, als ich zu ihm hereinkam und ihn auf dem Boden vorgefunden habe. Ich habe stattdessen oben im Haus gewerkelt und in Gedanken meine neueste Liste zusammengestellt.

Gründe, aus denen Sam nicht nach Hause gehen kann: eine Liste

- Weil ich mich *wirklich* um ihn kümmern will. Das tut man mit den Menschen, die einem nahestehen: Man kümmert sich um sie, wenn sie in Not sind. Wenn das jemand verstehen müsste, dann der Mann, der wieder nach Hause gezogen ist, um sich um seine Mom zu kümmern.

- Was ich alles für ihn getan habe! Eine Spitzen-Matratze, jeden Tag frische Bettwäsche, frische Blumen, um das Zimmer ein bisschen heiterer wirken zu lassen, weil …
- Wenn es einen Menschen gibt, der genau weiß, was bettlägerige Patienten brauchen, damit es ihnen gutgeht, dann bin ich das, Albert Bitterman junior, der fünfundzwanzig Jahre lang bei Home Health angestellt und sogar *drei Mal* Angestellter des Monats war.

In der Küche scheint der herzhafte Eierauflauf fertig zu sein, und ich schiebe ein perfektes Quadrat davon auf einen Teller, auf das Fleisch. Ich stelle den Teller auf den Wagen, zusammen mit einem Set Plastikbesteck, und gehe den Flur entlang. Sams Atem geht rau, als ich die Tür öffne und den Kopf hineinstecke. Gott sei Dank schläft er. Ich nehme das Tablett vom Wagen und stelle es leise auf den Nachttisch. Dann bleibe ich am Fuß seines Bettes stehen, um meine Arbeit zu bewundern.

Ich habe erst ein Mal in meinem Leben einen Gipsverband gelegt: vor fünfundzwanzig Jahren, während des sechswöchigen (unbezahlten) Krankenhauspraktikums, das ich absolvieren musste, um ein zertifizierter Home Health Angel zu werden. Ein Arzt ließ mich einen Gips am Handgelenk einer Neunjährigen mit einer Haarfraktur anlegen. Das war nichts im Vergleich zu dem, was ich hier tun musste – *zwei* Beine, die verbunden werden mussten, mit komplizierten Brüchen, soweit ich es einschätzen kann – und obwohl ich normalerweise nicht zum Angeben neige, war das hier wirklich eine Fünf-Sterne-Leistung.

«Was riecht denn hier so lecker?» Ich erstarre. Er ist wach. «Was ist es denn?»

«Steaks und Eier», sage ich und räuspere mich.

«Steaks und Eier?» Sam stützt sich auf die Ellenbogen. Seine

Augen sind ganz verschlafen, das Haar zerzaust. «Was ist denn der Anlass?»

«Ein bisschen Extra-Protein am Abend ist hilfreich, wenn man die Kraft wiedererlangen will», sage ich und gehe zur Tür. «Ich hoffe, du magst es.»

«Albert?» Ich bleibe stehen. «Wollen Sie vielleicht noch ein bisschen hierbleiben?»

Ich drehe mich um. «Hierbleiben?»

«Mir fällt hier ein bisschen die Decke auf den Kopf», sagt er. «Ich könnte ein wenig Gesellschaft gebrauchen. Es sei denn, Sie haben gerade viel zu tun.»

«Nein», sage ich, räuspere mich erneut und streiche meine Schürze glatt. «Ein paar Minuten hätte ich schon.»

«Sehr gut.» Sam zuckt zusammen, als er nach dem Tablett greifen will, und ich beeile mich, ihm zu helfen. «Danke», sagt er, als ich seine Kissen aufschüttele. «Viel besser.»

Außer auf seine Bettkante kann ich mich nirgends hinsetzen, also bleibe ich mitten im Zimmer stehen. Sam schneidet ein Stück von seinem Fleisch ab und probiert es. «Sehr lecker», sagt er.

«Salisbury Steak», sagte ich. «Gehacktes vom Rind, Ketchup und eine halbe Dose Zwiebelsuppe.»

«Suppe. Ich habe mich schon gefragt, wonach das schmeckt.»

«Das ist Lindas Rezept», sage ich.

«Ist sie eine Freundin von Ihnen?»

Ich lache laut auf. «Bist du verrückt? Nein, sie ist keine Freundin. Sie ist um einiges älter und nicht mein Typ.» Sam isst von den Eiern und sieht mich an. «Linda Pennypiece», fahre ich fort. «Toller Name, oder? Wir haben zusammen gearbeitet, damals in Albany.» Sam schweigt und kaut. «Ihr Sohn

Hank hat ihr immer freitags dieses Essen gebracht.» Hank, der Schwachkopf. Er kam zur Mittagszeit mit seinem Pickup vorbei und brachte ihr zwei dicke Scheiben Salisbury Steak und einen Haufen Fertig-Kartoffelpüree, mit Plastik abgedeckt und auf einem Pappteller. Er blieb bei ihr und sah ihr beim Essen zu, und dann nahm er den Teller wieder mit, als wollte er ihn wiederverwenden.

«Na, dann sagen Sie ihr, dass sie eine gute Köchin ist», sagt Sam und nimmt noch einen Bissen Fleisch.

«Kann ich nicht», entfährt es mir. «Wir sprechen nicht mehr miteinander.» Ich hätte sie vor zwei Tagen beinahe angerufen. Sie hatte Geburtstag, und ich habe auf der Home Health Angels-Website gesehen, dass die Mädchen im Büro eine Party für sie organisiert hatten – Madge, Rhonda und Mariposa posierten mit Partyhütchen neben der Torte. Kurz überlegte ich, sie anzurufen, um ihr zu gratulieren, entschied mich dann aber dagegen, weil ich zu viel Angst hatte, dass ihr ignoranter Sohn Wind davon bekommen würde.

«Was ist denn passiert?», fragt Sam.

«Menschen entwickeln sich manchmal auseinander», sage ich und winke ab. «Eine schlichte Tatsache im Leben.»

«Das stimmt», sagt Sam und isst etwas vom Ei. «Also, wer ist Ihr Liebling?»

«Mein Liebling?»

«Ja, von meinen Patienten. Wen mögen Sie am liebsten?»

«Wen ich am …»

«Eigentlich, nein. Drehen Sie das um. Was ich wirklich wissen will, ist, wen Sie am wenigsten mögen.»

Ich bin verblüfft. «Sie sind nicht wütend auf mich?»

Er zuckt die Achseln. «Ich habe darüber nachgedacht. Ich glaube, meinen Patienten würde die Vorstellung nicht besonders gefallen, dass Sie hier oben sitzen und bei unseren Sitzungen mithören, aber wenn ich ehrlich bin, hätte ich in Ihrer Situation dasselbe getan.»

«Wirklich?»

«Nennen Sie mir jemanden, der das nicht täte. Ist das Verlangen, einen Blick in das Leben anderer Menschen zu erhaschen, nicht die Grundidee der sozialen Medien?» Er nimmt einen Happen und kaut. «Der, den Sie am wenigsten mögen.»

«Na ja», beginne ich vorsichtig, «wenn du mich das vor ein paar Wochen gefragt hättest, hätte ich sofort Skinny Jeans gesagt.»

Sam sieht mich verwirrt an. «Wer?»

«Tut mir leid», sage ich ein wenig peinlich berührt. «Ich meine Christopher Zucker. Ich kannte David Foster Wallace nicht, daher habe ich nachgesehen. Literarischer Held für alle Männer? Im Ernst? Er hat seine Frau gestalkt und missbraucht, und das interessiert keinen?»

«Ich weiß», sagt Sam. «Das ist wirklich schräg.»

«Ich kann dir gar nicht sagen, wie schwer es mir manchmal gefallen ist, hier oben den Mund zu halten.»

«Kann ich mir vorstellen», sagt er. «Aber dann haben Sie es sich doch anders überlegt...»

«Ich habe ihn neulich zufällig gesehen, wie er mit seiner Freundin zu Mittag aß.» Das war natürlich nicht *völlig* dem Zufall geschuldet. Tatsächlich fand ich seinen Namen auf der Über-uns-Seite seiner Firma, was mich wiederum auf seinen Instagram-Account führte, der wiederum zu dem seiner Model-Freundin, die fast ausschließlich Fotos von sich selbst gepostet hatte (ich weiß schon, dass man diese Fotos Selfies nennt, aber dieses Wort weigere ich mich zu benutzen). Dort verkündete sie, dass sie mit Christopher verabredet sei – #datewiththeboy #chestnutcafe –, posierte in sechs unterschiedlichen Outfits und fragte ihre Follower, welches sie anziehen sollte. Sie wählte den engen schwarzen Jumpsuit, nicht meine erste Wahl.

«Er wirkte so verletzlich», sage ich zu Sam. «Irgendetwas lag da in seinem Blick, wenn er sie ansah. Als müsste er sich zwingen, sie zu ertragen.» Ich weiß, dass ich lieber nicht weiterreden sollte, aber ich kann nicht anders. «Das war schon sein ganzes Leben so. Er hatte immer diesen Druck, mit dem schönsten Mädchen im Raum zusammensein zu müssen. Jemand muss ihm sagen, dass das hoffnungslos ist. Wusstest du, dass die Wissenschaft zeigt, dass eine Ehe zweier gut aussehender Menschen sehr wahrscheinlich kompliziert wird? Es gibt eine Studie aus Harvard darüber.»

«Wirklich?»

«Willst du sie sehen?»

«Haben Sie sie?»

«Ja, warte mal.»

In der Bibliothek sehe ich den violetten Ordner, in dem ich die Notizen aufbewahre, die ich über unsere Patienten gemacht habe. Ich blättere durch die Reiter, bis ich zu den Notizen über Christopher komme. «Schau mal», sage ich, drehe mich wieder zu Sam um, gebe ihm die sechsseitige Studie. «Sie haben sich die zwanzig beliebtesten Schauspielerinnen in der Internet-Movie-Database ausgesucht und herausgefunden, dass ein hoher Prozentsatz von ihnen unglückliche Ehen geführt hat. Und die Jungs, die in der Highschool als besonders gutaussehend galten, hatten höhere Scheidungsraten als die durchschnittlichen Jungs.»

«Das ist ja faszinierend», murmelt er.

«Ich wusste doch, dass du das auch finden würdest», sage ich. «Ich glaube, das hat alles mit Christophers Vater zu tun.»

Sam zieht eine Braue hoch. «Wie das?»

«Rück mal ein Stück», sage ich und setze mich ans Fußende seines Bettes. Er schiebt seine Gipsverbände zur Seite, um mir Platz zu machen. «Christophers Vater war unsicher und eitel, und er hat ständig das Äußere seines Sohns kommentiert», sage ich. «Christopher wird dann erwachsen und geht ausschließlich mit sehr schönen Frauen aus, die er aber oberflächlich und uninteressant findet. Warum macht er das ständig? Weil sie ihm bestätigen, dass er physisch attraktiv ist und daher in den Augen seines Vaters wertvoll.»

«Gute Arbeit, Albert. Das stimmt ganz genau.»

Ich reiße die Augen auf. «*Wirklich?*»

«Ja. Sie sind sehr scharfsinnig. Genau dorthin wollte ich Christopher bringen. Er sollte seinen Vater verstehen.»

«Wow.» Ich bin stolz auf mich und verwirrt. «Warum haben Sie die Sache nicht abgekürzt und ihm gleich gesagt, was mit ihm los ist?»

«Er musste es selbst verstehen, und das ist nicht so einfach», sagt Sam, reicht mir die Studie zurück und wendet sich wieder seinem Essen zu. «Dafür braucht man Zeit. Wie für eine gute Geschichte.»

«Na ja, *ich* war praktisch von der ersten Seite an gefesselt», sage ich. «Um ehrlich zu sein, habe ich eine Menge von dir gelernt.»

«Oh?»

Ich schlage nervös die Beine übereinander. «Ja, wie wir von unserer Kindheit geformt werden, zum Beispiel. Ich wusste das vermutlich schon, aber so wie du darüber gesprochen hast – und zwar nicht nur unten in der Praxis, sondern auch in den Aufsätzen, die du veröffentlicht hast, und in deinen Vorlesungen. Man könnte sagen, du hast mir die Augen ganz neu geöffnet.»

Sam hört auf zu kauen. Sein Gesichtsausdruck verändert sich. «Wann haben Sie denn meine Vorlesungen gesehen?»

Mein Gesicht wird heiß. «Ich habe dich gegoogelt, nachdem du dir den Raum im Souterrain angesehen hattest», sage ich, was nicht ganz der Wahrheit entspricht. «Ich musste ja sichergehen, dass du kein gesuchter Schwerverbrecher bist. Ich habe mir die beiden Vorlesungen auf YouTube angesehen und war beeindruckt.»

Er lächelt und isst sein Fleisch auf. «Na, das ist ja nett, dass Sie das sagen.» Er legt die Serviette neben seinen leeren Teller. «Und danke für das Abendessen. Es war köstlich.»

Ich stehe auf. Ich will noch nicht gehen, nehme ihm aber das Tablett vom Schoß. «Ist es denn gemütlich für dich?», frage ich und stelle es auf den Wagen. «Gefällt dir dein Zimmer?»

«Sehr», sagt er und lehnt sich in die Kissen zurück. «Abgesehen von dieser Tapete. Ich habe keine Ahnung, welche Drogen der Designer genommen hat, aber meine Güte, dieser Gelbton macht mir Kopfschmerzen.» Ich fische die Tabletten aus der Tasche meiner blauen Schürze. Sam hat recht. Die Tapete ist ziemlich scheußlich. Das hätte ich selbst merken sollen. «Und noch etwas, Albert?», sagt Sam, während ich zwei Pillen aus dem Fläschchen hole. «Tut mir leid, wie ich mich neulich benommen habe.»

Ich halte inne. «Wie bitte?»

«Es tut mir leid. Sie waren so nett zu mir, und Sie haben recht, ich war ziemlich unhöflich. Ich arbeite daran, ein guter Kerl zu werden, und es gelingt mir nicht immer. Tut mir wirklich leid, wenn ich Sie verletzt haben sollte.»

«Ist ... ist schon in Ordnung», stammele ich.

«Nein, ist es nicht. Und es ist absolut okay, deswegen wütend zu sein. Ich komme damit klar.»

Ich zögere. «Ich habe einen Spezialcocktail für dich gemacht», sage ich. «Ich habe fast den ganzen Morgen daran herumexperimentiert.»

«Und ich habe ihn nicht nur abgelehnt», sagt Sam, «sondern war auch noch unhöflich dabei.»

«Dein Gesichtsausdruck», sage ich. «Genau wie mein Vater.»

«Tut mir leid, Albert. Hoffentlich wissen Sie das.»

«Schon in Ordnung, Dr. Statler. Danke, dass Sie sich entschuldigt haben.»

«Und wenn das in Ordnung wäre ...» Sam streckt die Hand aus. «Ich kann die Tabletten selbst nehmen.»

«Natürlich», sage ich und gebe Sam die Tabletten. Er steckt sie sich in den Mund und lässt sich in die Kissen sinken. Ich schiebe das Wägelchen zur Tür. Ich fühle etwas, das ich seit meinem Einzug in dieses Haus nicht gefühlt habe.

Glück.

KAPITEL 33

Annie starrt den Timer am Ofen an, das Kinn in die Hand gestützt. Sie zählt mit herunter. *Neunzehn. Achtzehn. Siebzehn.*

Sie lässt die Visa-Rechnung auf die anderen Rechnungen fallen – es sind jetzt vier, die neueste ist heute erst angekommen – und holt dann die Ofenhandschuhe. Sie schaut unter die Folie und schaltet dann den Timer aus. Ein Hupen ertönt von der Einfahrt aus. Sie wirft die Ofentür zu und geht zum Wohnzimmerfenster.

«N'Abend, Mrs. Statler», ruft Franklin Sheehy von der Einfahrt zu. Sie tritt barfuß hinaus auf die Veranda.

«Was ist los?», fragt sie. Sie ist zu angespannt, um sich die Mühe zu machen, ihn zu verbessern. «Haben Sie etwas herausgefunden?»

Sheehy schüttelt kurz den Kopf. «Nein, Ma'am. Ich war nur gerade auf dem Heimweg und dachte, ich schaue mal, wie es Ihnen so geht.» Der Bewegungsmelder der Veranda erlischt wieder, sodass sie jetzt im Dunkeln stehen. «Ich kann mir vorstellen, dass man sich hier draußen ein wenig einsam fühlen kann.»

«Das ist aber nett von Ihnen», sagt sie und zieht die Ofenhandschuhe wieder aus. «Wollen Sie reinkommen?»

Er nickt und geht die Stufen hinauf. «Schönes Haus haben Sie hier», sagt er, tritt ins Wohnzimmer und schaut sich die Balkendecke und den großen gemauerten Kamin an der gegenüberliegenden Wand an. «Solche Häuser gibt es in der Stadt bestimmt nicht.»

«Nein, das stimmt», sagt sie. Sie denkt an die letzte Wohnung, in der sie wohnten – eine Einzimmerwohnung in der Nähe des Washington Square, die Sam als Angestellter der NYU zugeteilt bekommen hatte. Er hatte sie drei Wochen nach ihrem Kennenlernen gebeten, bei ihm einzuziehen. Sie waren gerade mit dem Abendessen fertig gewesen, als er kurz aus dem Zimmer ging und mit einer billigen Plastiktüte mit dem Aufdruck «I love NY» zurückkam.

«Was ist das denn?», fragte sie, als er sie vor sie auf den Tisch stellte.

«Wenn ich gewollt hätte, dass du weißt, was es ist, wenn ich es dir gebe, Annie, dann hätte ich es nicht eingepackt.»

«Ich will jetzt nicht allzu genau sein, aber ich glaube kaum, dass man das hier als ‹einpacken› bezeichnen kann.»

«Na gut, Martha Stewart. Mach es einfach auf.»

Darin lagen zwei Handtücher, deren Stoff so billig war, dass er buchstäblich glomm. «Seins» war auf das blaue gestickt, «Ihrs» auf das rosafarbene.

«Versteh ich nicht», sagte sie.

«Seins-und-Ihrs-Handtücher. Für ein Badezimmer.»

«Danke für diese Erklärung», sagte sie. «Ich meine, warum schenkst du mir diese grässlichen Handtücher?»

Er wurde rot. «Ist das zu kompliziert?»

«Ist *was* zu kompliziert?»

«Diese *Handtücher*», sagte er verzweifelt. «Du weißt schon. Seins-und-Ihrs-Handtücher? Wie sie Leute, die zusammenwohnen, in ihren Badezimmern haben?»

«Warte», sagte sie. «Willst du mich fragen, ob ich bei dir einziehe?»

«Ja», sagte er. «Und bisher scheine ich dabei auf ganzer Linie zu versagen.»

Sie lachte laut auf. «Das ist ja süß, Sam», sagte sie, gab ihm die Tüte zurück und schenkte sich ihr Glas erneut voll. «Aber nein, danke schön.»

«Nein, *danke* schön?», sagte er. «Warum nicht?»

«Hab ich dir doch schon mal gesagt. Ich ziehe meine Männer in kleinen Dosen vor.»

«Ich weiß», sagte er. «Und hättest du es gern, dass ich dir erkläre, warum du so bist?»

Sie stellte die Weinflasche auf den Tisch. «Oh, würdest du das tun? Ich *liebe* es, wenn mir Männer die Welt erklären.»

Er redete fünf Minuten am Stück – erklärte, dass ihre Vorsicht in Beziehungen daran lag, dass sie ihre Eltern als kleines Kind unter tragischen Umständen verloren hatte, sodass sie familiäre Verbindungen jetzt als bedrohlich, oder, schlimmer noch: als gefährlich ansah. Das wiederum hatte dazu geführt, dass sie sich eine Rüstung angelegt hatte, um die Menschen von sich fernzuhalten: die absolut coole, harte Frau, die nicht interessiert genug an Beziehungen war, um sich auf eine einzulassen.

«Netter Versuch, Dr. phil.», sagte sie, als er fertig war. «Aber das stimmt nicht, und wir werden Ihre Sendung absetzen.»

«Und was ist es dann?», fragte Sam, der noch nicht überzeugt war.

Sie ließ seinen Blick nicht los und lehnte sich zurück. «Okay, gut, wenn du es genau wissen willst. Männer sind lästig.»

Er lachte. «Wirklich?»

«Du musst dich jetzt nicht schlecht fühlen. Es ist eine kulturelle Norm. Wir haben unsere Jungs immer so erzogen, dass sie glauben, sie müssten ihre Gefühle unterdrücken. Das hat vielleicht einfachere Söhne produziert, aber *keine* interessanteren Männer. Jedenfalls nicht auf lange Sicht. Sechs Monate, mehr nicht, mehr kann ich nicht aushalten.»

«Na ja, ich bin aber anders», sagte er. «Ich *bin* interessant. Außerdem habe ich einen Doktor in Gefühlen. Du solltest mir zumindest eine Chance geben.»

«Hier riecht etwas gut.» Annie schreckt auf, als sie Franklin Sheehys Stimme hört und merkt, dass sie die kalte Luft ins Haus lässt.

«Lasagne», sagt sie und schließt die Haustür. «Nach dem Rezept meiner Mom.» Das Essen, das sie am Abend des Unwetters für Sam hatte machen wollen. Der Ricotta hat seit gestern sein Haltbarkeitsdatum überschritten, aber sie musste einfach etwas tun, also hat sie die Lasagne gemacht, obwohl sie sich ziemlich sicher war, dass sie hinterher alles in den Mülleimer würde werfen müssen. Das Funkgerät an Sheehys Hüfte knistert. Er neigt den Kopf zur Seite und stellt es leiser.

«Irgendwelche Neuigkeiten?», fragt Annie und geht voran ins Wohnzimmer.

«Nichts», sagt er. «Was wirklich merkwürdig ist.»

«Was meinen Sie damit?»

«Na ja», sagt Sheehy. «Wenn Ihr Mann nicht gerade ein neues Kennzeichen angeschraubt hat – und warum sollte er das tun? –, müssten wir sein Auto eigentlich inzwischen gefunden haben.»

«Verstehe ich nicht. Sein Auto kann doch nicht einfach verschwunden sein.»

«Nein, kann es nicht.» Sheehy nickt. «Da haben Sie vollkommen recht.»

«Ich brauche einen Kaffee», sagt sie erschöpft. «Wollen Sie auch einen?»

«Wenn es keine Mühe macht.»

Sheehy folgt ihr in die Küche, wo sie ihnen beiden je einen Becher aus der Kanne auf der Arbeitsplatte einschenkt. «Sieht aus wie sein Vater», bemerkt Sheehy. Er steht vor dem Kühlschrank und beugt sich herunter, um den Artikel unter dem Magneten besser sehen zu können.

«Zwanzig Fragen an Sam Statler», das bezaubernde und drollige Interview, das Sam in der Woche gab, als sie in ihr neues Haus zogen. Der Anruf der Reporterin weckte sie aus ihrem Nachmittagsnickerchen, und Annie lag mit dem Kopf auf Sams Brust. Er streichelte ihr Haar und beantwortete die Fragen der Frau, charmant wie immer. «Das beste Dessert in Chestnut Hill? Ich bin mir ziemlich sicher, dass der Blaubeerkuchen meiner Mom das beste Dessert der Welt ist.» «Was wollen Sie damit sagen, Sie haben noch nie *West Wing* gesehen? Das ist die beste Sendung aller Zeiten!»

«Kennen Sie Sams Vater?», fragt Annie und stellt Sheehy einen Becher hin. Theodore Statler. Der abwesende, legendäre Mann, über den Sam selten sprach.

«Er hat meine beiden Mädchen in Mathe unterrichtet», sagt Sheehy. «Vor seinem großen Abenteuer in Baltimore. Haben Sie vielleicht Zucker?»

Der Zucker steht ganz oben in einem Küchenschrank; als sie sich umdreht, steht Sheehy am Küchentisch und blättert durch den Haufen mit den Rechnungen. «Was tun Sie da?», sagt sie scharf und geht schnell zum Tisch, um sie wegzunehmen.

«Ich wollte nicht schnüffeln», sagt er.

Sie steckt die Rechnungen in die Kramschublade unter der Kaffeemaschine und gibt sich keine Mühe, ihre Verärgerung zu verbergen.

«Dürfte ich vielleicht fragen, ob Sie von diesen Rechnungen wussten?» Sheehy nimmt ihr sanft die Zuckerdose aus der Hand.

Sie zögert und lässt sich dann auf einen Hocker an der Kücheninsel sinken. Sie ist zu erschöpft, um sich zu streiten. «Nein.»

«Wie viel?», fragt Sheehy.

«Viel.» Sie sieht zu, wie er sich langsam den Becher vollgießt. «Einhundertundzwanzigtausend Dollar, um genau zu sein.»

Sheehy atmet scharf durch die Lippen aus. «Und wie erklären Sie sich das?»

«Ich weiß es auch nicht», sagt sie. «Ist das nicht mehr Ihr Gebiet?»

«Natürlich», sagt er und nimmt einen Schluck Kaffee. «Aber ich glaube, Sie wollen gar nicht hören, was *ich* denke.»

Sie beißt die Zähne zusammen. «Sie glauben, dass er mich verlassen hat.»

«Was ich glaube, ist, dass finanzieller Druck schwierig sein kann für manche Menschen. Besonders für Männer.»

«Wollen Sie damit andeuten, dass er über eine Klippe gefahren ist?»

Er zuckt die Achseln. «Oder vielleicht hat er beschlossen, dass das Leben anderswo einfacher wäre.»

Sie steht auf. «Nein, Franklin, da liegen Sie falsch. Er hat mir eine Textnachricht geschrieben, bevor er aus der Praxis ging, in der er mir sagte, dass er auf dem Heimweg sei. Er hätte das nicht getan, wenn er vorgehabt hätte, *woanders* hinzugehen.»

«Könnte ich vielleicht die Textnachricht sehen?», fragt Sheehy.

Annie nimmt ihr Handy aus der Gesäßtasche ihrer Jeans und gibt es ihm. Er holt eine Lesebrille aus seiner Hemdtasche und beginnt zu scrollen, wobei er laut vorliest. «‹Hallo Dr. S. Ich bin's, Charlie.›» Franklin hält inne. «Verstehe ich nicht. Wer ist Charlie?»

«Ich», sagt Annie. Schon der Gedanke daran, diesem Trottel

den Chat erklären zu müssen, erschöpft sie. «Das ist ein Scherz, sozusagen.»

«Oh, alles klar. Gut. ‹Ich habe mit Chandler Schluss gemacht und würde Sie gern morgen sehen.›» Er schaut wieder hoch. «So wie der von *Friends*? Oder ist das auch ein Scherz?»

«Nein, das sind ausgedachte Leute. Wir machen das öfters.»

Er schaut wieder aufs Handy. «‹Ich habe über Ihre Einladung nachgedacht. Ich werde da sein.› Diese Adresse, die Sie daruntergeschrieben haben. Wessen Adresse ist das?»

«Das ist unsere Adresse.»

«Weiß Dr. Statler nicht, wo Sie wohnen?»

«Doch, Franklin, Sam weiß, wo wir wohnen.» Sie nimmt ihm ihr Handy aus der Hand. «Ich habe so getan, als wäre ich jemand anders. Eine Patientin namens Charlie.»

«Um das hier mal klarzustellen», sagt er und nimmt seine Brille ab. «Sie haben ihrem Ehemann Textnachrichten geschickt, in denen Sie so tun, als wären sie ein Mann namens Charlie, und haben ihn gebeten zu kommen?»

«Kein Mann, eine Frau», verbessert ihn Annie. «Wir haben ein Rollenspiel gemacht. Ich war eine Patientin namens Charlotte. Er war mein Therapeut, der sich in seiner Ehe gefangen fühlt. Er sollte seine Frau betrügen, indem er zu mir kam.»

«Verstehe.» Er zieht die Mundwinkel herunter und nimmt seinen Kaffeebecher. «Da haben Sie beide ja wirklich was sehr Spezielles miteinander laufen.»

Sie seufzt erschöpft. «Ich sage Ihnen, Franklin. Sam ist etwas passiert. Ich kenne ihn. Er hat mich nicht verlassen.»

Sheehy sieht ihr ein paar Augenblicke schweigend in die Augen. «Ich möchte Sie etwas fragen», sagt er. «Wie lange kannten Sie Ihren Mann, bevor Sie geheiratet haben?»

«Was soll das denn jetzt heißen?», fragt sie. Franklin schweigt mit hochgezogenen Augenbrauen und wartet. «Acht Monate», sagt sie schließlich.

Ihm bleibt der Mund offen stehen. «*Acht Monate?* Warum zum Teufel haben Sie einen Mann geheiratet, den Sie erst acht Monate kannten?»

«Warum ich Sam geheiratet habe?», fährt Annie ihn an. «Weil er klug und lustig ist und anders als die meisten Männer zu komplexen Gefühlen fähig. Ich bin eine starke, intelligente Frau, die keine Probleme mit ihrer eigenen Sexualität hat, und er ist der erste Mann, der das nicht bedrohlich findet. Außerdem ist er verrückt nach mir. So verrückt, Franklin, dass mich zu verlassen das Letzte wäre, was er tun würde.»

Sheehy nickt langsam. «Ich bewundere Ihr Vertrauen», sagt er. «Das ist eine gute Eigenschaft bei Frauen. Und ich bin zwar kein Beziehungsexperte, aber sogar ich weiß, dass acht Monate und die wenigen Monate, die Sie verheiratet sind, nicht ausreichen, um jemanden wirklich kennenzulernen. Zu wissen, ob dieser Jemand überhaupt treu sein kann.»

Ein schneidender Schrei erklingt in Annies Ohren, und sie braucht einen Augenblick, bis sie merkt, dass er nicht von ihr, sondern vom Rauchmelder an der Decke kommt. Sie schaut zum Ofen und sieht den Rauch, der aus der Tür dringt. «Mist», sagt sie, schnappt sich die Ofenhandschuhe und holt die rauchende Lasagne heraus. Sie lässt die Form in den Ausguss fallen und dreht das Wasser auf.

«Na, da haben Sie ja jetzt einiges zu tun», sagt Sheehy. Er trinkt seinen Kaffee aus und stellt den leeren Becher auf die Küchenarbeitsplatte. «Ich muss sagen, Mrs. Statler, dass ich Ihr Vertrauen in Ihren Mann bewundere. Ich hoffe wirklich, dass diese Sache so ist, wie Sie es sich erhoffen.»

KAPITEL 34

Sam weiß nicht, ob er aufwachen oder in seinem Traum bleiben soll. Beide Möglichkeiten haben ihre Vorteile. Möglichkeit eins: Im Traum ist er mit Annie zusammen in Manhattan an der Ecke University Place und Washington Square Park, fünf Tage, nachdem er sie auf der Veranda des Hauses in Chestnut Hill gebeten hatte, ihn zu heiraten. Sie hatte drei Stunden zuvor in einer Textnachricht ja gesagt. Na gut, hatte sie auf dem Weg zu ihrem Seminar geschrieben, «Ich ziehe aufs Land und heirate dich.» Er wartete eine Stunde später vor der Studebaker Hall auf sie. «Ich schwöre bei Gott, du bist ein Nicholas-Sparks-Roman auf zwei Beinen», sagte sie, als sie ihn sah. Sie saßen schweigend in der Subway auf dem Weg in seine Wohnung, beieinander eingehakt, ganz beschäftigt mit dem, was sie vorhatten. Als sie aus der Subway traten, blieb Annie vor dem Stand eines Mannes stehen, der Mützen verkaufte, und wählte eine mit Kunstfell um das Gesicht aus. «Um für das Leben in der Steppe ausgerüstet zu sein», sagte sie dem Mann und gab ihm einen Zwanzig-Dollar-Schein.

Möglichkeit zwei: Wenn er aufwacht, kann er vielleicht herausfinden, was das für ein Geräusch ist. Ein schmerzhaft schabendes Geräusch, das ihn die letzten Stunden immer wieder gequält hat.

Er beschließt, weiterzuschlafen, aber dann ändert sich der Traum, und er geht nicht mehr mit Annie zusammen den Bürgersteig entlang. Er geht durch eine neonorange Halle in Rushing Waters zum Zimmer seiner Mutter. Irgendetwas sagt ihm, er solle das besser nicht tun, aber er öffnet die Tür dennoch. Margaret sitzt allein in ihrem Sessel und wartet auf ihn.

«Ich will nicht hier sein», sagte er.

«Natürlich willst du das nicht, Schätzchen», sagt sie und lächelt. Ihre Stimme klingt wie früher, vor der Krankheit. «Du willst nur irgendwo dein eigenes Spiegelbild betrachten.» Sie fängt an zu lachen. «Du hast deine Frau verlassen.»

«Nein, hab ich nicht», sagt er.

«Doch, das hast du, Sam. Ich wusste, dass du das tun würdest. Wir *alle* wussten es.»

«Ich habe sie nicht verlassen!», schreit Sam.

Das Kratzen hört auf.

Ein helles Licht geht über ihm an, und Albert taucht auf, ganz verschwommen. Gelbe Papierfetzen kleben an seinem Sweatshirt. Er hat ein glänzendes Messer in der Hand.

«Noch zwei Stunden, Sam», sagt Albert und schiebt Sam Tabletten in den Mund. «Schlaf weiter.»

* * *

Sam kann seine Glieder nicht bewegen, sein Kopf schmerzt.

Das Zimmer ist warm erleuchtet, und er zwingt sich, wach zu bleiben und aufzupassen. Etwas hat sich verändert.

Er ist in einem anderen Zimmer. Er stützt sich auf die Ellenbogen, um besser sehen zu können. Seine Hüften sind steif unter dem Gewicht der Gipsverbände. Er liegt in demselben Einzelbett. Dieselben geblümten Vorhänge sind vor vermutlich demselben zugenagelten Fenster zugezogen. In der Ecke des Zimmers ist dieselbe Schranktür.

Es ist die gelbe Tapete. Sie ist von den Wänden abgerissen worden.

Er lässt sich zurück auf die Matratze fallen, innerlich ganz beschwingt. «Es funktioniert», flüstert er. Sein Plan funktioniert. Mach das, was Paul Sheldon in *Sie* tat: Freunde dich mit dem Scheißkerl an.

Seit zwei Tagen schmiert ihm Sam nun schon Honig um den Bart und versucht – in den wachen Momenten zwischen den Tabletten, die ihm Albert alle paar Stunden aufzwingt – sein Vertrauen zu gewinnen, um herauszufinden, was zum Teufel er eigentlich will. *Er will dich töten.* Sam kneift die Augen zusammen und schickt den Gedanken zurück in sein Unterbewusstes. *Nein. Wenn er das wollte, hätte er das längst getan.*

Er will dir nah sein.

Er bekommt eine Gänsehaut, wenn er sich vorstellt, wie Albert hier oben war und lauschte. Immerhin weiß er jetzt, warum Albert immer wusste, wann Sam mit seiner Arbeit fertig war. Selbst an den Tagen, an denen Sam versuchte sich hinauszuschleichen und darauf achtete, die Tür hinter sich besonders leise zu schließen, war Albert schon mit zwei Gläsern in den Händen da und lächelte ihm von der Veranda aus zu.

Sam hat sich das Hirn zermartert, um sich an Dinge zu erinnern, die Albert von sich erzählt hat. Meistens war er in Gedanken abwesend, wenn Albert nervös schwafelte; das Einzige, woran er sich genau erinnert, ist, dass Albert überraschend viele nutzlose Fakten über die Familie kennt, die sein Haus erbaut hatte, und dass er ehrenamtlich als Stadtführer bei der historischen Gesellschaft von Chestnut Hill arbeitet.

Die Wunde auf Sams Stirn pocht, seine Beine jucken in den Gipsverbänden. Er will mit Annie zum Essen gehen und heiß duschen. Er will verstehen, was dieser Typ will, damit er es ihm geben kann und hier rauskommt.

Oh, verstehe. Er hört Annies Stimme in seinem Kopf und

gleichzeitig das Rattern von Alberts Wägelchen im Flur. *Du willst ihn einwickeln und ihn dann reinlegen, so wie du das mit all den arglosen Mädchen in der Highschool gemacht hast. Gute Idee, Sam, benutze deine Superkraft.*

«Was auch immer, Hauptsache, ich kann dich wiedersehen», flüstert er, als der Schlüssel ins Schloss gesteckt wird und sich die Tür öffnet. «Guten Morgen, Albert», sagt Sam und setzt ein Lächeln auf. «Wie schön, dich zu sehen.»

KAPITEL 35

Oh Scheibenkleister, du bist wach», sage ich enttäuscht zu Sam. «Ich wollte doch deine Reaktion sehen.» Ich schiebe das Wägelchen ins Zimmer und lasse die Bremse einrasten. «Und?»

«Du hast die Tapete abgelöst», sagt er. Er sitzt aufrecht im Bett. Er hat wieder Farbe im Gesicht.

«So gut es ging.» Ich streiche mit der Handfläche über eine Kleisterblase. «Wie findest du es?»

«Ich finde es großartig», sagt Sam. «Das Zimmer wirkt jetzt viel ruhiger.»

«Oh, gut. Ich hatte gehofft, dass du das sagst. Studien beweisen, dass bettlägerige Patienten viel besser in einer angenehmen Umgebung gesund werden, und du hattest recht, diese Tapete war ein bisschen viel.»

«Wie hast du das denn gemacht?», fragt Sam und trinkt die Tasse Wasser aus, die ich ihm eingeschenkt habe.

«Eine Schachtel mit Zehn-Zentimeter-Spachteln, kochend heißes Wasser und ein wenig gutes altes Muskelschmalz. Hab dir etwas gegeben, damit du schläfst – ich wollte, dass es eine Überraschung ist. Und das ist noch nicht alles», sage ich. «Mach die Augen zu.»

Ich gehe in den Flur, hole den Sessel und schiebe ihn ins Zimmer. «Gut. Jetzt kannst du sie wieder aufmachen.»

«Nein.» Er sieht verblüfft aus. «Ist das mein Eames-Sessel von unten?»

«Na ja, nicht genau *der* Eames-Sessel», sage ich und schiebe ihn auf ihn zu. *Der musste unten bleiben, falls deine Frau zurückkommt und hier herumschnüffeln will.* «Ein ganz neuer. Ich habe ihn per Expresspost schicken lassen.»

«Wow, Albert», sagt er. «Warum hast du das gemacht?»

«Wenn du nicht aus dem Bett aufstehst, bekommst du noch Wundliegegeschwüre. Und eine bequemere Möglichkeit ist mir nicht eingefallen.» Ich streiche über das weiche Leder und erinnere mich an das erste Mal, dass ich in diesem Sessel saß. Ich schaute durch das Fenster oben zu, wie zwei Männer eine große Kiste die Treppen hinunter und in seine Praxis trugen. Ich konnte nicht widerstehen. Später am selben Abend benutzte ich den Zweitschlüssel, den Gary Unger von Gary Unger Locksmiths netterweise für mich angefertigt hatte, und verbrachte eine halbe Stunde in der Stille des Zimmers, umfangen vom gemütlichsten Sessel der Welt. Italienisches Leder, handgefertigter Chrom-Rahmen, und Bremsrollen.

Ich stelle ihn jetzt neben sein Bett. «Soll ich dir ...»

«Dabei helfen, aus diesem Bett und in diesen Sessel zu kommen? Ja, unbedingt», sagt er. Ich schlage die Decke zurück. «Rück mal bis zur Kante», weise ich ihn an und lege einen Arm unter seine Gipsverbände, den anderen mittig unter seine Lendenregion. Dann hebe ich ihn aus den Knien heraus an.

«Gut gemacht», sagt Sam, als ich ihn sanft in seinen Sessel gesetzt habe.

«Ich helfe schon mein ganzes Leben Leuten ins Bett und wieder heraus», sage ich. Dann strecke ich den Rücken, bevor ich den Polsterhocker aus dem Wohnzimmer hereinhole. Ich zerre ihn hinein und lege seine Beine darauf, erst das eine, dann das andere. Ich gehe in den Flur und hole den Tisch, der ebenfalls so aussieht wie der, den er in seiner Praxis hat, und stelle ihn neben den Sessel. Dann lege ich seine Sachen darauf: die gelbe Kleenex-Schachtel neben einen wissenschaftlichen Aufsatz über Anna Freud und die Oktober-Ausgabe der *In Touch* mit einer Story über Kris Jenners Hochzeit in Mexiko auf dem Cover. Als i-Tüpfelchen stelle ich die kleine Uhr gegenüber von ihm auf den Boden.

«Genau wie ich es zurückgelassen habe», sagt Sam.

«Ganz genau.» Ich trete ein wenig zurück und breite die Arme aus. «Wie fühlt es sich an?»

«Als wäre ich wieder bei der Arbeit», sagt er und umfasst die Armlehnen. «Mit anderen Worten: wie im Himmel.»

«Das freut mich», sage ich. Ich kann meine Begeisterung kaum unterdrücken. «Dann wollen wir uns mal die Naht ansehen.» Ich ziehe ein Paar Latexhandschuhe über und ziehe den Verband von seiner Stirn. «Diese Prellung heilt sehr schön.»

«Du scheinst eine Menge Ahnung von Medizin zu haben», sagt Sam.

«Fünfundzwanzig Jahre in der Krankenpflege», sage ich und hole ein gefaltetes Sweatshirt aus dem unteren Fach des Wägelchens. Loyola Greyhounds steht darauf. «Zieh das an. Es ist kühl hier drin.»

«Warst du Arzt?», fragt Sam und zieht es sich über den Kopf.

Ich lache laut auf. «Wenn mein Vater dich hören könnte. Wir sind zerstritten», sagt er. «Nein, häusliche Krankenpflege, Hilfskraft, seit neuestem im Ruhestand. ‹Home Health Angels – Wir helfen den Menschen, in Frieden zu Hause zu altern.›»

«Was hat deine Arbeit denn so umfasst?», fragt Sam.

«Alles, was der Klient brauchte», sage ich und ziehe eine Tube mit Salbe und einen frischen Verband aus meiner Schürzentasche. «Baden und Mahlzeiten servieren. Gesellschaft.» Ich tupfe Salbe auf Sams Wunde. «Wundversorgung.»

«Darin warst du bestimmt gut.»

Ich halte im Tupfen inne. «Wie kommst du darauf?»

«Du hast eine beruhigende Ausstrahlung», sagt Sam.

«Na ja, ich will ja nicht angeben, aber ich war tatsächlich drei Mal hintereinander Angestellter des Monats», sage ich mit heißen Wangen. Der Verband sitzt, und ich wende mich wieder dem Wägelchen zu.

«Darf ich fragen, was zwischen dir und deinem Vater vorgefallen ist?», fragt Sam. Ich habe ihm den Rücken zugewandt und hantiere mit dem Plastikbehälter mit den Wattetupfern. «Du sagtest, ihr seid zerstritten. Es interessiert mich, warum.»

Ich zögere. «Das ist eine lange Geschichte.»

«Ich habe Zeit.» Sein Tonfall ist sanft. «Möchtest du dich vielleicht zu mir setzen?»

Ich drehe mich zu ihm um. «Warum?»

«Ich glaube, das wäre einfach bequemer.»

Ich schaue mich um, noch immer zögerlich. «Auf das Bett, oder soll ich mir einen Stuhl holen?»

«Was du lieber willst», sagt er.

«Das Bett tut's wohl auch.» Ich setze mich direkt in die Mitte und drücke die Matratze mit beiden Händen ein. «Schön fest.»

Sam nickt. «Sehr bequem.» Er schweigt und hält seine Hände zu einem Zelt geformt vor dem Mund.

«Ich habe seit dreißig Jahren nicht mehr mit meinem Vater gesprochen», sage ich.

«Und warum?»

«Er schämt sich für mich.»

«Wie kommst du darauf?»

«Das lag auf der Hand», sagt er. «Wir waren sehr verschieden.»

«In welcher Hinsicht?»

«Er ist ein echter Mann, und ich bin ein Weichei.»

«Wow», sagt Sam. «Hat er dich so genannt?»

Ich klopfe Staub von meinem Hosenbein. «Er hatte ja recht», sage ich. «Ich war nicht so wie die anderen Jungen. Ich habe Sport immer gehasst und habe mich nie gewehrt.»

«Verstehe.»

«Ich bin nicht von ihm», platze ich heraus, bevor ich darüber nachdenken kann.

«Was meinst du damit?», fragt Sam.

«Ich meine, Albert Senior ist eigentlich nicht mein leiblicher Vater.» Ich habe das noch nie laut ausgesprochen, und die Worte purzeln nur so aus mir heraus. «Ich hatte es in der Schule nie leicht. Ich konnte mich währenddessen meistens zusammenreißen, aber manchmal, wenn ich nach Hause kam, war es einfach zu viel, und ich musste es alles rauslassen. Meine Mutter saß dann neben mir auf dem Sofa, bis ich wieder aufhörte zu weinen. Einmal kam mein Vater früher von der Arbeit nach Hause. Es hatte an seiner Arbeitsstelle einen Brand gegeben, und sie mussten das Werk schließen.» Ich sehe ihn jetzt noch vor mir, wie er in der Tür stand. Seinen Gesichtsausdruck. *Worüber heult das Weichei jetzt schon wieder?*

«Und?», fragt Sam.

«Er war so wütend», sage ich und spüre, wie es mir die Brust zuschnürt. «Hat mir direkt in die Augen gesehen und gesagt: ‹Ich danke jeden Tag dem lieben Gott, dass dieses Kind nicht meins ist.›»

«Wie alt warst du da?», fragt Sam.

«Acht.» Mein Herz schlägt so laut, dass ich fürchte, Sam könnte es von seinem Sessel aus hören.

«Wusstest du denn, was das bedeutete?»

«Erst nicht, aber später habe ich irgendwann begriffen, dass meine Mutter wohl eine Affäre hatte.» Ich zwinge mich zu einem Lachen. «Ich war irgendwie erleichtert für ihn, um ehrlich zu sein. Immerhin musste er sich nicht selbst die Schuld dafür geben, dass er einen so schwachen Sohn hatte.» Ich atme tief durch, um mich wieder zu fassen. «Meine Mutter starb, als ich vierzehn war, und dann waren wir nur noch zu zweit.»

«Oh, Albert.» Sam sieht ehrlich gequält aus. «Es tut mir so leid, das zu hören.»

«Brustkrebs», sage ich. Ich sehe sie noch vor mir, wie sie den Rand einer Pop-Tart abbeißt und mich fragt, ob ich die Schule schwänzen und bei ihr bleiben will. Ich sagte jedes Mal ja, nicht, weil ich die Schule nicht mochte, sondern weil sie mich so sehr brauchte, dass sie sicher gestorben wäre, wenn ich gegangen wäre. Wir versteckten uns oben, lauschten dem Bus, der am Haus vorbeifuhr, und dann machte sie uns Rührei, und wir schauten Serien.

«Wie kam denn dein Vater mit ihrem Tod zurecht?», fragt Sam.

«Er war wütend», sage ich. «Wenn Albert Bitterman Senior eines für sich niemals in Betracht gezogen hätte, dann ein Leben als alleinerziehender Vater. Ich tat, was ich konnte, um ihm zu gefallen, aber nichts funktionierte. Mit der Zeit wussten wir, wie wir einander einfach aus dem Weg gehen konnten, und ich verließ mein Zuhause so schnell es ging. Wir haben seitdem nicht mehr miteinander geredet.»

Sam lässt ein paar Minuten vergehen, bis er schließlich sagt: «Vierzehn ist ein schwieriges Alter, um seine Mutter zu verlieren. Wie bist du damit zurechtgekommen?»

«Ich habe so getan, als wäre ich ein Teil der Familie gegenüber.» Ich lache. «Verrückt, oder? Die Parkers.»

Mrs. Parker begann um halb fünf mit dem Abendessen, während Jenny im Wohnzimmer mit einer Schüssel Eiscreme auf dem Schoß fernsah. Niemand warnte sie, dass sie zum Abendessen keinen Appetit mehr haben würde. An den Wochenenden übernachteten ihre Freundinnen bei ihr, all die beliebten Mädchen saßen auf dem Wohnzimmerfußboden, blieben mit Popcorn und Traubensprudel lange wach. Sie wusste, wer ich war. Ich wohnte gegenüber, und nicht ein einziges Mal hielt sie mich für würdig, von ihr gegrüßt zu werden. Sie sprach nur ein einziges Mal mit mir, und das war, als Mrs. Parker sie zu mir herüberzerrte, um eine Schüssel Lasagne bei mir abzugeben und zu sagen, wie leid es ihnen tue zu hören, dass meine Mom gestorben sei.

«Als meine Mom tot war, beschloss ich, dass Mr. Parker zugeben müsste, dass er und meine Mom eine Affäre hatten. Ich wollte, dass er kommen und mich als sein Kind anerkennen würde», sage ich. «Ich ging ein paar Mal in ihr Haus.»

«Also hast du sie kennengelernt?», fragt Sam.

«Nein. Ich bin in ihr Haus gegangen, wenn sie nicht da waren. Ich wusste von meinen Beobachtungen, dass Mrs. Parker den Schlüssel immer unter den Blumentopf auf der Veranda versteckte. Ich ging dann sonntagmorgens in ihr Haus, wenn sie alle in der Kirche waren.» Ich schaue hinunter auf meine Füße. Ich weiß nicht recht, warum ich ihm das alles erzähle, und halb erwarte ich, dass er die Worte wiederholt, die ich damals immer hörte: *Du bist ein Freak.* Aber sein Tonfall ist sogar noch sanfter als vorher.

«Wie war es denn so in ihrem Haus?»

Lufterfrischer mit Zimtduft und frische Wäsche. Traubensprudel im Kühlschrank. «Es war aufregend», sage ich. «Ich blieb nie lang. Ich wollte nur sehen, wie es dort war. Aber dann wurde Jenny in der Kirche übel, und sie kamen früher nach Hause.» Ich war oben, als ich hörte, wie sich die Haustür öffnete. «Mrs. Parker fand mich versteckt im Schrank ihrer Tochter. Es war schrecklich.» Ich beiße mir auf die Unterlippe und zwinge mich, nicht zu weinen.

«Das klingt ja traumatisch», sagt Sam.

«Ich weiß», sage ich. «Mrs. Parker hat jedes Mal Angst gehabt ...»

«Nein, du hast mich missverstanden», unterbricht mich Sam. «Ich meine, traumatisch für dich. Was du getan hast, war völlig normal. Aber vermutlich hat das niemand verstanden.»

«Normal?»

«Absolut. Du hast getrauert und wolltest einen neuen Anker in deinem Leben finden.»

«Sie haben so getan, als hätte ich etwas ganz Perverses getan, aber so war das nicht», sage ich. «Ich schwöre bei Gott. Mr. Parker sperrte mich im Zimmer ein, bis die Polizei kam, und dann riefen sie meinen Vater an.» Ich schließe die Augen. Ich höre in meiner Erinnerung, wie die Haustür hinter uns zuknallt, nachdem mein Vater mich nach Hause gezerrt hatte. Spüre den Schrecken, als er sich auf mich stürzte und mich mit all diesen Worten beschimpfte. Ich stehe auf.

«Kann ich jetzt gehen?»

Sam sieht mich erschrocken an. «Du willst gehen?»

«Ja, darf ich?»

«Natürlich.»

«Ich bin müde», sage ich. «Ich glaube, ich muss mich hinlegen.»

Sam lächelt. «Natürlich, Albert. Ich glaube, das ist eine gute Idee.»

Seine Haltung entspannt sich, und er tätschelt die Sessellehnen. «Und ich glaube, *ich* muss noch wachbleiben. Danke nochmal für den Sessel.»

Ich nicke und löse die Bremse von dem Wägelchen. «Gern geschehen», sage ich. Ich trete in den Flur, gehe nach oben, schließe die Tür und bete, dass er mich nicht weinen hört.

KAPITEL 36

In der Küche lässt jemand ein Tablett fallen und erschreckt Annie, die Einzige im Esssaal in Rushing Waters. Die Bewohner sind auf ihrem wöchentlichen Ausflug zu Applebee's im Einkaufszentrum, aber die Schwestern haben Annie gesagt, dass Margaret Schlafschwierigkeiten gehabt hat – sie haben sie um drei Uhr morgens in den Fluren getroffen, zwei Nächte hintereinander. Annie wendet sich wieder der E-Mail zu, die sie an Margarets Arzt schreibt. Sie will, dass er ihr etwas verschreibt, das Margaret beim Schlafen hilft; was auch immer das für weiße Tabletten waren, die sie nimmt – sie wirken nicht mehr.

Annie sieht, wie Josephine, eine der Frauen, die an der Rezeption arbeiten, einen Wagen in den Esssaal schiebt. «Das ist aber nett», sagt Annie, als Josephine Vasen mit frischen Nelken auf jeden Tisch stellt.

«Ich versuche, diesen Saal ein bisschen aufzuhübschen», sagt Josephine und legt ein Exemplar der Lokalzeitung vor Annie auf den Tisch. «Gibt jetzt auch Zeitungen umsonst.» Sie sehen beide gleichzeitig, was auf der Titelseite steht: Vermisster Therapeut aus Chestnut Hill steckte zum Zeitpunkt seines Verschwindens tief in Schulden.

Annie nimmt die Zeitung in die Hand und überfliegt den Artikel.

Es stellt sich heraus, dass Dr. Sam Statler, ein Therapeut, der anderen Menschen bei ihren psychischen Problemen

> hilft, womöglich selbst einige Probleme verdrängt hat, darunter mehrere Kreditkarten, die bis zum Limit belastet waren. Gemäß Polizeichef Franklin Sheehy denken die Ermittler jetzt darüber nach, dass das Verschwinden des Mannes aus Chestnut Hill womöglich nicht zufällig war. Die Schulden waren auch für Statlers Frau eine Überraschung, die Literatur an der Universität unterrichtet.

«Oh mein Gott», flüstert Annie. «Dieses Arschloch hat eine Reporterin angerufen.»

«Tut mir leid, Annie», sagt Josephine. Eine der Frauen taucht aus der Küche mit einem Teller mit Plastikfolie abgedeckter Fettuccine Alfredo auf.

Annie kann den Blick nicht von dem Artikel wenden. Sie ist verwundert, dass Sheehy nicht noch weiter gegangen ist und der Reporterin von dem Textnachrichten-Austausch erzählt hat, den er auf Annies Handy gelesen hat. *Wie Polizeichef Franklin Sheehy sagt, unterhielten Mr. und Mrs. Statler außerdem ein perverses Sex-Ritual, in dem Mrs. Statler vorgibt, eine Patientin namens Charlie zu sein.*

Sie stopft die Zeitung in ihre Tasche, nimmt den Teller mit dem Essen und geht aus dem Esssaal. Margaret sitzt in ihrem Sessel und schaut mit leerem Blick fern, als Annie hereinkommt.

«Bitte sehr», sagt Annie und versucht, dabei heiter zu klingen. «Mittagessen.» Sie stellt das Tablett auf ein Metallwägelchen neben Margarets Bett und entrollt die Serviette, um das Besteck danebenzulegen. «Und denk dran, Sam ist jetzt für einige Zeit nicht da. Ich komme an seinen Tagen. Jetzt muss ich zum Seminar. Hast du alles, was du brauchst?»

Margaret starrt schweigend auf ihren Teller und beginnt

dann zu essen. Annie küsst sie auf die Wange und öffnet die Tür. Eine Frau mit einem Rollator steht davor. Sie wollte offenbar gerade klopfen.

«Hier, geben Sie das Margaret», sagt die Frau und reicht Annie einen violetten Bingo-Marker. «Den hat ihr Sohn gestern Abend hier vergessen.»

«Ihr Sohn?», sagt Annie und nimmt ihn.

«Ja. Sie haben an meinem Tisch gesessen, und er hat ihn mir geliehen. Der taugt nichts. Leckt die ganze Zeit.»

«Sicher?»

«Ja, ganz sicher.» Sie hält die rechte Hand hoch; violette Flecken sind auf ihrem Handgelenk zu sehen. «Ich kriege das Zeug einfach nicht ab.»

«Nein, ich meine, dass ihr Sohn da war.»

«Oh. Ja, der war da. Er kommt jede Woche zum Bingo.» Sie wirft Annie einen Blick zu. «Ich bin hier eine der wenigen, die noch alle Tassen im Schrank haben. Sie können mir glauben, es war ihr Sohn.»

«Danke», sagt Annie. Die Frau dreht sich um und schlurft den Flur entlang zu ihrem Zimmer. Annie geht in die Eingangshalle und lässt im Vorbeigehen den Marker in einen Mülleimer fallen. An der Rezeption sitzt niemand, und Annie bleibt stehen, um einen Blick in die Besucherliste zu werfen. Sie fährt mit dem Finger die Liste entlang und sucht nach Sams Namen. Dann schüttelt sie den Gedanken wieder ab. Natürlich war er gestern nicht hier. Diese Frau ist dement. Sie tritt durch die automatische Tür, aber als sie zum Parkplatz kommt, dreht sie sich noch einmal um und läuft wieder hinein. Sie kann einfach nicht anders. Die Tür zu Sally Frenchs Büro ist angelehnt. Sie klopft und streckt den Kopf hinein. Es ist leer.

«Sie isst gerade im Speisesaal zu Mittag», sagt eine junge

Frau, die gerade vorbeikommt. «Sie ist gleich wieder da. Sie können sich setzen und warten, wenn Sie möchten.»

«Danke schön», sagt Annie. Die junge Frau geht in den Mitarbeiterraum. Annie holt ihr Handy aus der Tasche.

«Hier ist Annie Potter», sagt sie, als John Gently rangeht. «Ist Chief Sheehy da?»

Sie hört ein Klicken. Dann meldet sich Sheehy. «Guten Morgen, Mrs. Statler.»

«Ich heiße Potter, und warum zum Teufel haben Sie der Zeitung von Sams Schulden erzählt?»

«Verzeihung?»

Sie senkt die Stimme. «Spielen Sie hier nicht den Dummen, Franklin. Warum um Himmels Willen rufen Sie die Zeitung an und erzählen …»

«Erstens», unterbricht sie Sheehy, «habe ich ihr nichts von den Schulden *erzählt*. Sie wusste bereits davon.»

«Was meinen Sie damit, sie wusste davon?», fragt Annie.

«Ich meine ganz genau das. ‹Hallo Chief, hier ist Soundso›», sagt er und imitiert offenbar dabei die Reporterin. «‹Wir haben einen Tipp bekommen, dass Sam Statler zum Zeitpunkt seines Verschwindens hohe Schulden hatte. Was können Sie uns dazu sagen?›» Sie hört, wie die Federn von Sheehy unter ihm quietschen. «Was erwarten Sie von mir? Anders als andere Leute in diesem Land glaube ich immer noch an die freie Presse.»

«Einen *Tipp?*», wiederholt Annie. «Zwei Menschen wussten von den Schulden, Franklin. Sie und meine Cousine. Und meine Cousine war es nicht.»

«Und ich war es auch nicht, Mrs. Statler.»

«Ich heiße *Potter*», sagt sie. Die Tür, die nach draußen führt, öffnet sich, und ein Paar in den Siebzigern tritt ein. «Ich glaube, ich verstehe, was es mit den Schulden auf sich hat.»

«Hm? Fahren Sie doch bitte fort.»

«Sam sollte eigentlich Geld von seinem Vater bekommen», sagt sie. «Als Geschenk.»

«Könnten Sie das vielleicht genauer erklären?», fragt Sheehy.

Annie dreht sich um und spricht jetzt ganz leise. «Zwei Millionen Dollar.»

Sheehy pfeift leise durch die Zähne. «Da hat es Ted mit diesem Mädchen ja sogar noch besser getroffen, als ich dachte. Lustig, dass Sie mir das nicht früher erzählt haben.»

«Ich dachte, es sei nicht wichtig», sagt Annie und sieht zu, wie sich das Paar in die Besucherliste einträgt, um dann im Flur zu verschwinden. «Das Geld war für ihn emotional ziemlich belastet.»

«Das klingt überzeugend», sagt Sheehy. «Zwei Millionen Dollar zu bekommen, ist natürlich eine schlimme Belastung.»

Annie schluckt ihren Ärger hinunter. «Sam hat sich sein ganzes Leben lang um die Liebe seines Vaters bemüht», fährt sie fort. «Das Geld zu bekommen, war für ihn, als hätte er diese Liebe endlich verdient. Aber natürlich fühlte es sich auch billig an, als erlaubte er seinem Vater, ihn zu kaufen. Also gab er es so schnell aus, wie es ging, und er kaufte unfassbar *bescheuerten* Kram.» Sie hat sich die Rechnungen genau angesehen und ist fassungslos, was er für einige Dinge ausgegeben hat. Der superschicke Rasenmäher und die professionelle Soundanlage im Haus. Ein *Sessel* für 5000 Euro für seine Praxis. «Er hat sich davon mitreißen lassen, und ehe er sich's versah, steckte er bis zum Hals in Schulden. Er sagte sich immer wieder, dass schon alles wieder *gut* werden würde – das tut er immer –, weil die Schulden ja bald wieder abbezahlt werden würden. Sobald das Geld seines Vaters käme, würde er alles bezahlen.»

«Verstehe», sagt Franklin Sheehy. «Und lassen Sie mich raten. Jetzt kommt die Wendung in der Geschichte.»

«Das Geld ist noch nicht gekommen, und es braucht länger, als Sam erwartet hatte.»

«Und warum?»

«Seine Mutter musste ein paar Formulare dafür unterzeichnen, aber sie ist nicht mehr bei guter Gesundheit, daher verzögert sich die Auszahlung.» Das ist ihr gestern erst klar geworden, als sie mit ihrer dritten Tasse Kaffee in den Händen unruhig im Haus umherging. Seine Mutter hat die Formulare noch nicht unterzeichnet, und die Schuldensumme wurde immer größer und setzte ihn unter Druck. Deshalb hatte er die letzten Wochen so schlechte Laune und konnte nicht schlafen.

«Klingt ja harmlos», sagt Sheehy. «Aber warum hat er Ihnen davon dann nichts erzählt?»

«Er hat sich geschämt und befürchtet, dass ich ihn verlassen könnte.» Sie atmet tief durch. «Ich sage Ihnen, Franklin, Sie dürfen nicht zulassen, dass das die Ermittlungen beeinflusst. Sam ist etwas passiert. Da bin ich mir sicher.»

Sheehy am anderen Ende der Leitung schweigt. Dann seufzt er. «Zwei Millionen Dollar wären doch ein hübsches Sümmchen, um damit ein neues Leben anzufangen. Sind Sie sicher, dass er es noch nicht bekommen hat?»

«*Ja*, Franklin. Ich bin mir sicher. Er hätte es mir gesagt.»

«Hören Sie, Annie. Wie ich schon der Reporterin gesagt habe, tun wir alles, was wir können – mit den Informationen, die wir haben.»

Es reicht ihr jetzt. Es ist schon zu viel Zeit verschwendet worden. «Na, dann danke ich Ihnen doch für Ihre harte Arbeit. Schönen Tag noch, Officer Sheehy.»

«Es heißt ‹Chief Sheehy›.»

«Ach ja», sagt sie. «Das vergesse ich immer wieder.» Sie beendet den Anruf. Ihre Hände zittern.

«Annie?» Sie dreht sich um. Sally French steht hinter ihr. «Josephine hat gesagt, Sie wollten mich sprechen?»

«Ja.» Annie bringt ein schwaches Lächeln zustande. «Eine Bewohnerin hat mir gesagt, Sam sei gestern hier gewesen. Ich weiß, dass sie vermutlich verwirrt ist, aber ich muss zumindest fragen, ob ihn jemand gesehen hat.»

Sally zögert, und irgendetwas in ihrem Blick macht Annie ganz beklommen.

«Was?», sagt sie.

«Ich habe Sam seit Wochen nicht mehr hier gesehen.»

«Was meinen Sie damit? Er kommt doch jeden zweiten Tag. Wir wechseln uns ab.»

Die Tür öffnet sich erneut, und eine Frau tritt ein. Sie hat ein kleines Mädchen an der Hand, dem man ein Katzengesicht geschminkt hat. Es hat einen Helium-Ballon in der Faust. Sally nickt. «Wir fragen Josephine. Sie müsste es wissen.»

Annie folgt Sally zur Rezeption.

«Eine Bewohnerin sagte, Sam sei hier gewesen und mit Margaret zum Bingo gegangen», sagt Annie zu Josephine. «Kann es sein ...» Sie verstummt.

«Nein, tut mir leid.» Josephine lächelt sie knapp an. «Ein Freiwilliger hat Margaret zum Bingo gebracht. Die Bewohnerin war vielleicht etwas verwirrt.»

«Wann haben Sie ihn denn zum letzten Mal gesehen?», fragt Annie.

«Schon eine Weile her», antwortet Josephine. «Zwei Monate vielleicht?»

«Sicher?» Annies Stimme bebt jetzt. *Denn das würde bedeuten, dass er mich anlügt.*

«Ja.» Josephine sieht sie mit gequältem Blick an. «Ich bin jeden Tag hier und sehe eigentlich jeden.»

«Okay», sagt Annie, als das kleine Mädchen mit dem Katzengesicht plötzlich den Ballon loslässt. «Danke.» Sie geht zu den Türen und sieht zu, wie der Ballon langsam zur Decke steigt, wo er von einer Leuchte aufgehalten wird. Sie hört einen lauten Knall, gefolgt vom Kreischen des Mädchens, und tritt in den kalten, grauen Nachmittag hinaus. Ganz plötzlich ist sie in die klischeehafteste Figur von allen verwandelt worden: in die der ahnungslosen Ehefrau.

KAPITEL 37

Sam starrt die Notizen an, die er in eins der karierten Notizbücher gekritzelt hat, die Albert gestern aus seiner Praxis hochgebracht hat.

Patienteninitialen: KJ
Familienstand: frisch verheiratet
Vorrangiges Problem: Hochzeit fand heimlich in Mexiko statt, Patientin fühlt sich zerrissen. Hat keinerlei Gewissen, ein übersteigertes Selbstwertgefühl und nutzt andere ohne jedes Schuld- oder Schamgefühl aus.
Behandlungsplan:

Sam denkt darüber nach.

Annullierung, gefolgt von Rundum-Therapie in einer stationären Einrichtung. Lebenslanges Verbot, mit beeinflussbaren jungen Frauen zu interagieren.

Ziemlich gut, denkt Sam, lässt den Stift auf das *In Touch*-Magazin mit Kris Jenner auf dem Cover fallen. Kris Jenner: seine ausgedachte Patientin. Holly Neumann (Dienstag, 10 Uhr) hatte das Magazin aus Versehen aus dem Wartezimmer mit hinein in die Praxis gebracht und es auf dem Beistelltischchen vergessen. Darin war die Diät einer berühmten Schauspielerin und ein zweiseitiges Interview mit dem Cover-Girl enthalten, das er aus lauter Langeweile in den letzten sechs Stunden vier Mal gelesen hat. Er stützt sich auf die Armlehnen des Sessels und beginnt, sechs Trizeps-Dips hintereinander zu machen. Er sagt sich, dass eines Tages er auf dem Cover aller Magazine abgebildet sein wird.

DER VON SEINEM VERMIETER GEFANGEN GEHALTENE THERAPEUT PACKT AUS!

Dr. Sam Statler, der hier mit seiner Frau Annie und zwei ganz gesunden Beinen abgebildet ist, gelang die Flucht, nachdem er seinen geistesgestörten Vermieter, Albert Bitterman, auf ganz besonders grausame Weise umgebracht hatte. Er sagt, die Erfahrung habe ihn zu einem besseren Mann werden lassen.

Die Damen von *The View* werden ein Foto von Albert als Kind ausgraben und darum betteln, mehr über ihn zu erfahren. Sam wird einen professionellen Tonfall anschlagen, erklären, dass Alfred Bitterman nach seiner Einschätzung vollkommen durchgeknallt ist, wie man in seiner Branche sagt.

Ein Bild taucht vor seinem inneren Auge auf. Emotional verkrüppelt durch den Tod seiner Mutter, als er noch klein war, wurde Albert von einem distanzierten Vater aufgezogen, der ihn missbrauchte und dessen Vorstellung von Männlichkeit nicht mit der sensiblen Natur seines Sohnes zusammenpasste. Als Erwachsener entwickelte er eine tödliche Angst vor Zurückweisung, die es ihm schwer machte, Bindungen aufzubauen. All das führte schließlich dazu, dass er einsam und isoliert lebte und besessen von seinem Mieter war, dem er schließlich mit einer Schaufel den Kopf und beide Beine zertrümmerte, um ihn dann in seinem Haus gefangen zu halten. Die Damen werden alle dasselbe wissen wollen – warum lebte Albert Bitterman, ein alleinstehender, fünfzig Jahre alter Mann, überhaupt allein in einer Villa mit fünf Schlafzimmern? Aber Sam wird daraufhin nur die Achseln zucken und erklären, dass Albert dieses Thema immer mied. Zwei Mal hat Sam bereits das Thema angeschnitten und gefragt, was ihn nach Chestnut Hill brachte, und zwei Mal hat Albert abrupt das Zimmer verlassen.

Er beginnt mit einem zweiten Satz Muskelübungen. Er stellt sich vor, wie das Publikum im TV-Studio ihn bejubelt, dass er eine ganze Woche ohne Annie überlebt hat. Eine Woche, so lange ist Sam schon in diesem Zimmer. Er hat auf dem Kalender für den Oktober die Tage abgehakt, den Annie gezeichnet hatte. Er steckte in dem wissenschaftlichen Aufsatz, den Albert ihm nach oben gebracht hatte. Er besteht aus rosafarbenen und blauen Kästchen, «Besuche bei deiner Mudda!» steht in Annies vollkommener Handschrift darüber. Jeden Morgen macht Sam ein winziges Häkchen, um die Übersicht zu behalten.

Annie ist einer der klügsten Menschen, die Sam je kennengelernt hat, was bedeutet, dass es nur eine Frage der Zeit sein kann, bis sie an die Tür von Sams (einsamem und offenbar völlig geistesgestörtem) Vermieter klopft, um ihn zu fragen, ob er Sam gesehen hat. Oder vielleicht muss sie auch gar nicht klopfen. Vielleicht fährt sie vorbei und sieht Sams Auto in der Einfahrt stehen – denn wo sonst sollte es wohl sein? Sie wird klug genug sein, sofort die Polizei zu rufen, die bestätigen wird, dass es sich tatsächlich um Sams Auto handelt, dann die Tür öffnen und Sam fragen wird, ob er gern nach Hause gehen würde.

Andererseits, vielleicht sucht sie ihn auch nicht. Vielleicht hat sie stattdessen all die vielen Lügen entdeckt, die er ihr erzählt hat. Es kann auch sein, dass sie die Kreditkartenrechnungen geöffnet hat, die sicher weiter mit seinem Namen darauf in ihrem Briefkasten eingetrudelt sind. Er hasst sich selbst dafür, dass er so feige war und ihr nicht wie geplant die Wahrheit gesagt hat. Die Ereignisse jenes Abends laufen immer wieder vor seinem inneren Auge ab – die Ansprache, die er den ganzen Tag eingeübt hatte, mit der er alles erklären wollte. Das ausgedachte Geld. Die Kreditkarten-Schulden. Die Tatsache, dass er seine Mutter nicht besucht hat. Und dann kam die Einladung von «Charlie», die Annie offenbar geschickt hatte, als sie noch in ihrer Einfahrt stand. Die Einladung, all seine Sorgen gegen einen Abend mit unglaublichem Sex einzutauschen. Wie hätte er da nein sagen können?

Seine Trizepse brennen, als er seine Gipsverbände zum Rand des Polsterhockers und dann auf den Boden schiebt. Er benutzt seine Hände, um sich durch das Zimmer zu ziehen, von einem dummen Ende zum anderen, wobei er seine nutzlosen Beine hinter sich herschleift. Er kommt an der Tür zum Flur vorbei (verschlossen!), an der Wand mit dem Fenster (vernagelt!), und nach der zehnten Runde muss er erst einmal wieder zu Atem kommen. Als er den Sessel dreht, um weiterzumachen, bemerkt er auf dem Boden unter dem Nachttisch, dass etwas silbern aufblinkt. Oben wird die Toilettenspülung betätigt, und er wirft einen Blick auf die Uhr: 20.46 Uhr. Albert wird gleich kommen, um ihn ins Bett zu bringen. Ganz leise rollt Sam zum Nachttisch hinüber. Er greift nach unten.

Ein zehn Zentimeter langer Spachtel. Die scharfe Metallkante ist ganz klebrig vom Tapetenkleister; auf dem groben Holzgriff ist das Logo eines Baumarktes in der Main Street eingepresst. Hoyts Hardware: Täglich geöffnet bis 6 Uhr!

Er hört Alberts Schritte auf der Treppe und lässt den Spachtel unter seine Hüfte gleiten. Dann schiebt er seinen Sessel zurück neben den Tisch. Er schafft es gerade noch, seine Beine auf den Polsterhocker zu hieven, als sich die Tür öffnet. Albert kommt rückwärts herein und zieht das Wägelchen hinter sich her.

«Guten Abend, Doktor», sagt Albert und stellt die Bremse fest. «Du siehst frisch aus.»

Sam lächelt. «Fühle mich auch super», sagt er.

«Das höre ich gern. Zeit, dich ins Bett zu bringen.» Albert nähert sich ihm mit ausgestreckten Armen.

«Hättest du etwas dagegen …» Sam deutet auf das untere Fach des Wagens.

Albert hält abrupt inne. «Schon wieder? Du warst doch erst vor einer Stunde.» Er schüttelt den Kopf und holt die Bettpfanne hervor. «Ich wusste doch, dass ich dir lieber nicht noch so spät am Tag ein Glas Milch hätte geben sollen.» Er legt die Bettpfanne auf Sams Schoß. «Ich warte so lange draußen.»

Albert schließt die Tür hinter sich. Sam wartet einen Augenblick ab, um dann den Spachtel unter seiner Hüfte hervorzuholen und ihn vorn in seine Jogginghose zu stecken. Seine Hände zittern, als er die Bettpfanne nimmt und wartet.

«Alles gut?», sagt Albert und öffnet die Tür einen Spalt.

«Falscher Alarm, fürchte ich», sagt Sam.

«Vermutlich Lampenfieber», sagt Albert und tritt ein. «Ich lasse die Bettpfanne hier auf deinem Tisch.»

Albert schiebt den Sessel nah ans Bett, hievt Sam hoch und setzt ihn sanft auf der Matratze ab. «Entweder werde ich immer schwächer oder du immer schwerer», sagt Albert, steht auf und massiert sich den unteren Rücken.

«Das ist eben das gute Essen», sagt Sam.

Albert lacht und tätschelt Sams Arm. «Wenn du so weitermachst, kannst du in null Komma nichts wieder aufstehen und hier herausspazieren.»

Albert schiebt den Wagen wieder zur Tür. Sam kichert. Er spürt die harte Kante des Spachtels an seinem Schenkel. «Na, das wäre doch mal was, oder?»

KAPITEL 38

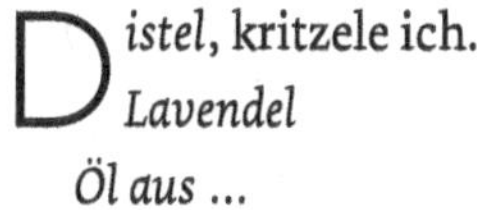

Distel, kritzele ich.
Lavendel
Öl aus …

Ein großer schwarzer Kasten erscheint auf dem Bildschirm und überdeckt den Rest der Liste.

Natürliche Mittel zur Vertreibung von Motten *ist nur für eingeloggte Mitglieder erhältlich. Um weiterzulesen, loggen Sie sich bitte ein oder registrieren Sie sich.*

Die Taube hatte recht: Der Konsumismus zerstört unsere Kultur. Das hat sie gestern auf Facebook gepostet, unter einem Foto von einem Riesenhaufen Plastik, der irgendwo im Pazifik schwimmt. Nur jemand ohne Seele konnte es sich anschauen und nicht mit einem bösen Emoji reagieren. (Neulich habe ich online von einer immer größer werdenden Bewegung gelesen, die der Überzeugung ist, Emojis wären nur erfunden worden, um die menschliche Fähigkeit zu unterdrücken, Gefühle zu zeigen. Das ist tatsächlich einer genaueren Betrachtung wert, finde ich.)

Ich klicke die Suchspalte an und tippe *Was ist Distel* ein, als die Alarmfunktion an meinem Handgelenk piept. Ich lasse den Stift fallen und greife nach meiner blauen Schürze. Zurück an die Arbeit.

* * *

«Komm rein», ruft Sam, als ich klopfe.

Sein Gesicht hellt sich auf, als ich eintrete. «Guten Morgen, Albert», sagt er und sieht dann, was ich in der Hand habe. «Ist das etwa ein Kaffee in meinem *Lieblingsbecher?*»

«Jawohl.» Ein Le Creuset-Becher, der genauso aussieht wie die, die neben der Nespresso-Maschine unten stehen. Sie kosten erstaunliche 34 Dollar das Stück. (Ich sage es nur ungern, aber genau diese Sorte exorbitanter Käufe erklärt, warum Sams Foto gestern auf der Titelseite der Zeitung war, um eine Story über seine «finanziellen Nöte» zu illustrieren, aber ich habe wirklich nicht das Herz, ihm das zu sagen.)

Ich schiebe den Wagen näher an sein Bett und lasse die Bremse einrasten. «Rate mal, wer mit einem Callgirl geschlafen hat?»

Sam müht sich, seinen Kaffee herunterzuschlucken. «Moment, *was?*»

Ich sehe seinen Gesichtsausdruck und breche in Lachen aus. «Nein, nicht *ich*», sage ich. «Sam Seaborne, der stellvertretende Kommunikationschef des Weißen Hauses unter Präsident Bartlet. Die Rolle, die Rob Lowe spielt.» Ich leere die Kanne mit dem warmen Wasser in die Schüssel und greife nach dem Waschlappen. «Ich schaue *West Wing.*»

«Tatsächlich?», sagt Sam. «Das ist meine Lieblingsserie.»

«Wirklich?» Ich tue so, als wäre ich darüber sehr erstaunt. «Meine auch.» (Das ist keine Lüge. Ich habe gestern Abend die Serie zu Ende geschaut, und ich bin so süchtig danach, dass ich sofort wieder von vorn angefangen habe.)

«Ich bin sogar eine Art *West Wing*-Fanatiker», sagt Sam lebhaft. «Die Frau heißt Laurie, und sie wird von der Schauspielerin Lisa Edelstein gespielt. Sie ist Jurastudentin, die versucht, sich ihr Studium zu finanzieren. Sam Seaborne wusste nicht, dass sie eine Prostituierte ist, als er mit ihr schlief.»

«Wenigstens wusste er es nicht *bewusst*», sage ich leise und tunke den Waschlappen ins Wasser.

«Entschuldigung?», sagt Sam. «Was hast du da gesagt?»

«Sam Seaborne hatte doch noch keine einzige stabile Beziehung in seinem ganzen Leben. Und na gut, obwohl er sagt, dass er sich ihres Berufes nicht bewusst war, wusste er doch tief in seinem Inneren, dass er mit ihr keine richtige Beziehung haben würde. Deshalb fühlte er sich doch überhaupt von ihr angezogen.»

«Hm», macht Sam. «Interessant.»

«Und willst du wissen, warum er so ist?», fahre ich fort und wringe den Lappen aus. «Weil sein Vater eine Affäre hatte. Als Sam Seaborne herausfand, dass sein Vater eine Affäre hatte, *achtundzwanzig Jahre lang*, während er mit seiner Mutter verheiratet war, erschütterte das sein Urvertrauen zutiefst. Und fangen wir gar nicht erst mit Josh Lyman an.» Ich trete an Sams Bett. «Was?», sage ich, als ich seinen Gesichtsausdruck sehe.

Er zuckt die Achseln. «Ich weiß nicht. Es ist nur ...» Er atmet tief durch. «Ich verstehe gut, was du da sagst.»

«Wirklich?», frage ich und hebe sein Kinn hoch. «Wie das?»

«Mein Dad hat meine Mutter für eine andere Frau verlassen», sagt er. «Um genau zu sein, zog er an meinem vierzehnten Geburtstag aus.» Ich säubere ihn sanft um seine Stiche herum. «Herauszufinden, dass der eigene Vater untreu ist, kann einen schon sehr verstören, und wie Sam Seaborne habe ich Mädchen benutzt, um den Schmerz zu betäuben.» Sam verzieht das Gesicht. «Es ist wirklich beschämend, wie gut ich darin war, Mädchen zu manipulieren.»

Ich trete einen Schritt zurück. «Ich habe Typen wie dich nie verstanden», sage ich. «Nichts für ungut, aber es kam mir immer so vor, je schlimmer ein Junge sich benahm, desto mehr Mädchen wollten mit ihm ausgehen. Wie um alles in der Welt macht ihr das?»

Sam sieht mir direkt in die Augen. «Du willst das Geheimnis wissen, wie man ein Mädchen verführt?»

«Im Ernst?», frage ich.

«Setz dich», sagt Sam und nickt in Richtung seines Sessels.

Ich gehe langsam durchs Zimmer.

«Ein Mädchen auszunutzen, ist wie ein komplizierter Tanz», sagt Sam, als ich sitze. «Aber letztlich geht es nur um eine einzige Sache.» Er verstummt.

«Um was?»

«Um ihre Schwächen. Man muss sie finden und ausnutzen. Man muss ihnen das Gefühl geben, es läge einem etwas an ihnen. Sie davon überzeugen, dass man noch nie so gefühlt hätte. Aber der schnellste Weg, sie ins Bett zu bekommen?» Er beugt sich vor und senkt die Stimme. «Tränen.»

«Tränen?»

«Ja, etwas, was man in der Vergangenheit getan hat und nun bereut. Ein toter Hund. Ein Dad, der einen an seinem vierzehnten Geburtstag verlässt. Noch ein paar falsche Tränen in dieser Mixtur, und man hat in genau zehn Minuten ein nacktes Mädchen unter sich.»

«Das ist abstoßend», sage ich.

«Ich weiß. Heute, meine ich. Damals, als ich jünger war, habe ich es nicht so gesehen.»

Ich zögere. «Darf ich dazu eine Theorie äußern?»

Sam nickt.

«Du hast Mädchen benutzt, um dich geschätzt zu fühlen», sage ich. «Eine Reihe von Ersatzfiguren für das, was du eigentlich wolltest: die Liebe deines Vaters.»

Er hält meinem Blick stand. «Ha», sagt er. «Vielleicht hast du recht. Vielleicht habe ich mir selbst die Schuld dafür gegeben, dass mein Vater gegangen ist. Nur wenn ich mit einem neuen Mädchen schlief, kam ich mir wertvoll vor. Ich war immer auf der Jagd nach der nächsten.» Er schließt die Augen und erschaudert. «Ich habe eine Menge Leute verletzt.»

«In gewisser Weise hast du einfach getan, was man von dir erwartete», sage ich. «Als Junge.»

Er nickt. «Es ist wirklich nicht immer einfach, ein Mann zu sein.» Er lacht. «Ich kann mir das Gesicht meiner Frau nur zu gut vorstellen, wenn sie uns so hören würde. Zwei weiße Männer, die sich über ihr schlimmes Los im Leben beklagen. Das würde aber gar nicht gut ankommen.»

«Ich hoffe, du glaubst nicht mehr, dass es deine Schuld ist, dass dein Vater euch verlassen hat», sage ich.

«Tatsächlich nicht. Nicht mehr. Dank Clarissa Boyne.»

«War sie eine Freundin?», frage ich und mache es mir in Sams Sessel bequem.

«Das war der Plan», sagte Sam. «Ithaca College, Hauptfach Psychologie, Eins-A-Titten. Ich habe mich für ein Seminar eingeschrieben, das sie belegt hatte, Abnormale Psychologie. Ich dachte, das wäre der direkte Weg in ihr Höschen. Aber dann hat mich abgelenkt, was der Professor sagte.» Er schaut nachdenklich an mir vorbei. «Dritte Woche im Seminar. Dr. Robert Carlisle stand vorn im Raum und las eine Liste der Symptome vor. ‹Übersteigerte Vorstellung von der eigenen Wichtigkeit. Starkes Bedürfnis nach Aufmerksamkeit und Bewunderung. Absoluter Mangel an Empathie.›»

«Die narzisstische Persönlichkeitsstörung», werfe ich ein.

«Ganz genau», sagt Sam. «Die narzisstische Persönlichkeitsstörung. Wir haben ein paar Fallstudien gelesen, und jede einzelne war eine perfekte Beschreibung von Theodore Statler. Ich begann alles zu lesen, was ich darüber finden konnte, um schließlich zu der Erklärung zu kommen, nach der ich seit meinem vierzehnten Geburtstag gesucht hatte: Mein Dad hatte uns nicht verlassen, weil mit mir etwas nicht stimmte, sondern weil etwas mit ihm nicht stimmte.»

«Das klingt ja wie ein Schlüsselmoment.»

«So war es auch», sagt Sam. «Seitdem hatte ich ernsthaftes Interesse an Psychologie. Es zwang mich, herauszufinden, was für ein Mann ich geworden war. Ich hatte hart daran gearbeitet, ein guter Kerl zu werden, aber die Wahrheit ist, dass ich nie die Angst davor verlor, so wie er zu werden.» Sein Gesicht verändert sich. Mein Gott. Er fängt an zu weinen. «Jetzt, da ich Annie gefunden habe, will ich sie nie wieder verlieren.»

«Du solltest dir keine Sorgen darüber machen, dass du so werden könntest wie dein Vater», sage ich und rutsche auf dem Sessel herum. «Du bist ein guter Mann. Schlau. Großzügig. Mutig.»

Er lacht. «Mutig? Ich bin der größte Feigling, den es gibt.»

«Sam», sage ich sanft. «Das ist lächerlich.»

«Nein, Albert, das ist es nicht. Willst du wissen, wie mutig ist bin?» Er hebt einen Finger. «Erstens: Ich habe meine Mutter seit Monaten nicht besucht. Zweitens: Ich habe meiner Frau Dinge verschwiegen.» Er schaut weg. «Ich habe es nicht geschafft, ein Autogramm von Cal Ripken Junior zu bekommen.»

«Was?», sage ich verwirrt.

«Ich war dreizehn.» Sam schließt die Augen. Tränen rinnen seine Wangen herunter. «Meine Mutter überraschte meinen Vater und mich mit Tickets für das Spiel in Camden Yards. Als ich den Umschlag öffnete, war das der beste Moment meines Lebens.» Er wischt sich die Augen mit den Ärmeln des

MIT-Sweatshirts ab, das ich ihm am Morgen geliehen hatte. «Ich hatte gelesen, dass Ripken am Ende des Spiels immer in einem bestimmten Bereich steht und genau hundert Autogramme gibt. Wochenlang konnte ich nicht schlafen, weil ich mir immer ausmalte, wie ich mich wohl fühlen würde, wenn ich ihn träfe.»

Ich nehme die Kleenex-Schachtel vom Tisch und reiche sie ihm.

«Meine Mom und ich überlegten uns einen bombensicheren Plan», fährt Sam fort und nimmt sich ein Taschentuch. «Mein Dad und ich wollten unsere Plätze im ersten Teil des neunten Innings verlassen. Um rechtzeitig dort zu sein, aber nicht so früh, dass wir viel vom Spiel verpassen würden.» Er verstummt.

Ich räuspere mich. «Und?»

«Und dann taucht dieses Mädchen auf dem Sitz vor uns auf, und ich wusste sofort, dass ich am Arsch war. ‹Seine Schwäche›, so beschrieb er eine hübsche Frau, jedes Mal, wenn wir beide zusammen waren.» Er schluckt seine Tränen herunter. «Der erste Teil des neunten Innings kommt, und mein Dad hakt seine Finger in ihren Gürtel und flüstert ihr etwas ins Ohr. Ich konnte ihn nicht mehr loseisen. Er sagte, ich solle doch einfach allein gehen, aber ich konnte nicht.»

«Warum nicht?», frage ich sanft.

«Ich hatte Angst vor dem, was passieren würde, wenn ich die beiden allein ließe. Ich hatte Angst, dass er meine Mom betrügen würde, wenn ich ihn aus den Augen ließe.» Er beginnt erneut zu weinen. «Und daher blieb ich. Verpasste die einzige Chance, meinen Helden zu treffen, die ich je hatte.» Er putzt sich die Nase. «Ich weiß nicht, was schlimmer ist. Dass mein Dad sowieso fremdgegangen ist, oder den Anblick meiner Mom, die am Wohnzimmerfenster stand, als wir am nächsten

Morgen in die Einfahrt fuhren. «Und?», fragte sie ganz aufgeregt. «Hast du dein Autogramm bekommen?»

«Was hast du ihr gesagt?»

«Nichts», antwortet Sam. «Ich habe nur meinen Schläger hochgehalten und ihr das schwarze Gekritzel von Cal Ripkens Autogramm gezeigt, das ich zehn Minuten vor unserer Ankunft im Auto selbst gezeichnet hatte.»

«Oh, Sam», sage ich. «Du bist so ein guter Mann.»

Er lächelt. «Und du bist ein guter Kliniker.»

«Was?»

«Du hast einen Sinn für diese Arbeit», sagt er und putzt sich die Nase. «Ich habe das hier noch nie jemandem erzählt. Es tut so gut, mit dir zu reden.»

«Das ist ja, als sagte Van Gogh einem Straßenmaler, er habe Talent», sage ich und werde rot.

Sam lacht und reibt sich dann die Augen. «Meine Güte. Ich brauche jetzt wirklich ein Nickerchen.»

«Natürlich», sage ich, stehe auf und gehe zum Wägelchen. «Du solltest dich ausruhen.»

«Danke, Albert», sagt Sam, als ich ihm die Tabletten gebe. «Und weißt du was? Ich habe ein wenig nachgedacht.» Er zögert. «Möchtest du mit mir diesen Drink trinken?»

«Drink?», frage ich.

«Ja, den ich am Abend des Unwetters nicht trinken wollte. Ich weiß ja nicht, wie es dir geht, aber ich könnte einen ordentlichen Cocktail vertragen.»

«Klar», sage ich begeistert. «Wann?»

Sam zuckt die Achseln. «Ich muss natürlich noch in meinem Kalender nachsehen, aber ich bin mir ziemlich sicher, dass ich heute Abend Zeit habe. Wie wäre achtzehn Uhr?»

«Achtzehn Uhr», wiederhole ich und sehe zu, wie er sich

die Tabletten in den Mund wirft. «Das würde mich sehr freuen.»

KAPITEL 39

Sam wirft einen Blick auf die Uhr auf seinem Nachttisch – drei Minuten vor sechs – und tastet dann noch einmal nach dem Gummi seiner Jogginghose, um sicherzugehen, dass die Tabletten noch da sind. Sechs sind es, die er in den letzten Tagen dann ausgespuckt hat, wenn Albert das Zimmer wieder verlassen hatte. Er hat sie im Kissenbezug versteckt. Das war nicht einfach. Die Tabletten ließen ihn beinahe sofort einschlafen, und regelmäßiger Schlaf ist in seiner Situation ganz wichtig, aber für diesen Moment war es das wert.

Er schließt die Augen und stellt es sich erneut vor: wie er die Tabletten in Alberts Glas fallen lässt. Zwei Schlucke, dann wird Albert zu lallen beginnen. Drei, und er wird verwirrt und schläfrig. Nach dem vierten Schluck wird er bewusstlos sein. Dann wird ihn Sam erwürgen und, um sicher zu gehen, mit dem Spachtel erstechen, den er unter seinen Schenkel geschoben hat. Sein geliebter Zehn-Zentimeter-Spachtel, den er unter der Matratze versteckt hatte, von dem er umsichtig jeden noch so kleinen Rest des Tapetenkleisters entfernt hat. Den er immer wieder poliert, damit er glänzt. Er stellt sich vor, wie er die weiche Stelle an Alberts Schläfe durchdringt, immer und immer wieder, wie er zusieht, wie dieses traurige, kranke Hirn sich auf das blöde College-Sweatshirt ergießt, das Albert heute Abend tragen wird.

Sam schließt die Augen und seufzt. Freud hatte recht. Aggression ist wirklich so befriedigend wie Sex. Die Uhr schlägt sechs, und Sam hört, wie sich der Schlüssel im Schloss bewegt.

«Hallöchen, Herzensbrecher», sagt Albert und streckt den Kopf ins Zimmer. «Bereit?»

Sam lächelt. «Na klar.»

Albert tritt ein, lässt die Tür offen und stellt den Wagen an der Wand ab. Darauf stehen zwei Gläser und etwas, das unter einem gelben Küchentuch verborgen ist. «Ich habe eine Überraschung für dich», sagt Albert begeistert. Er zieht das Tuch mit Schwung von der Flasche.

«Johnnie Walker Blue.» Sam ist verblüfft. «Woher weißt du …»

«Dass das dein Lieblingsdrink für besondere Momente ist? Das hast du in dem Interview mit der Lokalzeitung gesagt. Frage Nummer zwölf.»

«Ich wusste gar nicht, dass du das gelesen hast», sagt Sam überrascht.

«Meine Mutter hat mir den Respekt für den Lokaljournalismus beigebracht», sagt er und wendet Sam den Rücken zu. «Ich habe jeden Tag gewissenhaft die Zeitung gelesen und erinnere mich, dass du diesen Drink erwähnt hast.»

«So ein Glück», sagt Sam. Und er meint es ehrlich. Es ist nicht nur der edelste Scotch der Welt, sondern wird auch so richtig Wumm entwickeln, wenn er mit den tausenden Milligramm von dem Zeug gemixt wird, was in diesen Tabletten ist.

«Du hast aber wirklich einen teuren Geschmack», bemerkt Albert.

Sam nickt und hält den Blick auf die Flasche in Alberts Hand gerichtet.

«Erweist du mir die Ehre?», fragt Sam. «Es gibt nichts Schöneres, als zum ersten Mal an einer frisch geöffneten Flasche Johnnie Walker Blue zu riechen.»

Albert gibt Sam die Flasche, und er streicht über das glatte

Glas und genießt seine Schwere. «Das war der Lieblingsdrink meiner Mom», sagt Sam, dreht die Kappe und beugt sich vor, um daran zu schnuppern. «Sie hatte immer eine Flasche davon im Schrank. Nachdem mein Dad gegangen war, goss sie sich jedes Jahr an ihrem Hochzeitstag ein Glas davon ein.»

«Das ist traurig.»

«Ja, das ist es.» Sam nimmt das dicke Glas, das Albert ihm reicht. «Die meisten Barkeeper glauben, ein Drink wären anderthalb Unzen», sagt er und schaut zu, wie der Whisky langsam ins Glas fließt. «Aber ich finde, dass diese Menge nicht ausreicht, besonders nicht für das erste Glas.»

«Nicht so viel», sagt Albert und hebt abwehrend die Hände. «Ich habe noch nie Scotch getrunken.»

Sam schenkt sich selbst ein Glas ein und stellt die Flasche dann auf den Nachttisch. Albert setzt sich in Sams Sessel. «Auf die Rückkehr zur Happy Hour», sagt Sam und hebt sein Glas.

«Genau das wollte ich auch sagen», sagt Albert mit rotem Gesicht. «Auf die Happy Hour.»

Sam hebt das Glas an die Lippen und senkt es dann wieder. «Warte. Stopp. Das ist nicht richtig.»

«Was ist denn los?»

«Der Eiswürfel.»

«Welcher Eiswürfel?»

«Für die Drinks. Der ist wichtig», sagt Sam. «Die leichte Kühle unterstreicht noch das Aroma.»

«Du weißt so viel über alles», sagt Albert. «Warte kurz.» Er stellt das Glas auf den Nachttisch und geht aus dem Zimmer.

Showtime.

Sam holt das Stück Papiertuch mit den Pillen heraus und wickelt sie aus. Schweißperlen bilden sich auf seiner Stirn, als er zwei Tabletten über Alberts Glas zerbröselt.

«Wie viele?», ruft Albert aus der Küche.

«Ein Eiswürfel für jeden», ruft Sam zurück und sieht zu, wie sich das Pulver in der kupferfarbenen Flüssigkeit auflöst und einen kalkigen Film auf der Oberfläche hinterlässt. «Mittlere Größe.» Sam lässt die anderen vier Tabletten ins Glas fallen und schwenkt es. Seine Hände zittern dabei so heftig, dass er schon befürchtet, es fallen zu lassen. Er stellt das Glas zurück auf den Tisch und nimmt sein eigenes, genau in dem Moment, in dem Albert mit je einem Eiswürfel in der Hand zurückkommt.

«Perfekt», sagt Sam. An seinem unteren Rücken sammelt sich der Schweiß. Albert lässt einen Eiswürfel in sein Glas fallen. «Danke schön.»

Albert setzt sich. «Also noch mal», sagt er. «Cheers.»

Sam sieht zu, wie Albert einen winzigen Schluck nimmt. «Herrje. Das schmeckt ja wie Flüssiganzünder.»

«Den Geschmack von Whisky muss man sich erarbeiten», sagt Sam. «Aber vertrau mir, das ist es wert.» Er hebt sein Glas und erlaubt sich einen Schluck. Der Whisky wärmt ihn augenblicklich von innen, und er muss sich zurückhalten, um nicht alles mit einem einzigen befriedigenden Schluck zu trinken. Er wird noch viel Zeit haben, zu Hause zusammen mit Annie Whisky zu trinken, und er braucht einen klaren Kopf.

Albert setzt das Glas erneut an die Lippen, befeuchtet sie aber kaum. «Oh, lecker», sagt er und verzieht das Gesicht. «Also ...» Er atmet tief durch, die Augen weit aufgerissen. «Worüber möchtest du reden?»

«Was meinst du damit, worüber ich sprechen möchte?», fragt Sam, der Alberts Drink ansieht. «Wir sind zwei Jungs, die sich abends zusammen einen Drink gönnen. Ich will also entweder über Frauen oder über Sport sprechen.»

«Oh!» Albert lacht und wird rot. «Na ja, zu beidem habe ich eigentlich nicht viel zu sagen.»

«Natürlich hast du das.» *Nimm einen Schluck, Albert.* «Wer war denn dein erster Schwarm?»

Albert windet sich. «Kathleen Callahan», sagt er wie aus der Pistole geschossen. «Wir haben zusammen im 7-Eleven gearbeitet.» Er schiebt sein Glas auf seinen anderen Schenkel. «Sie war so einschüchternd. Mädchen wie sie haben mich noch nie beachtet.»

«Wie sah sie denn aus?» *Jetzt trink, verdammt noch mal, Al.*

«Braunes, lockiges Haar. Brille.»

«Habt ihr euch unterhalten?», fragt Sam.

«Ein paar Mal. Sie hat mich manchmal Songs mit ihren Ohrhörern mithören lassen. Sie mochte ihre Musik *laut.*»

«Metal-Tussis sind die besten», bemerkt Sam. Er nimmt noch einen Schluck und hofft, dass Sam es ihm nachtut, aber er schlägt nur die Beine übereinander.

«Und dann tauchte mein Dad auf, um Zigaretten zu kaufen. Ich fand es furchtbar, wie er sie ansah. Sprach beim Abendessen über sie und sagte, ich solle mit ihr ausgehen. Seine exakten Worte waren: ‹Wie wär's denn mit der, Al? Du bist doch wohl Mann genug, um die klarzumachen?›»

«Dein Dad klingt wie ein echtes Arschloch», sagt Sam. Er kann nicht anders.

«Es wird noch schlimmer», sagt Al. «Ein paar Tage später kam er zurück und sagte Kathleen, dass ich etwas für sie übrig habe. Sagte, dass ich beim Wichsen an sie denke, jedenfalls sähen meine Laken so aus.»

«Mein Gott, Al», sagt Sam. «Das ist wirklich eklig.» *Total tragisch wie jede deiner Geschichten, also bitte, Bruder, trink aus und bring diese Sache zu Ende.* «Und was hast du dann getan?»

«Ich habe gewartet, bis mein Dad wieder weg war, und dann bin ich gegangen. Bin nie wiedergekommen. Jeder in der Schule wusste es später. Es war wahnsinnig peinlich.»

Alberts Gesicht ist ganz schmerzerfüllt, und Sam kann nicht anders, der Mann tut ihm leid. «Tut mir wirklich leid, Albert», sagt er.

Albert zuckt die Achseln. «Ich habe sie neulich gegoogelt. Sie hat einen Mormonen geheiratet.»

«Willst du meine professionelle Meinung?», fragt Sam. «Damit es dir mit der Sache besser geht?»

Albert schaut voller Hoffnung auf. Sam hebt sein Glas und zeigt auf den Whisky. «Ein ganzes Glas von diesem Zeug. Es ist dafür gemacht, um derlei Erfahrungen zu vergessen.»

Albert lacht. «Na ja dann, in dem Fall ...» Er hebt sein Glas erneut. «Auf Kathleen Callahan und ihre sieben Kinder.»

«Dann mal los», sagt Sam. «Einen ordentlichen Zug. Für das volle Erlebnis.»

Albert berührt das Glas erneut mit den Lippen und steht dann abrupt auf. «Wem mache ich hier was vor? Du solltest das Zeug nicht an mich verschwenden.» Er leert sein Glas in Sams. «Allein vom Geruch dreht sich mir der Magen um.»

Sam spürt, wie alle Luft aus seinen Lungen entweicht. Galle steigt seine Speiseröhre empor, als er den vergifteten Inhalt seines Glases ansieht.

«Na los», sagt Albert. «Du musst dich meinetwegen nicht zurückhalten.»

Sam hebt das Glas und sieht es sich noch einmal genau an. Na los, denkt er. Trink es einfach aus. Es ist Zeit, der Wahrheit ins Auge zu sehen. Er kann seine Beine nicht benutzen, er hat keinen Schlüssel für die Tür und nur eine ganz schwache Chance, Annie je wiederzusehen.

Er stellt das Glas auf den Nachttisch. Eine schwache Chance ist immer noch besser als keine.

«Lustig», sagt Sam. «Aber ich glaube, ich mag jetzt auch nicht mehr.»

Albert verdreht die Augen. «Na, da hab ich dann wohl einhundertsechzehn Dollar aus dem Fenster geworfen.» Er nimmt Sams Glas, stellt es mit seinem auf den Rollwagen und setzt sich dann wieder in Sams Sessel.

«Wo waren wir stehengeblieben?», fragt er, schlägt die Beine übereinander und umfasst ein Knie mit beiden Händen. «Oh ja. Der erste Schwarm. Du bist dran.»

KAPITEL 40

Annie sitzt an der Kücheninsel, das Kinn in die Hände gestützt, und stellt sich vor, dass Sam neben ihr ist.

Also lass mich das klarstellen, sagt er in seinem professionellsten Tonfall. *Du weißt, dass ich einen Riesenhaufen Kreditkartenrechnungen vor dir versteckt habe, und ich habe dir vorgelogen, ich hätte meine Mutter besucht, und trotzdem wartest du* immer noch *bis zwei Uhr morgens auf mich und fragst dich, wann ich endlich nach Hause komme?*

Nicht nur das, gibt Annie zu. *Aber schon bevor ich morgens die Augen aufschlage, tue ich so, als wärst du hinter mir, die Arme um mich geschlungen, immer noch der Mann, den ich zu kennen glaubte. Ich muss sagen, Sam, diese Sache mit der Verleugnung ist ziemlich toll. Ich verstehe schon, warum du das so gern magst.*

Hinter ihr pfeift der Kessel, und sie steht auf, macht sich eine Tasse Tee und geht wieder ins Arbeitszimmer, das Sam und sie sich teilen. Sam hatte darauf bestanden, alles maßgefertigt einbauen zu lassen: eine Seite für ihre Ordner, eine für seine. Sie hat sich die gesamte letzte Stunde durch seine Ordner gearbeitet, Seite um langweilige Seite, verwundert über all die Dinge, die er aufbewahrt hat. Eine Quittung für einen Computer, den er im Jahr 2001 gekauft hatte. Die Bedienungsanleitung für einen Staubsauger, abgeheftet in einem eigenen Ordner mit der Aufschrift Staubsauger-Bedienungsanleitung. Steuererklärungen der letzten zwanzig Jahre, in denen er jeden einzelnen Gegenstand aufgelistet hatte, den er einer Wohltätigkeitsorganisation gespendet hatte. Er bemühte sich immer so sehr, der gute Kerl zu sein, der sich an die Regeln hält. So ganz anders als sein Dad.

Sie wendet sich wieder der offenen Schublade zu und sucht weiter, noch immer nicht ganz sicher, wonach eigentlich, und stößt auf zwei abgelaufene Pässe, einer mit einem Stempel von einer Reise nach Honduras, die er offenbar in der Highschool unternommen hatte. Er hatte sie nie erwähnt. Vielleicht ist es das, wonach sie gesucht hat. Die Bestätigung, dass Franklin Sheehy recht hat, dass sie Sam Statler nie wirklich gekannt hat.

Mom, Ärzte

Sie entdeckt den Ordner ganz hinten. Die Worte sind mit einem dicken Filzstift geschrieben. Darin sind Margarets medizinische Unterlagen. Die ersten Symptome. *Nachlassende persönliche Hygiene. Schwierigkeiten, den Tagesablauf zu planen. Häufige Stimmungsschwankungen.* Dann die offizielle Diagnose im letzten März. *Die Krankheit schreitet schneller als erwartet fort; Patientin hat Schwierigkeiten mit den alltäglichen Verrichtungen.*

Die Patientin hat aufgehört zu sprechen. Der Mutismus ist vermutlich das Resultat der fortschreitenden Krankheit.

Er kommt nicht damit zurecht. Deshalb hat er seine Mutter nicht mehr besucht: eine vollkommen unschuldige Erklärung. Er ist kein pathologischer Lügner, er ist einfach ein Angsthase, der es nicht ertragen kann, seine Mutter in ihrem Zustand zu sehen – schweigend, ausdruckslos –, und er schämt sich zu sehr, um Annie die Wahrheit zu sagen. Daher hat er es vor ihr verborgen. Vermutlich hat er sich selbst die ganze Zeit dafür gehasst, so ein Feigling zu sein.

Du machst es schon wieder, hört sie Sams Stimme in ihrem Kopf. *Du glaubst an mich, obwohl ich dir jeden Grund gebe, es nicht zu tun.*

Sie blättert durch den Ordner – Versicherungsbriefe, sechs Ausgaben des monatlichen Newsletters des Pflegeheims, komplett in der Schrift Comic Sans gedruckt. Sie will den Ordner schon zurück ins Regal stellen, als sie einen an Sam adressierten Umschlag ganz hinten im Regal sieht. Sie zieht einen Brief heraus. Drei Seiten von dem Notar von Rushing Waters, «Patientenverfügung und dauerhafte Vollmacht für Margaret Statler» steht darauf.

> Hiermit bestimme ich Sam Statler aus Chestnut Hill, New York, zu meinem Bevollmächtigen an meiner Statt und zu meinen Gunsten. Als mein Bevollmächtigter soll Sam Statler seine treuhänderische Funktion ausüben, einschließlich des Rechts, Geld in meinem Namen zu erhalten und anzulegen, es abzuheben oder davon für Güter und Dienstleistungen zu bezahlen. Wenn nötig…

Beunruhigt schlägt sie die letzte Seite auf und entdeckt Margarets Unterschrift unten auf der Seite, neben dem Stempel des Notars, mit dem Datum von vor zwei Wochen. *Unterzeichnet, vollzogen und mit sofortiger Wirkung.*

Nein, denkt sie. Ihre Haut wird plötzlich ganz klamm.

Seine Mutter hat die Papiere unterzeichnet. Er hat zwei Millionen Dollar von seinem Vater bekommen. Und dann ist er gegangen. Sie lacht, lässt den Ordner fallen und holt ihr Handy aus der Gesäßtasche heraus. Der Anruf geht direkt auf die Voicemail.

«Hallo, lieber Ehemann», sagt sie. Ihre Stimme bricht vor Wut. «Du bist vermutlich gerade mit irgendeinem deiner arglosen Opfer beschäftigt, das du verführt hast. Ich wollte dich nur anrufen und dir gratulieren. Du hast es geschafft, Sam, genau das zu tun, was du so sehr vermeiden wolltest. Du bist *ganz genau* wie dein Vater geworden.»

KAPITEL 41

Scheiße.

Sam starrt die Tapetenfetzen an der Wand an.

Scheiße Scheiße scheißescheißescheißescheiße.

Er dreht hier bald durch.

Er kann hier nicht mehr unter dem Gewicht der Gipsverbände herumliegen, auf dieser Matratze, die angeblich zwei Jahre hintereinander zur besten auf dem Markt gewählt wurde. Er hält das schlimme Jucken an seinen Beinen keinen Tag länger aus. Er will nicht mehr so tun, als möge er geriffelte Pommes, will nicht mehr nett zu Albert sein müssen, um sein eigenes Leben zu retten. Aber besonders hasst er seine Traurigkeit, weil er Annie so sehr vermisst.

Na gut, vielleicht ist es an der Zeit für Sam Statler, nicht mehr herumzujammern, sondern etwas zu tun.

Sam öffnet die Augen und lacht laut auf. Na sieh mal einer an, wer da ist. Teddy aus Freddy, der aus seiner Glaskabine zu ihm redet. «Mensch, Dad, was für eine tolle Idee. Ich stehe einfach auf und gehe hier raus? Warum ist mir das nicht eingefallen?» Sam lauscht. Es ist ganz still. «Was soll ich tun?», flüstert er.

Das, was jeder Mann mit Selbstrespekt tun würde, flüstert sein Vater zurück. *Sei ein Mann und finde einen Weg aus diesem Haus heraus.*

Sam atmet tief durch. «Hey!», ruft er. «Gruseliger Typ! Bist du zu Hause?»

Du weißt doch, dass er nicht zu Hause ist, sagt Teddy. *Du hast doch gehört, dass er vor einer halben Stunde mit dem Auto weggefahren ist.*

Sam starrt die Tür an, sein Puls geht schneller. Na gut, scheiß drauf. Machen wir es einfach. Er setzt sich auf und zieht die Decke weg.

Guten Abend, Leute, und willkommen zum heutigen Spektakel, singt ihm sein Vater ins Ohr. *Wird Sam Statler seine Chance nutzen zu beweisen, dass er ein Mann ist?*

Sam rückt zum Rand der Matratze und greift nach unten nach dem Spachtel. Er schiebt es unter seinem Bündchen nach hinten, schwingt die Beine vom Bett und stellt die eingegipsten Füße auf den Boden. Er greift nach dem Kopfteil des Bettes und hievt sich auf, den Blick auf den Sessel gerichtet, der zwei Meter entfernt steht.

Ich muss schon zugeben, sagt sein Dad, *ich habe so meine Zweifel, dass er es bis zum Sessel schafft.*

Sam lässt los und macht einen Schritt nach vorn. *Instabiler Gang,* sagt sein Vater. Sam macht einen weiteren Schritt. *Der Vorwärtsschub ist gefährdet. Uuunnnd ... da liegt er.*

Sam schlägt hart auf den Boden auf. Er verdrängt den Schmerz, hievt sich auf die Ellenbogen und zieht sich zum Sessel. *Okay,* murmelt Teddy. *Er hat es geschafft. Er ist angekommen.* Sam zieht sich auf den Sessel und schiebt sich damit zur Tür. Erschöpft zieht er den Spachtel unter seinem Bündchen hervor. Plötzlich fällt ihm ein Mädchenname ein. Rebecca Kirkpatrick, der Sommer vor der zehnten Klasse. Sie war zwei Jahre älter, und ihre Familie hatte eine Hütte am Lake Poetry, vierzig Minuten weiter nördlich. Zwei Mal schwänzten sie die Schule und fuhren in ihrem gelben Jeep dorthin. Sam benutzte damals die Kreditkarte von Rebeccas Vater, um das Schloss der Hintertür der Hütte zu knacken.

Er lässt das Blatt des Spachtels zwischen den Türrahmen und das Schloss gleiten. Er erinnert sich, wie er das damals gemacht hatte. Rebecca saß im Gras und rollte einen Joint, während Sam sich darauf konzentrierte, mit der Ecke der Kreditkarte den Riegel zurückzuschieben, um die Tür zu all den wunderbaren Dingen zu öffnen, die in dem Raum dahinter auf sie warteten …

Na du meine Güte, jetzt sehen Sie sich das mal an!, schnurrt Teddy aus Freddy, als sich das Türschloss mit einem Klicken öffnet. *Er hat es geschafft. Der alte Stats hat tatsächlich die Tür geöffnet.*

«Ich habe es geschafft!», keucht Sam begeistert und stellt sich das Jubeln der Menge vor. «Ich habe es verdammt noch mal geschafft!» Er schiebt sich den Spachtel zurück unter das Bündchen und reißt ganz aufgeregt die Tür zum Flur auf. Der überwältigende Geruch nach diesem chemischen Mist mit Kiefernnadelduft schlägt ihm entgegen. Damit wischt Albert drei Mal die Woche auch sein Zimmer. Sam schiebt sich auf dem Sessel den Flur entlang, der sich in eine Küche mit apfelgrünen Wänden öffnet. Die hintere Wand ist vom Laub von mindestens einem Dutzend Hängepflanzen bedeckt. Er überlegt kurz, stehen zu bleiben, um in den Schubladen nach einem Messer zu suchen, rollt dann aber weiter ins Wohnzimmer, wo ein großes Panoramafenster den Blick auf den Himmel freigibt, den er seit acht Tagen nicht mehr gesehen hat. Es regnet. Er stellt sich vor, wie sich der Regen auf seiner trockenen Haut anfühlt. Dann steht er vor der Haustür und greift nach der Klinke.

Der erste Schlag, sagt Teddy leise zur gespannten Menge.

Sam rüttelt an der Klinke. Nein nein nein nein nein nein.

Der Typ hat ihn eingeschlossen. Teddy schnalzt mit der Zunge. *Das ist wirklich Pech.*

Sam rollt schnell zum Tisch in der Eingangshalle und öffnet die schmale Schublade. Er greift ganz nach hinten und zieht einen einzelnen Schlüssel an einem leuchtend orangefarbenen Schlüsselband hervor, auf dem «Gary Unger, Gary Unger Schlüsseldienst» steht. Sam rollt wieder zur Tür und rammt den Schlüssel ins Schloss. Er passt nicht, und Sam weiß genau, warum. Es ist nicht der Schlüssel für die Haustür. Es ist der Schlüssel für Sams Praxis, der gleiche, den Sam an seinem Schlüsselbund hat. Der Schlüssel, den Albert gar nicht haben sollte.

«Kein Problem», sagt er zur Menge, schleudert den Schlüssel auf den Boden und tastet wieder einmal nach dem Spachtel. Seine Hand zittert. Er hat es einmal geschafft, er wird es noch einmal schaffen. Er schmeckt salzigen Schweiß auf der Oberlippe und schiebt den Spachtel zwischen Tür und Rahmen, lässt ihn hinauf und dann hinunter gleiten –

Schnapp.

Der zweite Schlag, flüstert Sams Dad.

Sam hält den Holzgriff des Spachtels in der Hand; das Metallblatt steckt in der Tür fest. «Nein», flüstert er und greift nach dem Blatt. «Komm zurück.» Er schlägt gegen die Tür und versucht, es herauszubekommen. Es ist zwecklos.

Sieht aus, als wäre es jetzt an der Zeit für Plan B, sagt Teddy.

Das Fenster. Sam rollt ins Wohnzimmer und benutzt die Armlehne, um sich ans Fenster heranzuziehen. Durch die Hecke erhascht er einen Blick auf Sidney Pigeons Haus am Rand von Alberts Grundstück. Rauch dringt aus dem Schornstein. Jemand ist zu Hause.

Die Zeit läuft ab.

«Halt den Mund, Dad», flüstert Sam und konzentriert sich auf seine Möglichkeiten. *Ich könnte das Fenster zerschlagen und um Hilfe schreien. Jemand in Sidneys Haus würde mich sicher hören.*

Soll das ein Witz sein?, murmelt Ted. *Auf keinen Fall wird ihn jemand hören, nicht hier oben.*

Ich kann die Scheibe zerbrechen und aus dem Fenster springen.

Und dann?, spottet sein Vater. *Dann liegt er mit zwei gebrochenen Beinen in den Glasscherben oder in einem Rosenbusch? Das nenne ich mal eine Lose-Lose-Lose-Situation.*

Sam sieht sich im Zimmer um, bemerkt die Einzelheiten. Leuchtend blaue Wände, behängt mit großen abstrakten Gemälden. Ein weicher weißer Teppich. Geblümte Sofas. Zugegebenermaßen nicht der Stil, den Sam erwartet hatte. *Was tut Statler da?*, flüstert Teddy aus Freddy. *Er hat nur noch fünf Minuten, um sein Leben zu retten, und dann sitzt er da und denkt über Wandfarben nach.* Sam rollt weiter durch die Zimmer – durch ein formelles Esszimmer mit mauvefarbenen Wänden und einem großen Kronleuchter. Durch ein weiteres Wohnzimmer mit zwei Plüschsesseln vor dem Kamin. An der gegenüberliegenden Wand sieht er eine Schiebetür und rollt hinüber, um sie zu öffnen. Es ist eine Bibliothek. Eine ziemlich beeindruckende überdies. Mahagoniregale, die bis zur Decke reichen, eine verschiebbare Leiter auf Schienen. Es riecht hier wie in einer echten Bibliothek, einer seiner Lieblingsplätze als Kind. Er rollt auf die Regale zu und zieht ein Buch heraus. *Ein Baum wächst in Brooklyn*, erste Ausgabe.

Er stellt das Buch zurück und sucht nach einem Telefon. Er entdeckt eine Reihe gerahmter Fotos. Sie zeigen alle dieselbe Frau. Sie hat leuchtend rotes Haar und ein breites Lächeln; das muss VeeVee sein, die Mutter, von der Albert sprach. Hinter den Rahmen stehen billige violette Ordner, die gar nicht zu den edlen Büchern passen.

Tu's nicht, warnt ihn sein Vater. Sam spürt die Blicke der Menge auf sich. Alle wollen ihn davon abhalten, sich die Ordner anzusehen und weiter zu rollen, aber seine Neugier überwiegt. Er schiebt die Fotos zur Seite. Der Name Henry Rockford steht auf dem Rücken des ersten Ordners, und Sam zieht ihn heraus. Fotos in Plastikhüllen sind darin – zwei Männer, einer älter, einer jünger, die nebeneinander stehen, und Sam braucht einen Augenblick um zu begreifen, dass der jüngere Albert ist, der auf den Fotos in seinen Zwanzigern zu sein scheint. Sam blättert weiter und findet seitenweise Notizen. Krankheiten. Ein Stammbaum.

Sam schließt den Ordner und zieht einen anderen heraus. Lorraine Whittenger. Sie hat weißes Haar und ist auf einen Rollstuhl angewiesen, und auf diesen Fotos trägt Albert dieselbe Schürze mit dem aufgestickten Logo der Home Health Angels, die er auch trägt, wenn er zu Sam ins Zimmer kommt. Angelo Monticelli, Edith Voranger – Sam blättert weiter und begreift immer mehr. All diese Leute waren seine Patienten.

Linda Pennypiece.

Sam sieht den Namen auf dem letzten Ordner. Linda Pennypiece? Alberts «Freundin» aus Albany?

Er nimmt den Ordner heraus.

Fakten über Linda: eine Liste

- Sie liebt das Restaurant Olive Garden
- *Mary Tyler Moore*- und *Frasier*-Wiederholungen, um sie vor dem Schlafengehen nicht noch aufzuregen.
- Sie wird im März neunzig; eine Party organisieren!

Linda war eine Patientin.

Er blättert die Seiten um – Notizen über ihren Schlaganfall, über «Lindas berühmtes Salisbury-Steak-Rezept» – und gelangt zu einem Papier mit dem Siegel des Bezirks Albany, New York. «Einstweilige Verfügung zum Schutz gegen Stalking, verschärftes Stalking oder Belästigung. Linda Pennypiece gegen Albert Bitterman Junior.

«Sie, Albert Bitterman, die gegnerische Partei, sind hiermit in Kenntnis gesetzt, dass jegliche absichtliche Verletzung des Inhalts der einstweiligen Verfügung eine Gesetzesübertretung darstellt und zu sofortiger Festnahme führen kann.»

Ein Kontaktverbot.

Sam blättert um. «Home Health Angels, Inc.: Beendigung des Arbeitsverhältnisses. In diesem Schreiben bestätigen wir, dass Ihr Arbeitsverhältnis mit sofortiger Wirkung aufgelöst ist. Jeglicher Kontakt mit den Patienten oder den Mitarbeitern der Home Health Angels wird zur Anzeige gebracht.»

Mir gefällt überhaupt *nicht, wohin das hier führt.* Teddy aus Freddy senkt seine Stimme. *Und wenn ich Sam Statler wäre, würde ich ganz sicher nicht nachsehen, wessen Name auf dem letzten Ordner steht ...*

Dr. Sam Statler.

Sams Hände zittern, als er ihn herausholt und öffnet. «Zwanzig Fragen an Sam Statler.» Er blättert um und sieht eine Kopie des Flyers, den Sam damals unter seinem Scheibenwischer gefunden hatte.

Büroraum in historischem Haus zu vermieten,
perfekt für einen ruhigen Mieter.
Renovierung nach Geschmack ist möglich.
Rufen Sie Albert Bitterman an.

Sam blättert weiter. Dutzende Fotos von ihm selbst sind hier abgeheftet. Der Tag, an dem er unten einzog. Wie er zur Arbeit kam. Wie er am Ende seines Tages in sein Auto stieg. Er blättert und blättert, sieht gekritzelte Listen («*Worin ich Sam belo-*

gen habe»; «Gründe, aus denen ich trotz Sams schlechter Stimmung fröhlich sein kann»), die Rechnungen, die er unten in seinem Schreibtisch versteckt hatte, eine Excel-Tabelle, die Albert erstellt hat, in der Sams Schulden aufgelistet sind:

Visa: 36 588 $
Chase Sapphire Select: 73 211 $
Mortgage: 655 000 $

Als Nächstes folgen Seiten mit Notizen und Beobachtungen von Leuten mit merkwürdigen Namen:

Skinny Jeans
Die Nuschelzwillinge
Hacken-Holly

Sam überfliegt die Namen hastig. «Hacken-Holly ist seit sechzehn Jahren verheiratet. Sie ist Entwicklungsleiterin von Meadow Hills.» Das ist Holly Neumann. Seine Patientin. Das hier sind *alles* seine Patienten. In Sam steigt ein Kichern auf, als er begreift – Albert hat nicht nur hier oben gehockt und gelauscht, sondern sich auch unentwegt Notizen gemacht – und er fürchtet schon, in Lachen auszubrechen und nie wieder aufhören zu können, aber dann blättert er um.

Die Stadt sucht nach Sam Statler!

Treffpunkt bei Lucky Strikes um zehn Uhr! Zieht euch warm an!

Sie suchen nach ihm! Gerade jetzt vermutlich. Sam stellt sie sich vor, wie sie da draußen im Regen nach seinem Auto suchen – wo auch immer das Ding jetzt ist! Was bedeutet, dass es nur noch eine Frage der Zeit sein kann, bis sie ihn finden und …

VERMISSTER THERAPEUT AUS CHESTNUT HILL STECKTE ZUM ZEITPUNKT SEINES VERSCHWINDENS TIEF IN SCHULDEN.

Polizeichef Franklin Sheehy sagt, die Ermittler verfolgten weiterhin alle glaubwürdigen Hinweise, aber angesichts der neuen Informationen zu Statlers Schulden, die bei etwa 100 000 Dollar liegen sollen und vor seiner Frau verborgen wurden, zieht die Polizei stark die Möglichkeit in Erwägung, dass sein Verschwinden womöglich beabsichtigt war.

Nein.

Ihm ist übel, und doch blättert er weiter um. Ein Foto zeigt Margaret in ihrem Zimmer in Rushing Waters, Wange an Wange mit Albert.

Er hat Sams Mutter besucht.

Und jetzt geht es los, Leute, sagt Teddy. *Statler ist wieder in Bewegung.* Sam lässt den Ordner fallen und rollt durch die Schiebetür. Zurück im Wohnzimmer begutachtet er erneut das Panoramafenster und überlegt, ob es das Risiko wert wäre, einen Couchtisch durch die Scheibe zu schleudern und zu springen. Aber da kommt ihm eine Idee. Er dreht den Sessel um und rollt zurück in die Küche, zu der Wand, die von den Hängepflanzen verdeckt ist. Er reißt an ihnen, und ein Topf kracht auf den Boden. Ja! Er hatte recht. Hinter diesen Pflanzen ist eine Schiebetür. Er reißt einen Topf nach dem anderen zu Boden, bis der Teppich ganz mit Erde bedeckt ist.

Sieht ganz so aus, als hätte Statler einen Weg nach draußen ge-

funden, bemerkt sein Vater. Sam starrt die Schiebetür an, die auf eine kleine Steinterrasse hinausgeht. Er greift nach dem Schloss auf der Klinke. Er drückt darauf. *Es klappt*. Ein Schloss in diesem Haus, das sich tatsächlich öffnen lässt. Sam reißt die Tür auf. Er schaut in den Garten, atmet tief durch und lässt sich vom Sessel auf den Bauch fallen.

Ist das denn zu glauben? Er hat es geschafft, schnurrt Ted Statler, als Sam durch die Tür in den kalten und nassen Garten kriecht. *Vielleicht hatte ich doch unrecht. Vielleicht ist dieses Kind gar nicht so nutzlos, wie ich dachte.*

KAPITEL 42

Die hübsche Frau hinter der Bar wirft Annie das betont normale Lächeln eines Menschen zu, der so tut, als wüsste er nicht, dass sie diejenige ist, die mit dem heißen Typen verheiratet ist, der vermisst wird. Dessen Gesicht von den Vermisst-Flyern lächelt, die immer noch überall hängen. «Womit kann ich Ihnen dienen?», fragt sie und legt eine Karte vor Annie hin.

«Mit einem Job, der die Lebenshaltungskosten deckt. Und Sie könnten mir den Glauben an die Menschheit wiedergeben», antwortet Annie.

Die Frau zieht eine Grimasse. «Was glauben Sie denn, wo wir hier sind? In den Niederlanden?»

Annie lacht zum ersten Mal seit acht Tagen. «Einen Gin Martini mit fünf Oliven, bitte.» Sie schiebt die Karte weg. «Das zählt als Abendessen, oder?»

Annie schaut zu, wie sie ihren Drink mixt und das Glas vor sie stellt. Es fühlt sich kalt an unter ihren Fingern. «Auf unseren Hochzeitstag, Arschloch», flüstert Annie und prostet dem leeren Hocker neben sich zu. Sie nimmt einen tiefen Schluck und denkt wieder darüber nach: Das hier ist ein Teil der Jagd. Er spielt eine Rolle, die beschissenste bisher: den vermissten Ehemann. Sie stellt ihn sich vor, wie er vor dem Kamin in einem Airbnb in Saugerties, ihrer Lieblingsstadt in den Catskills, die Füße hochgelegt hat und die Situation genießt. Er hat im Diner gegessen, vor einem Wurstgulasch und einem Kaffee gesessen, der ihm gratis immer wieder aufgefüllt wurde, und die Artikel über sein Verschwinden gelesen. Vermutlich plant er jetzt gerade seine Rückkehr. Er wird völlig abgerissen und unrasiert, mit extra aufgetragenen Schmutzspuren im Gesicht die Tür aufreißen und rufen: «Liebling, weißt du was? Ich lebe noch!»

Er wird sich an den Küchentisch setzen und die Geschichte von seinem Erinnerungsverlust erzählen, den er sich durch einen Sturz vor acht Tagen zugezogen hat, an den er sich nicht erinnert. Er wird erzählen, wie er per Anhalter aus New Orleans nach Hause gefahren ist, mit einem Typen in einem Sattelzug, der die ganze Zeit Kette geraucht hat. Sie wird in Tränen ausbrechen und ihm sagen, wie sehr sie ihn vermisst hat, und der unausweichliche Sex wird so heiß sein, dass es ihr leidtun wird, dass ihr die Geschichte nicht selbst eingefallen ist.

Der Gin wärmt sie von innen, und sie ist sich natürlich dessen bewusst, dass es viel wahrscheinlicher ist, dass alles zwischen ihnen Teil der «Jagd» war, die ganze Sache, vom ersten Tag an. Sam war der unglaublich liebe und neugierige Mann, der entschlossen war, ihre Vorstellung von Liebe zu verändern, und sie war die blöde Kuh, die darauf hereinfiel. Das muss sie ihm lassen: Er hat sich *wirklich* auf die Rolle eingelassen und sie bei den verdammten *Brooks Brothers* von den Socken gehauen. Sie hatte gedacht, sie könnte vielleicht eine Nacht lang Spaß mit ihm haben, aber er überraschte sie. Er war geistreich und schlau, reflektiert auf eine Weise, die sie bei einem Mann noch nicht erlebt hatte.

Er hatte ihr schon nach sechs Monaten einen Antrag gemacht, als sie auf der Veranda des Bauernhauses saßen, das in seiner verschlafenen Heimatstadt zum Verkauf angeboten wurde. Er hatte das Wochenende im Haus seiner Mutter verbracht, ihre Sachen für den Umzug nach Rushing Waters gepackt und Annie dann angerufen, um ihr von dem Haus zu erzählen, das zum Verkauf stand. «In siebenundvierzig Minuten fährt ein

Zug hierher», sagte er. «Nimm ihn und schau dir das Haus mit mir zusammen an.»

«Ich wusste ja gar nicht, dass du auf der Suche nach einem Haus außerhalb bist», sagte sie.

«Ich nicht», versetzte er. «Aber wir. Vertrau mir.»

Drei Stunden später wartete er am Bahnhof im makellosen Toyota Corolla seiner Mutter, Baujahr 1999 auf sie. Er hatte zwei geeiste Kaffee und einen langen Kuss für sie. Sie befanden sich etwa zehn Fahrminuten außerhalb der Stadt, oben in den Hügeln, als er in die Einfahrt der Albemarle Road 119 einbog und eine lange Einfahrt hinauf zu einem weißen Bauernhaus mit vier Schlafzimmern fuhr. Es war unglaublich. Eine Pfosten-Riegel-Konstruktion. Fast zweieinhalb Hektar.

«Ich habe darüber nachgedacht», sagte Sam und setzte sich neben sie auf die Veranda, nachdem der Immobilienmakler ihnen alles gezeigt hatte. «Du könntest an der Uni unterrichten und eins der Bücher schreiben, die du schon im Kopf hast. Ich eröffne eine Privatpraxis und sorge dafür, dass es meiner Mom gutgeht. Mit dem Geld meines Dads, das sicher bald kommt, haben wir in den nächsten Jahren keine Probleme. Wir könnten hier ein Zuhause haben. Und wer weiß?», sagte er und knufft sie in die Schulter. «Vielleicht erzählt uns irgendwer, wie man Kinder macht.»

«Bist du verrückt?», sagte sie. «Ich kenne dich erst ein halbes Jahr.»

«Sechs Monate und einen Tag», verbesserte er sie. «Du hast es geschafft, Annie. Du erträgst mich länger, als du glaubtest, einen Mann ertragen zu können.» Er schlang die Arme um sie und drückte sie. «Ich wusste, dass du es schaffen würdest.» Dann ließ er sie los und zog einen dünnen Silberring aus seiner Brusttasche. «Wollen wir so weitermachen?»

Ihr Handy klingelt vor ihr auf dem Tresen, neben ihrem Martini. Es ist ihre Tante Therese, Maddies Mutter, die aus Frankreich anruft.

«Annie», sagt Therese, und sobald Annie ihre Stimme hört, bricht sie in Tränen aus. Die Stimme ihrer Tante klingt ganz genau wie die ihrer Mutter. Wenn Annie die Augen schließt, kann sie so tun, als wäre ihre Mom am anderen Ende der Verbindung. «Wie geht es dir, meine Süße?»

«Schrecklich», sagt Annie, und ihre Stimme bricht. «Ich verstehe einfach nicht, was los ist. Ich dachte, ich kenne ihn.»

«Ich weiß, meine Süße. Das dachten wir alle.»

Annie unterdrückt ein Schluchzen. Therese und Maddie waren überrascht, als Annie und Sam per FaceTime ihre Verlobung verkündet hatten – und dann so begeistert, dass sie mit Sams Hilfe schon am nächsten Wochenende in New York auftauchten, um Annie zu überraschen und die Verlobung mit einem Sieben-Gänge-Menü in einem kleinen italienischen Restaurant im East Village zu feiern.

«Annie. Ich will, dass du nach Hause kommst.» Thereses Stimme klingt fest. «Maddie wird das Restaurant ein paar Tage lang dem Manager überlassen und zum Haus kommen. Wir stehen das zusammen durch.»

Das Haus, kurz für das Haus mit den fünf Schlafzimmern auf der Olivenfarm, auf der Annies Mutter und Therese aufwuchsen. Das Haus, das sie gemeinsam nach dem Tod ihrer Eltern geerbt hatten. Hier hatten sich Therese, Maddie und ihr Onkel Nicolas nach der Beerdigung von Annies Eltern versammelt, hier hatte Annie sich drei Monate lang in Maddies Zimmer verkrochen, bevor sie an der Cornell anfing und das Haus ihrer Kindheit verkaufte.

«Ich kann nicht nach Hause kommen», sagt Annie und

drückt sich eine Serviette gegen die Augen. «Ich habe einen Job.»

«Du könntest ein paar Tage freinehmen», sagt Therese. «Sie verstehen es bestimmt.»

«Ich weiß, aber ...»

«Aber was?», fragt Therese.

«Aber was, wenn er kommt, und ich bin nicht da?», flüstert Annie. Sie weiß selbst, wie lächerlich das klingt. «Was, wenn sie ...»

«Oh, Annie.» Annie kann das Mitleid im Tonfall ihrer Tante hören. *Dummes kleines Mädchen, er kommt nicht mehr nach Hause. Die Polizei sucht kaum noch nach ihm.*

«Wenn das passiert, rufen sie dich sofort an, und dann steigst du ins nächste Flugzeug.»

Annie bemerkt eine Frau am anderen Ende des Tresens, die sie beobachtet. Sie wendet sich ab. «Ich denke darüber nach», sagt sie. «Danke, Therese.» Sie lässt ihr Handy in ihre Tasche fallen und trinkt ihr Glas leer.

Warum sollte sie nicht gehen? Hier nützt es niemandem etwas, wenn sie wie ein Zombie in ihren Seminaren erscheint und sich nicht konzentrieren kann. In Frankreich wird ihr Onkel Nicolas ihr ihre Lieblingsspeisen kochen und dafür sorgen, dass immer ein guter Roter auf dem Tisch steht; sie und Maddie werden sich so lange unterhalten, bis sie in dem großen Bett oben einschlafen, in dem Zimmer, das früher ihren Eltern gehörte.

Sie winkt dem Mädchen an der Bar nach der Rechnung, als jemand auf den Hocker neben ihr gleitet. Es ist die Frau vom anderen Ende des Tresens. Sie ist jünger, als Annie dachte – Anfang zwanzig vermutlich. «Harriet Eager vom *Daily Freeman*», sagt die Frau und streckt ihr die Hand hin. «Es tut mir sehr leid, was Sie da gerade durchmachen müssen.»

Annie übersieht ihre Hand und holt einen Zwanziger aus ihrem Portemonnaie. «Na ja, vielleicht geht es Ihnen ja besser, wenn Sie noch einen Artikel über die finanziellen Schwierigkeiten meines Ehemannes schreiben.» Sie lässt den Schein auf den Tresen fallen. «Wenn Sie mich fragen», fügt sie hinzu, «hätte ich gedacht, dass die Polizei diese Information dafür nutzt, meinem Mann zu helfen, und nicht, ihn dumm dastehen zu lassen.»

«Es war nicht die Polizei, die mir von den Schulden erzählt hat», sagt Harriet, als Annie schon auf dem Weg zur Tür ist.

Annie dreht sich um. «Was meinen Sie damit?»

«Ich meine, es war nicht die Polizei.»

«Na, und wer war es dann?»

Harriet zuckt die Achseln. «Es war ein Tipp. Ein Leser, der mir eine E-Mail geschickt hat. Er schrieb, es gebe das Gerücht, dass Ihr Mann hohe Schulden habe. Normalerweise kümmere ich mich um derlei Dinge nicht, aber diesmal rief ich Chief Sheehy an. Es ist überprüft.»

«Ein *Gerücht*? Es gab kein Gerücht. Warum sollte jemand so etwas tun?»

«Hobbyermittler», erwidert Harriet. «Passiert ständig. Amateurdetektive, die ganz heiß darauf sind, uns ihre Theorie zu erläutern. Ein Typ war am Anfang ganz besonders hartnäckig. Er sagte, er habe Beweise, dass Ihr Mann mit einer Patientin durchgebrannt sei.» Sie schüttelt den Kopf. «Da draußen sind wirklich schräge Typen unterwegs.»

Annies Kopf hämmert. «Ich muss jetzt gehen.» Sie schlängelt sich durch die Menge, die vor der Tür auf einen Tisch wartet, und läuft direkt in einen Mann, der gerade eintreten will.

«Entschuldigung», sagt er und nimmt ihren Ellenbogen, damit sie nicht schwankt. «Wie ungeschickt von mir. Geht es Ihnen gut?»

Er hat ergrauendes Haar, trägt eine leuchtend blaue Brille, und sie mag das Gefühl von seiner Hand auf ihrem Arm nicht.

«Ja», sagt sie und zieht den Arm weg. «Mir geht es gut.»

Sie schließt gerade ihr Auto auf, als das Handy in ihrer Tasche klingelt. Es ist Franklin Sheehy. «Guten Abend, Ms. Potter.» Sein Ton klingt ernst. «Wir müssen reden. Könnten Sie vielleicht zur Polizeiwache kommen?»

KAPITEL 43

Ich schaue Annie dabei zu, wie sie in ihrem Auto telefoniert. Armes Mädchen, so allein an diesem Tag. Sie und Sam feiern jede Woche den Tag, an dem sie geheiratet haben. Ich weiß das, weil ich Sams Terminkalender in meiner Bibliothek habe – «Annie, Drinks zur Feier unseres Hochzeitstages» steht da jeden Dienstag – und ich habe mir vorgestellt, wie süß sie aussehen, wenn sie mit ihren Gläsern voller überteuertem Alkohol miteinander anstoßen.

«Möchten Sie einen Tisch?» Eine junge Frau mustert mich hinter ihrem Stehtisch. Ihre Arme sind mit Tattoos übersät. Vermutlich rächt sie sich an ihren Eltern, indem sie ihren Körper verunstaltet.

«Nein, danke», sage ich und sehe, wie Annie aus ihrer Parklücke herausfährt. «Mir ist gerade eingefallen, dass ich noch woanders hinmuss.»

Mein eigenes Auto steht illegal auf dem Bankparkplatz. Ich starte den Motor, bewege mich aber nicht von der Stelle.

Sie tut mir furchtbar leid.

Ich weiß, dass ich es nicht kann, aber ich wünschte mir doch, dass ich ihr erzählen könnte, wie verwirrt Sam gestern bei der Happy Hour war. Er schien mir kaum zuzuhören, als ich ihm davon erzählte, wie ich einmal versucht hatte, Football zu spielen. Es war nicht leicht für mich, darüber zu sprechen. Ich war damals sieben und hatte meine Mutter angefleht, meinen Vater davon abzuhalten, mich zum Spielen zu zwingen, aber sie weigerte sich. Ich stand auf einer Linie auf dem Spielfeld, jemand gab mir den Football, und das Nächste, woran ich mich erinnern kann, ist, dass ein Junge aus meiner Schule, der dreimal so groß war wie ich, mich zu Boden stieß. Ich konnte nicht mehr atmen und war mir sicher, dass ich würde sterben müssen. Als ich endlich doch zu Atem kam, brach ich in Tränen aus, direkt auf dem Sanders Field, vor meinem Vater und der Hälfte der Männer von Wayne, Indiana. Und was sagte Sam, als ich mit der Geschichte fertig war? *Nichts.* Er starrte nur gegen die Wand, wirkte benommen, und dann, einfach so, fing er an von Annie zu sprechen, erzählte mir, wie sehr er sie liebe und wie sehr er sich Sorgen mache, dass es ihr vielleicht nicht gutgehe.

Aber auf mich wirkt es, als ginge es ihr gut. Vielleicht ist sie ein bisschen zu dünn, und die Ringe unter ihren Augen weisen darauf hin, dass sie nicht so gut schläft, wie sie sollte – aber es geht ihr immer noch gut genug, dass sie sich auftakelt und etwas trinken geht. Das sind doch gute Nachrichten.

Ich tätschele die Tasche mit den drei Dosen Zwiebelsuppe auf dem Beifahrersitz und setze den Wagen in Bewegung. Salisbury Steak wird Sam sicher aufheitern.

Der Regen glitzert vor meinen Scheinwerfern. Ich folge einem Truck mit dem Logo einer Klempnerei darauf die Main Street und an den Gleisen entlang. Der Typ vor mir ist so langsam, dass er vermutlich pro Stunde bezahlt wird. Ich lasse mein Fenster einen Zentimeter herunter, atme den schweren Geruch nach Holzrauch ein und biege in die Cherry Lane ab. Im Haus der Taube ist fast jedes Fenster erleuchtet; vermutlich hat sie ihr Interesse am Klimawandel schon wieder verloren und brennt fröhlich weiter fossile Brennstoffe ab. Ich nähere mich der Brücke, als ich etwas auf der Straße entdecke und eine Vollbremsung mache.

Nein. Bitte, mein Gott, nein.

Ich schalte den Motor aus und greife nach der Einkaufstasche auf dem Beifahrersitz. Dann steige ich aus dem Auto in den kalten, starken Regen. Es ist Sam. Er liegt mitten auf der Straße, sein Gesicht ist voller Dreck, die Ärmel des Sweatshirts, das ich ihm geliehen habe – Smith College, eines meiner Lieblingssweatshirts – ist schmutzig und zerrissen. «Nein, Albert», sagt er, und ich sehe, dass er weint. «Bitte. Ich bin schon so dicht dran.»

«Sam?» Ich packe meine Tüte fester und gehe auf ihn zu. «Wo willst du denn hin, Sam?»

«Nach Hause, Albert», sagt er. Im strömenden Regen ist sein Schluchzen kaum zu hören. «Bitte. Ich will doch nur nach Hause.»

«Nach Hause?» Ich hebe die Tüte über den Kopf. In meinem Hirn dreht sich alles, ich kann kaum noch deutlich sehen. «Aber du bist doch zu Hause, Sam.» Das Krachen der drei Dosen Zwiebelsuppe auf dem starken, perfekt geformten Kiefer ist lauter als erwartet. «Na komm», sage ich, als er zu meinen Füßen zusammensackt. «Wir essen gleich schön Salisbury Steak.»

KAPITEL 44

Franklin Sheehy wartet in seinem Auto auf Annie, als sie an der Polizeiwache ankommt. «Springen Sie rein», sagt er. «Lassen Sie uns ein wenig herumfahren.»

Sie zögert, steigt dann aber ein. Sheehy fährt auf der trostlosen Straße an den Gleisen entlang aus der Stadt hinaus. Drei schweigende Minuten später fahren sie auf den Parkplatz der Stor-Mor Self-Storage-Halle. «Bei dem ganzen Platz, den sie hier vermieten, sollte man denken, dass sie noch Platz für die zwei fehlenden *E*-s hätten haben sollen», hatte Annie zu Sam bei ihrem ersten Besuch in der Stadt gesagt, als sie im Corolla seiner Mutter auf diesem Parkplatz miteinander knutschten wie Schulkinder. Sie hatte ihn gebeten, ihm all die Orte zu zeigen, an denen ihr früher so umtriebiger junger Ehemann die naiven Mädchen von Chestnut Hill flachgelegt hatte.

Er hatte diesen Wunsch gerne erfüllt und sie zum verlassenen Autokino gefahren, zum Einkaufszentrum, zum Platz hinter Payless ShoeSource; und dann hierher, zum Stor-Mor-Lagerhaus, wo Annie und er miteinander fummelten und wo früher an diesem Nachmittag die Polizei Sams hübschen neuen Lexus völlig unbeschädigt in einer der Lagereinheiten gefunden hatte.

«Er hat ihn gegen achtzehn Uhr abgegeben, in der Nacht, in der er verschwand», informiert sie Sheehy, als sie vor Lagerraum 12 stehen und zusehen, wie ein Spurentechniker den Fahrersitz nach Spuren absucht.

«Warum sollte er das getan haben?», fragt sie wie betäubt.

«Damit die Polizei nach etwas sucht, was sie nicht finden kann.»

«Und wie haben Sie es dann gefunden?»

«Diese Lagerhalle wurde neulich mutwillig beschädigt, und der Manager hat sich das Material der Sicherheitskameras angeschaut. Sah, wie das Auto am Abend des Unwetters hineinfuhr, und erkannte es aus den Nachrichten wieder.»

Annie wendet sich Sheehy abrupt zu. «Gibt es Aufnahmen von ihm?»

Sheehy hält ihrem Blick stand. «Kommen Sie mit.»

Sie folgt ihm zu einem Gebäude, das an eine Holzhütte erinnert. Darin steht ein Metallschreibtisch mit drei Bildschirmen und leeren Styropor-Kaffeebechern darauf. Ein Polizist sitzt auf einem abgeschabten Bürostuhl auf Rollen in der Ecke und schaut auf sein Handy. Als er Sheehy sieht, schaltet er sofort das Display aus und lässt das Handy in seine Brusttasche fallen. «Chief.»

«Das hier ist Dr. Statlers Frau», sagt Sheehy. «Würden Sie ihr bitte die Aufnahmen zeigen.»

Der Polizist rollt zum Schreibtisch und dreht einen der Bildschirme so, dass Annie ihn sehen kann. Sie sieht ein verschwommenes Standbild von einem Auto, das sich in Bewegung setzt, als der Polizist auf die Tastatur drückt. Es ist Sams Lexus, und er fährt in Lagerraum 12. Ein paar Momente später erscheint eine Gestalt. Ein Mann. Er steht mit dem Rücken zur Kamera, schiebt die Tür wieder zu und zieht dann einen Schirm unter seinem Arm hervor, den er öffnet. Sein Gesicht ist vom Schirm verdeckt, als er sich wieder der Kamera zuwendet, und der Polizist hält die Aufnahme an. «Das ist die beste Aufnahme, die wir haben», sagt er.

«Können Sie sie größer ziehen?», bittet Annie. Der Polizist

zoomt heran und steht dann auf, um Annie seinen Stuhl anzubieten. Sie setzt sich hin und beugt sich ganz nah zum Bildschirm. Ihr Herz schmerzt, als sie das Jackett wiedererkennt. Ein klassischer Schurwollblazer von Brooks Brothers in Marineblau. Der, den sie für ihn ausgesucht hat. Der, den er in seiner Praxis hängen hat.

«Können Sie bestätigen, dass es sich hier um Ihren Mann handelt?», fragt Sheehy. Sie nickt, unfähig, auch nur ein Wort zu sagen.

Sheehy seufzt tief. «Tut mir leid, Annie. Ich weiß, dass das nicht leicht ist.»

Der Raum kommt ihr plötzlich viel zu eng vor. «Könnten Sie mich nach Hause bringen?»

«Natürlich. Ich sag nur eben meinem Sergeant Bescheid.»

Sie steht auf und geht hinaus. Zwei Männer in Nylon-Jacken stehen am Tor und zünden sich mit einem gemeinsamen Streichholz die Zigaretten an. «Ich kannte den Vater von diesem Typen», sagt der eine, als sie vorbeigeht. «Stimmt schon, was man so sagt. Wie der Vater, so der Sohn.»

KAPITEL 45

Etwas summt in Sams Ohr, und der öffnet die Augen. Es ist stockdunkel und kalt.

Er ist auf allen vieren, mitten auf der Straße, direkt hinter der Brücke. Er kann von hier aus Sidney Pigeons Haus sehen, dreißig Meter entfernt. Oben brennt ein Licht, und eine Gestalt steht am Fenster.

Sam blinzelt und erkennt buschige braune Locken unter einer Baseballkappe. Das Fenster ist offen, und er winkt Sam zu. «Du siehst mich!», schreit Sam und winkt begeistert zurück. «Ich bin's! Sam Statler!» Er beginnt gackernd zu lachen und wartet, dass der Junge die Treppe hinunter und in Sidneys Wohnzimmer herunterläuft, damit einer der Erwachsenen dort den Notruf anruft. Aber der Junge tut das nicht. Stattdessen winkt er weiter, und plötzlich begreift Sam, dass er das falsch verstanden hat. Der Junge winkt ihm nicht; er sieht ihn nicht einmal. Er wedelt den Rauch von seinem Joint hinaus und schließt dann das Fenster, schaltet das Licht aus und verschwindet.

Sam rollt sich auf den Rücken. Er hat den säuerlichen Geschmack von Blut in seinem Mund. Scheinwerfer nähern sich dem Hügel; ein Auto kommt. Das ist bestimmt Sidney auf dem Weg zurück vom Gym. Sie wird aus ihrem Minivan herausspringen und ihn fragen, was um Himmels willen er bei diesem Wetter auf der Straße macht …

Die Motten stürzen sich wieder auf ihn. Er öffnet die Augen. Galle steigt in ihm hoch, als er sich an den Stoß gegen sein Gesicht erinnert und begreift, dass er nicht draußen ist. Er ist wieder im Haus, eingeschlossen in diesem Zimmer. Er setzt sich auf und tastet sich an der Wand entlang, bis seine Finger die Tür fühlen. «Komm raus, komm raus, wo auch immer du bist», krächzt er. Seine Kehle ist wund, und sein Mund bringt ihn fast um; er tastet seine Wange ab und fühlt eine tiefe Wunde. «Es ist Zeit, meine Kleider zu wechseln und mich zu rasieren, Albert. Du willst ja wohl nicht, dass ich Home Health Angels anrufe und berichte, dass du den ersten Grundsatz im beschissenen Angestellten-Handbuch verletzt hast – ‹Wer gut aussieht, fühlt sich auch gut!› Oder, du geisteskranker kleiner Scheißer?»

Endlich findet er den Lichtschalter. Das grelle Licht blendet ihn kurz, aber dann kann er den Nebel abschütteln und sieht seine Kleider, die Wände um ihn herum, die Kistenstapel zu seinen Füßen.

Er lag falsch. Er ist nicht in dem Zimmer. Er ist im Schrank.

In Reichweite ist eine Tür, und er beugt sich vor, um nach der Klinke zu greifen. Sie öffnet sich, und das Licht ergießt sich auf das Bett mit der Patchworkdecke und seinen Sessel. Sam lehnt sich wieder zurück. Das ist der Schrank in seinem Zimmer. Er sieht sich die Kisten genauer an. Es sind mindestens zwei Dutzend, die ordentlich an der Wand gestapelt sind. «Agatha Lawrence» steht in leserlicher Schrift auf jeder einzelnen.

Agatha Lawrence. Die Frau, die in diesem Zimmer starb.

Sam setzt sich mühsam auf, wobei ein Schmerz seinen Rücken durchzuckt. Er greift nach der obersten Kiste und zieht daran. Sie landet auf seinen Gipsverbänden, ihr Inhalt ergießt sich auf den Fußboden. Er wartet und lauscht. Es ist ganz still. Er nimmt ein dickes schwarzes Buch auf und dreht es um. *Charles Lawrence, 1905–1991.* Darin ist ein Schwarzweißfoto von einem jungen Paar und zwei kleinen Jungen, die auf der Veranda vor dem Lawrence House posieren.

Er unterdrückt einen Lachanfall. *Warum hat er mich in den Schrank gesperrt? Hmmm, mal sehen.* Es ist Annies Stimme, die sich durch den Schmerz in seinem verwirrten Hirn kämpft. *Er hat dich in einen Schrank zu den Kisten einer toten Frau gesperrt. Vielleicht, weil er ...* Sie verstummt und wartet, dass er etwas sagt. *Na komm, du Esel. Denk nach.*

«Weil er will, dass ich hineinsehe?», sagt Sam.

Annie schweigt.

Sam lässt das Buch fallen und wühlt sich hastig durch den Rest der Papiere, die auf dem Boden des Schranks verstreut liegen – die originalen Architekturskizzen, Zeitungsausschnitte aus den 1930ern über die Gründung von Lawrence Chemical, Briefe, die von einem Schiff der Marine im Pazifik geschickt worden waren. In den anderen Kisten findet er Rechnungen, Kontoauszüge, Rentenbescheide. Ein Foto fällt aus einer Kiste heraus: ein Teenager-Mädchen mit leuchtend rotem Haar. Sie trägt eine Strickjacke und Jeans, zwischen den Fingern eine Zigarette, und Sam erkennt sie sofort – dieses flammend rote Haar – als die Frau auf den gerahmten Fotos in Alberts Bibliothek. Das war nicht Alberts Mutter, wie Sam vermutet hatte. Es war diese Frau, Agatha Lawrence.

Er wendet sich wieder der Kiste zu, aus der das Foto gefallen ist, und findet eine kleine rechteckige Schachtel, in der zwei ordentliche Reihen geöffneter gelber Umschläge stecken. Sam nimmt einen und zieht den Brief heraus.

23. August 1969

Hallo, mein Schöner,
heute Morgen bin ich in Princeton angekommen. Es ist genauso aufgeblasen und wichtigtuerisch, wie ich es mir vorgestellt

habe. Meine Eltern haben darauf bestanden, mich hinzubringen, und ich konnte es kaum erwarten, bis sie endlich wieder weg waren – ich bin begeistert von der Aussicht, dass ich jetzt mindestens drei Monate lang nicht mehr mit ihnen sprechen muss. Auf Wiedersehen, Familie, und tschüss! Auf dem Campus wimmelt es von Fernsehkameras. Die Journalisten wollen unbedingt wissen, wie es für uns ist, als erste Frauen zum Studium auf dieser Universität zugelassen zu sein. Der Dekan hat für uns 101 Frauen einen Empfang organisiert. Wir tranken drinnen Wein, und draußen protestierte eine Menge fieser Männer, die Schilder hochhielten, auf denen stand «Holt das alte Princeton zurück.» Die Armen, die haben absolut keine Chance, flachgelegt zu werden.

Sam faltet das vergilbte Papier wieder zusammen und steckt es zurück in seinen Umschlag. Dann blättert er zum ersten Brief.

24. Juli 1968, Chicago.

Hallo, mein Schöner…

Er lässt sich gegen die Wand sinken und versucht, das Hämmern in seinem Kopf und das flaue Gefühl in seinem Bauch nicht zu beachten. Dann beginnt er zu lesen.

KAPITEL 46

Ich ziehe die Vorhänge mit zittrigen Händen auf und riskiere einen Blick hinunter in den Garten. *Gott sei Dank.* Die Geier sind fort.

Drei von ihnen («Journalisten») haben sich hier seit gestern Abend herumgedrückt, als die Öffentlichkeit erfuhr, dass Sams Auto in der Stor-Mor-Lagerhalle an der Route 9 entdeckt worden war. Diese Unverschämtheit, einfach in meiner Einfahrt zu parken, meinen Rasen mit ihren Schuhen aufzureißen und ihre monströsen Kameras auf mein Haus zu richten! «Atmo-Material». Das hat einer von ihnen heute Morgen zu den anderen gesagt, als ich mich in meinem Schlafzimmer verbarrikadierte und darauf wartete, dass sie endlich verschwänden. Das taten sie schließlich, aber erst bekamen sie noch ihr Bildmaterial und unterhielten sich dabei die ganze Zeit laut darüber, wie zum Teufel das Auto von diesem Typen in die Lagerhalle geraten war.

Das kann ich euch genau sagen, Geier: Ich habe den Zweitschlüssel genommen, den ich mir heimlich habe anfertigen lassen, bin am Morgen nach dem Unwetter in Sams Büro gegangen, und als ich ihn dort auf dem Boden sah und mich erinnerte, was ich getan hatte – dass ich ihm gefolgt und ihn mit der Schaufel niedergeschlagen hatte –, geriet ich in Panik. Ich zog ein Paar Latexhandschuhe über und benutzte die Visakarte aus seiner Brieftasche, um online einen Account zu eröffnen. Ich schloss ihn in seiner Praxis ein und fuhr selbst zu Stor-Mor. Ich ließ mich mit der PIN-Nummer hinein, die an sein Handy geschickt wurde, das ich wiederum aus seiner Jackentasche gefischt hatte. Danach ging ich im eiskalten Regen wieder nach Hause, durch die verlassenen Straßen. Und ich hatte keine Ahnung, was ich tun sollte.

Aber dann brachte mich Annie auf Stephen King, und ganz plötzlich wusste ich *haargenau*, was ich zu tun hatte: Sam selbst wieder gesund zu pflegen und alles wiedergutzumachen.

Es wäre auch alles gut gewesen, wenn Sam nicht beschlossen hätte, das Schloss zu knacken und meine persönlichen Habseligkeiten zu durchsuchen, besonders meine violetten Ordner. Jeder Mensch hat schließlich ein Recht auf Privatsphäre.

Ich weiß, dass er es getan hat. Der Beweis war da, in all dem Chaos, das ich hinter ihm aufräumen musste. Ordner, die mitten durchgerissen waren, herausgerissene Schubladen, die einstweilige Verfügung, die Lindas Sohn beantragt hatte – alles lag zusammen auf einem Haufen auf dem Boden. Wenn er mich nur gelassen hätte, hätte ich ihm alles erklärt.

Es ist ganz einfach. Linda und ich waren *Freunde*, und sie fand es schön, wenn ich bei ihr war. Es war nur dieser Blödmann von einem Sohn, der die Dinge zu etwas verdrehte, was sie nicht waren, der etwas Unangemessenes an unserer Beziehung fand. Ich wusste vom ersten Tag an, dass er mich nicht mochte – er nannte mich immer Schwester Nightingale, was ich überhaupt nicht verstand, bis ich es nachschlug. Aber es war auch egal, was er dachte, weil ich ja nicht angestellt war, um mich um *Hank* zu kümmern. Ich war angestellt, um mich um seine Mutter zu kümmern, von 18 Uhr bis 9 Uhr morgens, vier Nächte die Woche. Linda Pennypiece, der freundlichste Mensch der Welt.

Sie hatte drei Monate zuvor einen Schlaganfall erlitten, im Alter von neunundachtzig. Sie konnte nicht mehr sprechen, aber ich sah in ihren Augen, wie sehr sie unsere gemeinsame

Zeit genoss. In den Nächten, in denen sie nicht schlafen konnte, blieben wir lange auf und schauten Wiederholungen der Mary Tyler Moore Show. Ich gab ihr die Päckchen mit den Kellogg's Cornflakes, die die Agentur allen Mitarbeitern kostenlos zur Verfügung stellte, die Nachtschichten übernahmen. Sie starrte schweigend in den Fernseher, aber ich spürte die Freude, die ihr unsere gemeinsame Zeit machte. Bis *Hank* auftauchte und alles kaputtmachte. Ich schlucke meinen Ekel herunter und erinnere mich daran, wie er in die Küche kam, als ich in Lindas Morgenmantel am Herd stand und Rührei machte. Eine Stunde später war ich schon gefeuert.

Siehst du, Sam, hätte ich gesagt. Ich sagte ja, dass es dafür eine gute Erklärung gibt. Genauso, wie es eine gute Erklärung für die andere große Frage gibt, die vermutlich in deinem Kopf ist. Wie ich dazu komme, einen Ordner voller Fakten über dich zu füllen? Nur ein Wort: Schicksal.

Der Moment, in dem das Schicksal für uns entschieden hat: eine Liste mit nur einem Punkt.

Die Bäckerei, kurz vor der Mittagszeit, der erste Dienstag im April. Ich war in der Kabine in der Männertoilette und fragte mich, ob ich mich über den Tee beschweren sollte, der nicht heiß genug gewesen war, und du standest draußen am Waschbecken und sprachst am Handy darüber, dass du deinen Traum von den perfekten Praxisräumen wohl würdest begraben müssen. Ich hörte mir alles an – in den Räumen, die du dir gerade angesehen hattest, roch es nach Marihuana, und der Makler hatte dir sonst nichts zeigen können. Du sagtest, du wärst gerade auf dem Weg, deine Mutter zu besuchen, und erst als ich die Tür öffnete, wusste ich, dass *du* es warst – Dr. Sam Statler, der brillante Therapeut von dem «Zwanzig Fragen»-Profil, das ich in der Lokalzeitung gelesen hatte, dessen Arbeit ich so gern las. Ich hatte nichts anderes zu tun, also folgte ich dir in meinem Auto, den Hügel hinauf zu Rushing Waters. Ich fuhr immer wieder um den Parkplatz herum, während du in deinem Luxusauto saßest, und da kam mir in einem göttlichen Moment die Idee: *Ich* könnte dir die perfekten Praxisräume vermieten.

Warum ich das tun sollte, fragst du? Weil ich ein netter Kerl bin. Weil mir die Menschen wichtig sind, Sam, und ich schätze deine Arbeit, in der du anderen hilfst, die Traumata ihrer Kindheit zu verstehen.

Sogar so sehr, dass ich nach Hause fuhr und einen Flyer machte. Ich brauchte nur eine halbe Stunde, dann hatte ich schon dein Auto gefunden, das hinter der Bank geparkt stand, und steckte den Flyer hinter die Scheibenwischer. Und siehe da, du riefst nur wenige Minuten später an.

Und ich habe alles getan, was du wolltest, Sam. Professionelles Licht. Eine Toilette, die automatisch spült. *Bio*-Farbe. Ich tat sogar das, was du nicht schafftest: Ich besuchte deine Mutter. (Jeder mit zwei gesunden Augen und einem Feldstecher hätte bemerken können, dass du die Pflegeeinrichtung kurz nach deinem Umzug in die Stadt nicht mehr betreten hast.) Auf ihrer Website kann man sich als Freiwilliger bewerben, und Bingo! Es klang lustig. Ich weiß, dass sie mich dort nicht mögen. Ich sehe, wie mich die Leute ansehen, weiß, dass sie die Vorschläge ignorieren, die ich im Kummerkasten hinterlasse, aber das ist mir egal, Sam. Denn ich habe deine Mutter nicht zwei Mal die Woche zum Bingospielen mitgenommen, um ihnen zu gefallen. Ich habe es getan, um *dir* zu helfen.

Aber das alles kann ich Sam nicht sagen, denn das letzte Mal, dass ich ihn gesehen habe, war gestern, als ich seinen leblosen Körper in den Schrank gezerrt habe, weil der erste Journalist auftauchte. Ich hatte Angst, er könnte aufwachen und zu schreien beginnen, und jemand könnte ihn hören. Ich habe solche Gewissensbisse, dass ich es nicht über mich bringen kann, dorthin zu gehen.

Ich weiß, dass mich ein warmes Bad entspannen wird. Ich suche gerade nach Agatha Lawrences Badesalzen, die ich im Schrank gesehen habe, als ich ein Summen irgendwo im Haus höre. Es kommt nicht aus dem Schlafzimmer oder dem Flur; als ich vorsichtig die Stufen hinuntergehe, wird das Geräusch lauter, je näher ich der Küche komme. Schließlich gehe ich durch den Flur zu Sams Zimmer.

«Gut, du bist zu Hause.» Sams Stimme hinter der Tür ist erstaunlich fest. «Komm rein. Ich brauche etwas von dir.» Zögerlich gehe ich zurück zur Küche, um den Schlüssel zu holen, der in meiner Schürzentasche steckt. Er sitzt in seinem Sessel, als ich meinen Kopf hineinstecke, und schreibt in seinem Notizbuch. «Komm rein», sagt er und winkt mich hinein. Dann greift er nach der Uhr auf dem Tisch neben ihm und stellt sie leise.

«Was brauchst du denn?», frage ich nervös.

«Deine Hilfe.» Ich schäme mich, als er hochschaut und ich die Platzwunde an seiner Lippe und das geschwollene Jochbein links sehe. «Mit einem Patienten.»

«Einem Patienten?», wiederhole ich verwirrt. «Ich verstehe nicht …»

«Ich erkläre es dir später.» Er wendet sich wieder seinem Notizbuch zu. «Das hier ist ziemlich dringend. Hier …» Er reißt die Seite aus seinem Buch und hält sie mir hin. «Sieh es dir an.»

Ich gehe langsam zu ihm und nehme ihm das Blatt aus der Hand.

«Ich habe dir hier aufgeschrieben, was ich von der Patientengeschichte weiß, eine Liste der gegenwärtigen Probleme und meine Vermutung, wie die Diagnose lautet. Ich hätte gern, dass du meine Arbeit überprüfst.»

«Deine Arbeit überprüfen», wiederhole ich vorsichtig. Das muss doch ein gemeiner Scherz sein. «Warum?»

Er zögert einen Moment, lässt dann seinen Stift sinken und faltet die Hände im Schoß. «Diese Lauscherei am Lüftungsschlitz hat sich ausgezahlt, Albert. Ich habe mir die Notizen angesehen, die du dir über meine Patienten gemacht hast, in diesem violetten Ordner. Ich habe es schon einmal gesagt und ich sage es wieder: Du hast ein Talent für diese Arbeit.»

«Wirklich?»

«Ja. Ich bin beeindruckt. Ich möchte noch ein paar andere Dinge in diesen Ordnern mit dir besprechen, aber zunächst brauche ich deine Hilfe hiermit.» Er nickt in Richtung des Blattes in meiner Hand. «Das ist ein alter Fall – er quält mich schon seit einer ganzen Weile. Ich könnte deine Hilfe gebrauchen, wenn es dir nichts ausmacht.»

Ich überfliege seine Notizen. «Das macht mir überhaupt nichts aus», murmele ich. «Ich fühle mich sogar geehrt.»

«Gut. Und ich hätte gern bald Abendessen. Dieses Salisbury Steak, wenn es geht. Und bitte, Albert, diesmal richtiges Besteck.»

«Ja, Sam. Was immer du willst.»

«Danke, und ich zöge es vor, wenn du mich ordentlich anredetest.» Er nimmt seinen Stift. «Es heißt Dr. Statler.»

Ich nickte und wende mich gehorsam zur Tür. «Natürlich. Ich bereite Ihr Essen zu und mache mich dann sofort an die Arbeit.»

KAPITEL 47

Warum sollte ein Mann seiner Frau eine Textnachricht schicken, dass er auf dem Heimweg ist, und sein Auto dann in einem Lagerhaus verstecken?», sagt Annie ins Telefon. Sie sitzt auf dem Fußboden von Margarets Zimmer, mit dem Rücken gegen die Wand gelehnt, und trinkt aus einer Flasche Miller High-Life-Bier. So weit ist es schon mit ihr gekommen. Es ist noch nicht einmal zehn Uhr vormittags, sie trinkt schon ein warmes Bier, das sie aus dem Speisesaal eines Pflegeheims gestohlen hat, und bittet Siri um eine Erklärung dafür, warum ihr ihr Ehemann erst eine Textnachricht geschickt und sein Auto dann in der Stor-Mor Self-Storage-Halle an der Route 9 untergebracht hat, zehn Minuten von seiner Praxis entfernt.

«Ich habe das hier im Internet gefunden.»

Annie scrollt durch die Ergebnisse.

Wie man sein Auto für die Langzeitlagerung bei Edmunds vorbereitet.

Wie lautet eure Story über den Ex aus der Hölle (und wie verhindert man, dass man auf seine Anrufe eingeht!)?

Dieser letzte Eintrag ist vor zwei Jahren gepostet worden, auf dem Blog einer Frau namens Misty.

Annie trinkt noch einen Schluck Bier und fragt sich, was Misty wohl zu sagen hat. Vielleicht glaubt Misty genau wie Franklin Sheehy, dass Sam ihr eine Nachricht geschickt und sein Auto dann in die Halle gefahren hat, weil er die Sorte Mann ist, der abhaut, wenn Schwierigkeiten auftauchen, womit er dann bestätigen würde, dass der Apfel tatsächlich nicht weit vom

Stamm fällt. Und vielleicht wird Misty auch noch die andere Meinung wiederholen, die Franklin Sheehy heute Morgen in der Zeitung geäußert hat: Die Polizei kann da nicht viel machen.

> «Das zeigt eine gewisse Planung und ist eindeutig das Werk eines raffinierten Geistes», sagte Polizeichef Franklin Sheehy. «Da lässt sich nur mehr vermuten, dass Dr. Sam Statler nicht gefunden werden will.»

Sie scrollt erneut durch die Suchergebnisse, als das Handy in ihrer Hand klingelt. Es ist Dr. Elisabeth Mitchell, ihre Dekanin.

«Ich habe Ihre Nachricht bekommen, Annie. Ist alles in Ordnung?»

«Ich habe über Ihr Angebot nachgedacht, eine Weile freizunehmen», sagt Annie. «Und ich würde es gern annehmen.»

Dr. Mitchell schweigt einen Moment. «Es tut mir sehr leid, was Sie gerade durchmachen müssen, Annie. Wann möchten Sie denn Ihre Auszeit beginnen?»

«Sofort?», fragt Annie. «Ich habe ein paar E-Mails verschickt und die anderen im Fachbereich gefragt, ob sie meine Seminare übernehmen können, und ich hoffe …»

«Machen Sie sich über Ihr Seminar keine Sorgen», sagt Dr. Mitchell. «Ich werde die Studenten selbst unterrichten. Und wir können Ihre Gastprofessur weiterführen, wenn Sie wieder zurück sind.»

Annie dankt ihr und beendet die Verbindung. Sie weiß, dass es unwahrscheinlich ist, dass sie zurückkommt. Wofür auch? Für ein Leben in Chestnut Hill, allein in diesem Haus? Bevor sie noch überlegen kann, ob ihre Entscheidung richtig war, öffnet sie ihren E-Mail-Account und die Nachricht, die gestern Abend von ihrer Tante und ihrem Onkel angekommen ist.

Wir haben dir ein Flugticket nach Paris reserviert, schreibt ihr Onkel. Der Flug geht in zwei Tagen, sodass du vorher noch das Nötige regeln kannst. Maddie wird dich abholen. Du kannst bleiben, solange du willst. Sag nur ein Wort, dann kaufen wir das Ticket.

Danke, tippt Annie. Ich komme gern.

Sie tippt auf Senden und trinkt den Rest aus der Bierflasche. Die Tür öffnet sich. Sie hat erwartet, dass es Margaret ist, die vom Friseur zurückkommt, der jede Woche kommt, aber es ist Josephine mit einem Korb voller Wäsche. «Annie», sagt sie, als sie Annie mit der Bierflasche auf dem Boden sitzen sieht. «Was tun Sie da?»

«Mein Leben genießen», erwidert Annie.

Josephine kichert. «Gut für Sie.» Sie zeigt ihr den Wäschekorb. «Ich wollte Margarets Wäsche zusammenlegen, aber ich kann auch später zurückkommen.»

«Ich mache das», sagt Annie und steht auf. «Ich kann ein bisschen Ablenkung gut gebrauchen.»

Josephine hält inne und wirft Annie einen Blick zu, der sagt *Ich habe den Zeitungsartikel über das Verschwinden Ihres Mannes gelesen und weiß jetzt nicht, was ich sagen soll.* «Wie halten Sie sich denn?», fragt sie.

«Abgesehen davon, dass ich morgens schon warmes Bier trinke, ganz gut», sagt Annie und stellt die leere Flasche auf den Tisch. «Ich reise morgen ab und bleibe eine Weile. Ich bin eigentlich gekommen, um das Margaret zu sagen.» Annie legt die Wäsche aufs Bett. «Um ehrlich zu sein, geht es mir dabei nicht so gut. Dann kommt sie niemand mehr besuchen.»

«Sie überlebt das schon, Annie», sagt Josephine und greift nach ihrem Korb. «Alle hier mögen sie, und zweimal die Woche kommt dieser Freiwillige und fährt mit ihr zum Bingo. Wir nennen ihn alle ihren Freund.» Sie drückt Annies Arm auf dem Weg hinaus. «Wir passen gut auf sie auf, das verspreche ich.»

Fünf Minuten später beschäftigt sich Annie damit, Margarets Badezimmer aufzuräumen, und Josephines Worte gehen ihr durch den Kopf. Irgendetwas nagt an ihr. Sie schließt das Medizinschränkchen und verlässt das Zimmer. Im Flur ist es ganz ruhig, und eine junge Frau, die Annie nicht kennt, sitzt an der Rezeption. «Kann ich Ihnen helfen?», sagt sie heiter.

«Ja», sagt Annie. «Josephine hat gesagt, dass meine Stiefmutter Margaret Statler regelmäßig Besuch von einem Freiwilligen bekommt. Ich wusste das nicht und bin neugierig, wer das wohl ist.»

«Natürlich.» Das Mädchen tippt auf ihrer Tastatur. «Oh», sagt sie und verdreht die Augen. «Sie meinen Albert Bitterman.»

Sie beugt sich vor und senkt die Stimme. «Unter uns, dieser Typ ist wirklich schrecklich.»

KAPITEL 48

Sam schneidet das letzte Stück zähes, geschmackloses Fleisch und lauscht auf die Geräusche, die Albert im Haus macht. Er kaut langsam. Sein geschwollener Kiefer pocht, und er stellt sich vor, wie es sich wohl anfühlen wird, in seinem eigenen Bett zu schlafen. Er kann seine erste Dusche schon fühlen, den starken Strahl heißen Wassers aus dem Kohler-Real-Rain-Duschkopf, den er sich gegönnt hat, wie ein Mann es tut, der zwei Millionen Dollar zu erwarten hat. Annie steht neben ihm und schäumt Pantene-Shampoo in ihr Haar – dasselbe Shampoo, das ihre Mutter immer benutzte, mit einem Duft, der so sehr seine Frau ist.

«Du hast ja ganz schön lange gebraucht, um es zu kapieren», sagt sie und schleudert ihm mit den Haaren Schaum ins Gesicht. «Es lag doch die ganze Zeit auf der Hand. Er wollte dich nicht umbringen. Er wollte deine Hilfe.»

«Du hast wieder einmal recht, meine kluge Frau», flüstert Sam. Er leckt das Steakmesser ab und hält es ans Licht. «Und keine Sorge, Albert, denn die Hilfe kommt.»

* * *

Alberts Klopfen ertönt fast gegen Mitternacht, und Sam ist bereit. Er setzt sich auf und stellt den Alarm auf fünfundvierzig Minuten. *Los geht's.*

Albert hat sich das Haar mit Gel zurückgestrichen. Er trägt ein Notizbuch unter dem Arm.

«Bist du fertig?», fragt Sam.

«Ja», antwortet Albert. «Es tut mir so leid, Sie nachts stören zu müssen, aber Sie sagten, es sei dringend.»

«Das ist es auch.» Sam winkt ihn herein. «Setz dich. Ich will unbedingt hören, was du gefunden hast.» Albert lässt den Schlüssel vorn in seine gebügelten Khaki-Hosen gleiten und setzt sich auf die Bettkante, wobei er den Blick auf seine Schuhe gerichtet hält, glänzend schwarze Slipper. Sam schweigt und mustert Alberts Körperhaltung. Er hat die Hände im Schoß gefaltet und die Zähne zusammengebissen. «Dann mal los», sagt Sam.

«Im Ganzen», beginnt Albert, «bin ich vollkommen mit der Diagnose einverstanden, die Sie bei diesem Patienten gestellt haben. Was wir hier sehen, ist ein Beispiel für einen Erwachsenen mit einer Bindungsstörung, ein Fall wie aus dem Lehrbuch. Tatsächlich würde ich sogar noch ein wenig spezifischer sein wollen und sagen, dass er einige Merkmale des ängstlich-präokkupierten Erwachsenen aufweist.»

«Wirklich?» Sam seufzt und tut so, als wäre er vollkommen erleichtert. «Gut. Dann sprechen wir es jetzt durch. Von Anfang an.»

«Also gut.» Albert öffnet sein Notizbuch. «Wie Sie wissen, wird jedes Baby mit dem primitiven Drang geboren, seine Bedürfnisse von seinen Bezugspersonen, normalerweise seinen Eltern, erfüllt zu bekommen, weil es sonst nicht überleben kann. Das nennt man Bindungstheorie. Kinder, die sich sicher fühlen, entwickeln eine sichere Bindung an sie. Diejenigen, die das, wie unser Patient, nicht konnten, entwickeln unsichere Bindungen. Als Erwachsene neigen sie dazu, besonders ängstlich zu sein, ein negatives Selbstbild zu haben und impulsiv zu reagieren. Sie leben mit der Angst vor Zurückweisung, die so tief sein kann, dass sie sie lähmt. Das hat später einen starken Einfluss auf die Beziehungen, die sie als Erwachsene aufbauen.»

«In welcher Hinsicht?», fragt Sam.

«Ich habe da mal eine Liste erstellt.» Albert holt ein Blatt Papier aus seinem Notizbuch. «Soll ich es vorlesen?»

«Bitte.»

«Erstens: ängstlich-präokkupierte Erwachsene verhalten sich auf eine Weise, die verzweifelt und unsicher wirken kann, teilweise auch kontrollierend», liest er. «Zweitens: Weil sie als Kind keine Sicherheit erfahren haben, fordern diese Erwachsenen ständig die Versicherung, dass sie für ihren Partner etwas Besonderes sind. So wollen sie ihre Angst lindern. Drittens: Sie glauben, dass ihr Partner sie ‹retten› oder ‹komplettieren› müsse, ein Wunsch, den ein anderer Mensch natürlich nicht erfüllen kann.» Er legt das Blatt Papier auf seinen Schoß. «Wie Sie sehen können, stoßen ihre verzweifelten Handlungen den Partner fort, obwohl sie Nähe und Sicherheit suchen.» Albert runzelt die Stirn. «Die Gründe, aus denen er so ist, sind ziemlich traurig.»

Sam räuspert sich. «Sprichst du jetzt über seine Kindheit?»

«Ja. Seine Mutter starb bei der Geburt, und er blieb bei seinem emotional distanzierten Vater, der ihm kaum Beachtung schenkte, geschweige denn Zuneigung», sagt Albert. «Natürlich hat so jemand deshalb unsichere Bindungen als Erwachsener.»

«Das stimmt.» Sam zeigt auf Albert und nickt. «Ich habe diesen Teil mit seiner Mutter vergessen. Wie alt war er, als sie starb?»

«Sechs Tage.»

«Mann, das ist hart.» Er schüttelt den Kopf. «Erinnere mich noch mal: Was war der Grund für ihren Tod?»

Albert neigt ratlos den Kopf zur Seite. «Ich glaube, daran erinnere ich mich nicht.» Er leckt sich den Finger an und blättert in seinem Notizbuch. «Hier ist es. ‹Mutter, Todesursache›. Oh.» Er runzelt die Stirn. «Das haben Sie ausgelassen.»

«Habe ich das?», fragt Sam. «Mal sehen.» Er öffnet die Schublade im Tisch neben ihm und holt das Notizbuch heraus, wobei er beeindruckt ist, wie sicher seine Hand ist. «Geburtsort, Chicago», liest Sam ab. «Oh …» Er zeigt auf etwas auf der Seite und tut so, als wäre er überrascht. «Da habe ich einen Fehler gemacht. Die Mutter dieses Patienten ist gar nicht bei der Geburt gestorben.»

«Nicht?», fragt Albert.

«Nein. Sie ist erst mit siebenundsechzig gestorben. Aber sie wurde gezwungen, ihn zur Adoption freizugeben, als er sechs Tage alt war, an ein Paar aus Wayne, Indiana. Sie hieß Agatha Lawrence, und sie war deine leibliche Mutter.» Sam schließt sein Notizbuch und schaut Albert direkt in die Augen. «Der Patient, über den wir sprechen, bist du, Albert. Oder sollte ich dich mein Schöner nennen?»

KAPITEL 49

Ich zucke zurück. «Wie haben Sie ...»

«Du wolltest, dass ich es erfahre», erklärt Dr. Statler und lehnt sich in seinem Sessel zurück.

«Nein, ich ...»

«Ach komm schon, Albert.» Er lacht. «Das ist doch Küchenpsychologie. Du hast mich mit deiner Geburtsgeschichte in diesen Schrank gesperrt. Dein Unterbewusstes hat um Hilfe gerufen.»

«Nein, hat es nicht.» Ich stehe auf. «Ich muss jetzt gehen.»

«Setz dich, Albert. Wir werden jetzt miteinander sprechen.»

Ich zögere, setze mich dann aber, die Hände verschränkt.

«Wenn es in Ordnung ist, möchte ich dir ein paar Fragen stellen.» Dr. Statler blättert zu einer leeren Seite und lässt seinen Kugelschreiber klicken. «Wann und wie hast du erkannt, dass Agatha Lawrence deine leibliche Mutter ist?»

Ich zögere und zähle bis zehn. *Tu es: Sag es ihm.* «Letztes Jahr», sage ich schließlich. «Als ich einen Brief von einem Rechtsanwalt aus New York bekam.» Ich sitze an meinem Küchentisch und esse Spareribs und weißen Reis aus einem Styropor-Behälter. Ich sortiere die Post und warte, dass *Jeopardy!* endlich anfängt, als mir das seidige Leinenbriefpapier mit dem Rechtsanwaltslogo darauf in die Hände fällt. «‹Sehr geehrter Mr. Bitterman›», sage ich laut zu Sam und zitiere den Brief. «‹Unsere Kanzlei ist damit beauftragt, Sie aufzufinden. Es geht um eine schwierige Familienangelegenheit.› Sie haben mich in ihre Kanzlei in Manhattan eingeladen, um die Sache persönlich zu besprechen. Haben angeboten, mir die Ausgaben für den Weg zu bezahlen.» Er beobachtet mich aufmerksam. «Erste Klasse mit dem Zug.»

«Was hast du denn gedacht, als du diesen Brief bekamst?»

«Zuerst dachte ich, das wäre ein Scherz», sagte ich. «Wie bei diesen nigerianischen Prinzen, die es auf meine letzten tausend Dollar abgesehen haben. Ich hatte nur noch meinen Vater, wenn man annimmt, dass er noch am Leben ist, und wenn er Kontakt mit mir aufnehmen wollte, hätte er nur auf die Weihnachtskarten antworten müssen, die ich ihm jedes Jahr schicke.» Das Handy fühlt sich in meiner Hand schwer an, der Fernseher ist stumm geschaltet, von unten dringt der Geruch von Gebratenem aus dem Happy Chinese herauf. Ich wähle die Nummer, die auf dem Briefkopf steht. «Eine Rechtsanwältin meldete sich, als ich anrief», sage ich Dr. Statler. «Ich fragte sie, ob das irgendein Scherz sein solle, und sie sagte, wir sollten lieber persönlich miteinander reden. Sie klang ernsthaft.»

«Hat dich jemand nach New York begleitet?»

Ich lache. «Ja klar. Wer denn? Die einzige Freundin, die ich hatte, war Linda, und selbst wenn ihr Sohn nicht die einstweilige Verfügung beantragt hätte, hätte mir die Pflegeagentur niemals die Erlaubnis gegeben, sie mit nach New York zu nehmen.» In der Penn Station schlängelte ich mich durch eine Menschenmenge. Die Gesichter waren alle griesgrämig. Ich kam zur obersten Ebene, wo ein Mann in einem zerknitterten Anzug, der nach Zigaretten roch, ein Schild mit meinem Namen hochhielt. Er führte mich zu einem schwarzen Auto. Vor mir in den Sitztaschen steckten zwei Flaschen Poland Springs-Wasser.

«Ihre Büros waren in der Park Avenue, und eine hübsche

junge Frau führte mich in einen Konferenzraum.» Ein Teller mit Bagels, rohem Fisch und Erdbeeren ohne Stiele stand da. Jemand klopfte, und dann marschierten vier Leute in Anzügen herein. Sie setzten sich an die u-förmig angeordneten Tische und zeigten mir die Fotos von einer Frau mit wilden roten Locken und einer leuchtend blauen Brille. «Sie sagten mir, dass sie mich vor einundfünfzig Jahren in einem Krankenhaus außerhalb von Chicago, Illinois zur Welt gebracht habe.»

«Ich habe ihren Bericht über die Schwangerschaft und die Geburt gelesen», sagt Dr. Statler. «Ziemlich traumatisch.» Mein Vater war irgendein Junge, den sie im Familienurlaub in der Dominikanischen Republik kennengelernt hatte. Sie hatte ihn nie nach seinem Nachnamen gefragt. Sie war siebzehn und die Klassenbeste, und ihr Vater ließ es nicht zu. Arrangements wurden gemacht. «Internat», nannten sie es. Fünf andere Mädchen waren schon dort, als sie ankam. Das älteste Mädchen war zweiundzwanzig, das jüngste vierzehn, alle gleichermaßen gut vernetzt. Fast zehn Stunden lag sie allein in den Wehen und durfte mich in den nächsten sechs Tagen ein paar Mal sehen, bevor das nette Paar aus Indiana kam, um mich abzuholen.

«Es hat sie zugrunde gerichtet», sagt Dr. Statler. «Dich wegzugeben. Aber sie hatte in dieser Angelegenheit nichts zu sagen.» Er legt das Notizbuch in seinen Schoß und faltet die Hände. «Wie war es denn für dich, von all dem zu erfahren?»

«Es ergab endlich alles einen Sinn», sage ich. «Dass mein Vater immer sagte, ich sei nicht sein Sohn. Ich war ja von beiden nicht das Kind. Aber vor allem freute ich mich, sie kennenzulernen. Einundfünfzig Jahre, und endlich die Gelegenheit, Teil einer Familie zu sein.»

«Und?»

«Sie haben mir gesagt, sie sei verstorben.» Ich erinnere mich gut an den Schock, als die Frau das sagte, wie ich die Fingernägel in meine Handflächen grub, um nicht zu weinen.

«Sie hatte ihr ganzes Leben nach mir gesucht, aber musste erst sterben, um mich zu finden. So erklärten es mir die Anwälte. Erst nach ihrem Tod erlaubte es das Gericht, die Adoptionspapiere einzusehen. Sie mussten das tun, um ihr Erbe zu regeln. Und sie hatte mich als Alleinerben des Lawrence-Familienanwesens benannt.»

«Zweiundneunzig Millionen Dollar, steht hier.»

«Und die Familienvilla in Chestnut Hill, New York», sage ich. «Ich war ein paar Monate lang arbeitslos gewesen. Ich wusste nicht, was ich sonst tun sollte, also zog ich hier in ihr Haus ein.» Ich kneife die Augen zu und erinnere mich, wie ich die Haustür öffnete und zum ersten Mal das Haus betrat. Alles war noch so, wie sie es hinterlassen hatte. Staub lag auf den Möbeln und sammelte sich in den Ecken.

«Sie hat dir Briefe geschrieben.» Dr. Statler zieht etwas zwischen den Seiten seines Notizbuches hervor: einen ihrer blassgelben Umschläge, mit einem Brief darin, in der Handschrift, die ich inzwischen so liebe.

«Zweihundertunddrei Briefe», sage ich. «Sie wollte unbedingt, dass ich sie irgendwann kennenlerne, die ganze Familie, aus der ich stamme. Es waren komplizierte Menschen.» Ich wende den Blick nicht vom Fußboden. «Sie auch.»

Die Alarmfunktion auf der Stoppuhr piept zwei Mal. Dr. Statler setzt sich in seinem Sessel zurecht. «Scheint, als sei unsere Zeit um.»

«Wirklich?», frage ich.

«Ja, jetzt muss ich schlafen.»

Er greift nach der Uhr, um den Alarm auszustellen, und ich sehe die Zeit. Es ist beinahe ein Uhr morgens. «Oh, tut mir leid», sage ich. Es ist mir so peinlich, dass ich ihn so lange wach gehalten habe. «Ich habe die Zeit vollkommen vergessen.» Ich stehe auf und eile zur Tür.

«Komm morgen Vormittag wieder, Albert», sagt Dr. Statler, als ich die Tür öffne. «Um zehn Uhr. Wir werden dort weitermachen, wo wir heute aufgehört haben. Soll ich es dir aufschreiben?»

«Nein», sage ich. «Zehn Uhr morgen Vormittag. Ich werde daran denken.» Ich trete in den Flur. «Gute Nacht, Dr. Statler.»

Er lächelt mich mit dem wärmsten Lächeln an, das ich je gesehen habe. «Gute Nacht, mein Schöner.»

KAPITEL 50

Franklin Sheehy seufzt dramatisch am anderen Ende der Verbindung. «Ich weiß nicht», sagt er. «Ich glaube nicht, dass es irgendwie verdächtig ist, wenn man in einem Altenheim freiwillige Arbeit leistet, Annie. Und wenn, na ja, dann muss ich wohl schnell runter zur katholischen Wohlfahrt, um meine neunundsiebzigjährige Mutter zu verhaften.»

Annie schließt die Augen und stellt sich vor, ihn beim Hals zu packen und an die Wand zu drücken. «Ich sage ja gar nicht, dass die freiwillige Arbeit an sich verdächtig ist, Franklin», sagt sie in gemessenem Ton. «Aber das ist es ja nicht allein.»

«Was denn noch?», fragt er.

«Die Praxis», sagt sie. «Es war so auffällig großzügig, was er Sam angeboten hat. Ohne jeden Haken.»

«Übermäßig großzügig?», sagt Sheehy. «Sie waren einfach zu lange in der Großstadt, Ms. *Potter.* Sie haben vergessen, dass die Menschen auch einfach nett sein können.»

Dasselbe sagte Sam, als sie zum ersten Mal ihre Skepsis gegenüber Albert Bitterman und seinem «großzügigen» Angebot ausdrückte. Annie war den größten Teil der Nacht aufgeblieben, hatte sich den Mietvertrag und die Textnachrichten angesehen, die sie mit Sam ausgetauscht hatte, um alles zusammenzutragen, was sie über ihn wusste. Albert Bitterman junior, der neue Besitzer des historischen Lawrence House.

Schrullig. Das war das Wort, mit dem Sam ihn beschrieben hatte. Hin und wieder nötigte er ihn dazu, einen Drink mit ihm zu nehmen, bat ihn, ihm zu helfen – den Müll herauszubringen und den kleinen Weg zu fegen. Sam fühlte sich in seiner Schuld, weil er sein Glück nicht fassen konnte.

«Er hat Sam die Praxis selbst entwerfen lassen», sagt Annie zu Franklin. «Und weil Sam ist, wie er ist, hat das alles ein Vermögen gekostet. Das ist ein ganz schöner Unterschied zu kleinstädtischer Nettigkeit. Und jetzt finde ich heraus, dass er auch Sams Mutter besucht hat?»

Annie hat das Mädchen an der Rezeption dazu gebracht, ihr seine Akte zu zeigen. Albert Bitterman, einundfünfzig Jahre alt, fing letzten Monat mit seinem Freiwilligendienst in Rushing Waters an. Seine Aufgabe: sie mittwochs und freitags zu den Bingo-Abenden zu bringen. Sie fragen herum. Alle kannten ihn nur als den Freiwilligen, der ständig Kommentare im Kummerkasten hinterlässt. Sie googelte seinen Namen, als sie wieder zu Hause war, und fand einen Kinderbuchautor und einen Professor für Städtebau, von denen aber vermutlich keiner der Albert Bitterman war, den sie suchte.

«Was wollen Sie sagen, Annie?», sagt Franklin. «Dass der Vermieter Ihres Mannes ... was? Ihn umgebracht und sein Auto entsorgt hat? Lassen Sie mich raten. Sie hören sich diese True-Crime-Podcasts an.»

Sie seufzt erschöpft.

«Ms. Potter ...» Jetzt seufzt Franklin seinerseits. «Ich bin nur sehr ungern derjenige, der es Ihnen sagt, aber Ihr Mann war nicht der, für den Sie ihn gehalten haben. Er hat hunderttausend Dollar Schulden vor Ihnen geheim gehalten. Er hat seine Mutter weder besucht, noch hat er ihre Rechnungen bezahlt. Und, oh ja, er hat zwei Wochen vor seinem Verschwinden die Vollmacht über ihre Konten bekommen.» Annie stockt der Atem.

«Ja, ganz genau. Wir haben ein bisschen herumgefragt, mit den Leuten in Rushing Waters gesprochen, und wir wissen das jetzt auch. Sie mögen uns als stümperhafte Gesellen sehen, die nicht in der Lage sind, sich selbst die Schnürsenkel zu binden, aber wir wissen, was wir tun. Letztlich läuft es darauf hinaus, Annie, dass er ein pathologischer Lügner ist und Sie die Frau sind, die er zurückgelassen hat und die sich jetzt an jedem Strohhalm festhält.» Sie hört, wie sein Stuhl im Hintergrund quietscht. «Aber denken Sie daran, Annie. Sie sind eine attraktive Frau, die noch viele schöne Jahre vor sich hat. Wie ich immer meinen Töchtern sage: Verschwenden Sie nicht Ihre Zeit an den falschen Mann.»

«Danke, Franklin. Das ist ein guter Hinweis.» Sie beendet das Gespräch, hält einen langen Moment den Atem an, und dann steigt die Wut in ihr hoch, zu viel und zu heftig, als dass sie sie in sich behalten könnte. Sie schreit so laut sie kann und schleudert ihr Handy durchs Zimmer. Es prallt von den Sofakissen ab und landet mit einem Knacken auf dem Fußboden. Sie fürchtet sich nachzusehen, aber dann tut sie es doch; die untere Hälfte ihres Bildschirms ist zersprungen. Sie lässt sich aufs Sofa fallen, vergräbt ihr Gesicht in den Händen und lacht. «Na, das ist ja wirklich ein ganz schlimmer Tag», flüstert sie.

Franklin Sheehy hat irgendwie recht, weißt du. Das ist Sams Stimme vom Sofa gegenüber.

«Ach fick dich doch», flüstert sie.

Na gut, aber es stimmt, dass du dich an Strohhalme klammerst.

«Findest du?», versetzt sie heftig. «Du findest, dass das schon ein Klammern an Strohhalmen war? Na, dann warte mal, bis du *das hier* siehst.» Sie hebt das Handy vom Boden auf, blinzelt durch das zersplitterte Display und sucht mit Google nach den Telefonnummern des *Daily Freeman.*

«Harriet Eager», sagt sie, als sie sich meldet.

«Hier ist Annie Potter. Ich muss Ihnen eine Frage stellen.»

«Okay», sagt Harriet.

«Neulich sagten Sie, dass Sie ein paar Tipps bekommen hätten, dass Sam eine Affäre mit einer Patientin habe. Können Sie mir sagen, wer Ihnen diese Tipps gegeben hat?» Irgendetwas daran lässt sie grübeln, sie hat es bisher noch nicht abschütteln können.

«Annie, denken Sie nicht mehr darüber nach», sagt Harriet. «Das war ein Irrer, der sonst nichts anderes ...»

Annie unterbricht sie. «Haben Sie die E-Mail noch?»

«Nein, tut mir leid. Solche Dinge lösche ich sofort.»

«Na gut, danke», bringt sie noch heraus, bevor sie auflegt. Sie drückt die Handballen gegen die Augen. *Das war's. Mehr kann ich nicht tun.*

Ihr Handy piept. Eine Textnachricht.

Kann es kaum erwarten. Schon im Auto?

Das ist Maddie. Annie schaut auf die Uhr.

Ist in einer halben Stunde da.

Sie klickt auf Senden und steht auf. In der Küche findet sie ihren Pass und das Ticket auf der Arbeitsfläche und steckt beides in ihre Tasche.

Als ihr Handy einen Moment später klingelt, kann sie den Anrufer unter dem zerbrochenen Display nicht erkennen. Sie nimmt an, dass es Maddie ist, aber es ist Harriet Eager, die zurückruft.

«Haben Sie eine Sekunde?»

«Ja», sagt Annie und setzt sich an den Küchentisch.

«Eine Kollegin von mir hat unsere Unterhaltung mitgehört», sagt Harriet. «Offenbar hat sie den Tipp mit der Patientin nachverfolgt, mit der Ihr Mann durchgebrannt sein soll. Ich dachte, das wollten Sie vielleicht wissen.»

«Und?»

«Und der Tipp war definitiv falsch», sagt Harriet.

«Woher wissen Sie das?»

«Die Reporterin hat an der Universität herumgefragt, wo diese Patientin angeblich Studentin war, und es gab niemanden, der auf die Beschreibung passte.»

«Eine Studentin an der Universität?» Annie spürt einen Anflug von Angst. «Wie lautete denn die Beschreibung?»

«Ist doch egal», sagt Harriet. «Es war ein mieser Tipp.»

«Bitte, sagen Sie mir, wie die Beschreibung lautete.»

«Warten Sie», seufzt Harriet. «Ich frage.»

KAPITEL 51

Ich ziehe mein Sweatshirt herunter, glätte mein Haar, atme tief durch und öffne die Tür.

«Guten Morgen, Albert», sagt Dr. Statler aus seinem Sessel heraus. Er hat die Hände im Schoß gefaltet.

«Guten Morgen.» Ich gehe durchs Zimmer und setze mich aufs Bett. Dr. Statler betrachtet mich schweigend. «Sie sind ja noch besser, als ich dachte», sage ich schließlich.

«Oh?», macht er. «Wie das?»

«Wie Sie mich zu diesen Erkenntnissen über mich selbst gebracht haben.» Ich schüttele den Kopf. «Ich habe mich in den Notizen überhaupt nicht selbst erkannt, aber es ergibt Sinn. Unsicherer Bindungsstil, weil ich meine Mutter bei der Geburt verlor und von einem Mann wie meinem Vater erzogen wurde.» Meine Handflächen fühlen sich klamm an.

«Was du da erfahren hast, ist ja auch eine Menge. Das muss man erst einmal verarbeiten.»

Ich nicke. «Können Sie sich vorstellen, wie mein Leben verlaufen wäre, wenn sie ihr erlaubt hätten, meine Mutter zu sein?» Ich habe es mir letzte Nacht vorgestellt. Ich lag in dem Bett, in dem sie immer schlief. Ich hatte nichts an dem Bett verändert. «Ich frage mich, ob sie mich wohl auf ihre Reisen mitgenommen hätte. Sie war absolut *überall.*» In den Briefen, die sie mir schrieb, beschrieb sie das Essen, die Kunst, die Wohnungen, die sie mietete. Die Affären, die sie hatte. *Ich hoffe, dass deine Eltern lieb zu dir sind und dein Leben bunt ist, mein schöner Junge.* «Sie war die faszinierendste Frau, die ich je kennengelernt habe. Oder nie kennengelernt habe, sollte ich wohl besser sagen.»

«Aber du hast sie kennengelernt», sagt Dr. Statler. «Ihr wart sechs Tage lang zusammen.»

«Ja, aber daran erinnere ich mich nicht.»

«Nicht bewusst, aber die Erfahrung ist immer noch in dir. Sechs Tage in den Armen deiner Mutter.» Dr. Statler setzt sich auf seinem Stuhl zurecht und räuspert sich dann. «Ich will etwas mit dir versuchen. Wie du vielleicht weißt, glaubte Freud, dass es einen Weg gibt, eine Verbindung zu den unterdrückten Erinnerungen aufzunehmen.»

«Sie wollen, dass ich mich hinlege?»

«Ja», sagt er. «Ich glaube, das könnte nützlich sein. Bitte lass es uns versuchen.»

Ich werfe einen Blick auf Dr. Statlers Bett. «Soll ich meine Schuhe ausziehen?»

«Wenn du willst.»

Ich schlüpfe nervös aus meinen Slippern und stelle sie ordentlich nebeneinander. Dann lege ich mich aufs Bett.

«Nein, andersherum», verbessert mich Dr. Statler. «So, dass du mit dem Gesicht von mir abgewandt liegst. Die Idee ist, den Analytiker nicht zu sehen, damit die Gedanken freier sind.» Ich drehe mich andersherum, sodass mein Kopf am Fußende liegt und die Füße zur Wand zeigen. «Wie geht es dir?» fragt er.

«Ich habe Angst», sage ich.

«Ist schon in Ordnung», sagt Dr. Statler. «Wir machen das hier zusammen. Du bist in Sicherheit. Jetzt schließ die Augen.» Ich tue, was er sagt. «Ohne nachzudenken: Was fühlst du?»

«Mein Körper fühlt sich ganz schwer an», sage ich. «Als lastete ein Haufen Ziegelsteine auf mir.»

«Wo denn genau?»

Ich berühre meine Brust. «Hier.»

«Okay. Ich will, dass du bei diesem Gefühl bleibst», sagt Dr. Statler sanft. «So, jetzt fängst du an, die Ziegelsteine einen nach dem anderen anzuheben. Ganz langsam. Leg sie beiseite.» Ich versuche zu tun, was er sagt, und stelle mir vor, wie ich meinem Herzen immer näher komme. «Den letzten Ziegelstein sollst du ganz langsam anheben. Kannst du mir sagen, was du darunter siehst?»

«Ein Krankenhauszimmer?», flüstere ich. Ich kann es wahr werden lassen, wenn ich mich bemühe. Ich bin bei ihr, bei meiner Mutter, liege an ihrer Brust. Mein Körper ist kaum größer als ihre beiden Hände. Sie hat die Haare aus dem Gesicht gebunden. Sie hatten recht – sie ist noch ein Kind. Viel zu jung, um eine Mutter zu sein. Und doch fühlt es sich völlig natürlich an, hier zu sein. Unsere Herzen schlagen im Einklang, sie summt ein Schlafliedchen.

«Warum musste sie mich verlassen?», flüstere ich.

«Sie hatte keine Wahl.»

«War ich das?»

Dr. Statler zögert. «Was warst du?»

«Lag es daran, dass etwas mit mir nicht in Ordnung ist?» Tränen brennen mir in den Augen. «Sie konnte sie in mir spüren», sage ich. «Die Dunkelheit. Meine Wut. Deshalb gab sie mich weg. Es tut mir leid. Es tut mir leid. Ich weiß, dass ich nicht weinen sollte.» Ich kneife die Augen zu und versuche, ihr Bild im Gedächtnis zu behalten, aber mein Vater schiebt sie beiseite und sieht mich angeekelt an, weil ich weine. «Er hat mich nie in Ruhe gelassen», sage ich. «Er ließ mich einfach nicht sein, wer ich war. Ich konnte nichts fühlen.»

«Aber du hast Dinge gefühlt, nicht wahr, Albert? Traurigkeit zum Beispiel.»

«Ja.»

«Und weil das nicht erlaubt war?»

Ich schluchze auf. «Wut.»

«Ja, genau. Wut. Und du fühlst sie immer noch manchmal, nicht wahr? Wenn man dir unrecht tut, kommt die Wut ganz leicht wieder.»

«Ja, Dr. Statler.» Meine Stimme klingt wie die eines Kindes.

«Wie in der Nacht des Unwetters. Als du beschlossen hast, mich anzugreifen.»

Ich öffne die Augen. Dr. Statler hat seinen Sessel neben das Bett geschoben. Er ist nur Zentimeter von mir entfernt und sieht mich eiskalt an. Er hat ein Steakmesser in der Hand. «Nein, Dr. Statler. Sie hatten einen Unfall …»

«*Du* warst dieser Unfall, Albert.» Die Messerklinge blitzt auf, als er die Hand hebt. «Ich weiß, was du getan hast. Ich weiß, dass du der Grund bist, aus dem ich meine Frau seit dreizehn Tagen nicht mehr gesehen habe.» Dr. Statler lässt die Klinge über meine Wange gleiten und zeichnet damit den Weg meiner Tränen nach. «Ich weiß, dass du derjenige warst, der meine beiden Beine gebrochen hat.»

«Nein», sage ich. «Das stimmt nicht …»

«Keine Lügen mehr, Albert.» Dr. Statlers Stimme ist jetzt ganz streng. «Das lasse ich nicht zu.»

«Ich lüge nicht», wimmere ich. «Ich habe Ihre Beine nicht gebrochen. Ich habe sie nur in Gips gelegt, damit Sie nicht weglaufen können.»

Dr. Statler überrascht mich mit einem Lachen. «Wow, Albert. Das ist ja schon irre auf Annie Wilkes' Niveau.»

«Ist es nicht», verteidige ich mich verletzt. «Sie hat Paul Sheldons Füße *abgehackt*. Ich habe nur so getan, als hätten Sie sich verletzt.» Ich schließe beschämt die Augen. «Es tut mir leid.»

«Es tut dir leid», wiederholt Dr. Statler. Ich spüre, wie die Klinge gegen meine Wange drückt. «Gut zu wissen.»

«Werden Sie mich jetzt umbringen?»

«Das könnte ich natürlich, oder?» Er fährt mit der Messerspitze an meinem Kiefer entlang, bis zu meinem Adamsapfel. «Ich müsste hier nur etwas Druck ausüben ...» Ich habe zu viel Angst, um mich zu rühren. «Es würde nicht länger als eine Minute oder so dauern, dann würdest du an deinem eigenen Blut ertrinken. Niemand würde mich dafür verurteilen, nicht nach allem, was du mir angetan hast. Nachdem du mich hier eingesperrt hast. Mir diese Tabletten reingestopft hast. Aber nein.» Er nimmt das Messer von meiner Kehle. «Ich werde dich nicht umbringen. Jetzt zumindest noch nicht.»

Ich öffne die Augen. «Nicht?»

«Nein. Und weißt du, warum?», fragt er. «Weil du nicht böse bist, Albert. Du bist verletzt. Du verdienst es nicht zu sterben. Du verdienst eine Chance auf Hilfe.» Er setzt sich zurück in seinen Sessel. «Eine Sache haben wir gestern nicht besprochen: die Prognose.»

«Die Prognose?»

«Ja», sagt er. «Mit anderen Worten: Wie hoch sind die Chancen des Patienten, das zu erlangen, was er sich wünscht: ein glückliches Leben mit stabilen Beziehungen?»

«Die Prognose ist gut», flüstere ich. «Obwohl keine Therapie idiotensicher ist, können viele ängstlich-präokkupierte Erwachsene gesunde Beziehungen aufbauen und ein glückliches Leben führen.»

«Ganz genau, Albert», sagt Dr. Statler. Er atmet tief durch. «Jetzt steh auf und hol dein Telefon.»

«Mein Telefon?», frage ich.

«Du hast doch ein Telefon, nehme ich an?»

«Ja.»

«Dann hole es.»

«Warum?»

«Weil du jetzt neun-eins-eins anrufst und sie bittest, zwei Krankenwagen zu schicken. Einen für mich, einen für dich.»

«Nein, Dr. Statler …»

«Du wirst in die psychiatrische Notaufnahme in St. Luke's gebracht», fährt er fort. «Wo du mit Dr. Paola Genovese, der Leiterin der stationären Abteilung sprechen wirst.»

«Nein.» Ich schüttele den Kopf. «Das kann ich nicht machen.»

«Paola wird dich einweisen und eine Diagnose stellen. Sie wird dir helfen können. Sie gehört zu den Besten.»

«Aber ich …»

«Welche andere Möglichkeit gibt es denn?», unterbricht ihn Dr. Statler mit fester Stimme. «Du weißt, dass du mich nicht ewig hier gefangen halten kannst.»

«Nicht für immer», sage ich. «Aber bis es Ihnen besser geht.»

«Tja, rate mal? Es geht mir schon besser.»

«Nein, das stimmt nicht …»

«Doch, das stimmt, Albert. Dank dir.» Er verstummt. Dann sagt er: «Du hast mir gezeigt, dass nichts wichtiger ist, als mit Annie zusammenzusein und mich für all das zu entschuldigen, was ich ihr angetan habe.» Er beugt sich vor und legt die Hand auf meinen Arm. «Und jetzt bist du an der Reihe. Jetzt soll es dir besser gehen.»

Ein merkwürdig kribbelndes Gefühl überkommt mich. *Ich kann Hilfe bekommen.*

«Na komm, Albert», sagt Dr. Statler. «Jetzt hole dein Telefon. Wir gehen zusammen, ins Krankenhaus.»

Ich zögere. «Werden Sie bei mir bleiben?»

«Herrje, nein, ich werde nicht bei dir bleiben», sagt er. «Ich gehe nach Hause zu meiner Frau, wenn sie mich noch will. Aber ich werde mit deinen Ärzten zusammenarbeiten und dafür sorgen, dass du die bestmögliche Hilfe bekommst. Und jetzt los, Albert. Hol dein Telefon.» Er lässt meinen Arm los. In der anderen Hand hat er noch immer das Messer. «Vertrau mir.»

Es ist beinahe, als könnte ich mich von oben sehen, als ich die Treppe hoch zu meinem Schlafzimmer gehe und das schwarze schnurlose Telefon aus seiner Station nehme. Zurück im Erdgeschoss, öffne ich die Schiebetüren der Bibliothek, atme den Geruch nach Leder und Papier ein, den Geruch meiner Mutter. Ich nehme eins ihrer Fotos in die Hand und wische mit dem Daumen den Staub von ihren Augen. Es ist ganz still hier.

Du schaffst das. Es ist ihre Stimme.

Ich kneife die Augen zu. *Nein, ich schaffe es nicht.*

Doch, du schaffst es.

Meine Gedanken überschlagen sich. *Sie werden dich einweisen und ein paar Tests machen. Ich werde dir die bestmögliche Hilfe verschaffen.*

Ich hoffe, dein Leben ist bunt, mein schöner Junge.

Ich stelle das Foto zurück und gehe durchs Wohnzimmer, entschlossen, das Telefon fest in der Hand. Ich schaffe das.

Ich gehe durch die Küche und bin schon durch den halben Flur gegangen, als ich höre, wie Sams Praxistür unten zuschlägt. Mein Herz setzt einen Schlag aus.

Jemand ist hier.

Ich reibe mir die Augen und drehe mich um. Ich sollte wohl nachsehen, wer es ist.

KAPITEL 52

Annie tritt ins Wartezimmer. Es riecht hier noch immer schwach nach künstlichem Kiefernnadelduft. Sie lässt das Licht aus und lauscht. Albert ist zu Hause, oben. Sein Auto steht in der Einfahrt, und als sie ankam, war ein Fenster erleuchtet.

Er hat Sams Sitzungen belauscht. Der Mann mit dem Praxisangebot, das zu schön war, um wahr zu sein, derselbe, der Sams Mutter zwei Mal in der Woche besucht hat, hat die Therapiesitzungen ihres Mannes belauscht. Er ging sogar so weit, einer Reporterin die Beschreibung der Patientin zu schicken, mit der Sam angeblich durchgebrannt ist, eine Beschreibung, die Harriet Eager Annie schließlich weitergab.

Vierundzwanzig Jahre alt. Studentin der Bildhauerei. Oh, und sie ist Französin.

Ihr Handy klingelt, und sie stellt es sofort auf lautlos. Es ist Maddie. Annie geht ran. Im Hintergrund läuft Musik.

«Bist du schon im Auto?», fragt Maddie heiter.

«Nein.» Annie schluckt. «Ich bin in Sams Praxis.»

«*Was?*», sagt Maddie. Die Musik im Hintergrund wird leiser gestellt. «Annie, dein Flug geht ...»

«Der Typ, der Sam seine Praxisräume vermietet hat, hat Sams Sitzungen belauscht», flüstert Annie. «Und er hat Margaret im Pflegeheim besucht.»

Maddie schweigt einen Moment. «Woher weißt du das?»

«Ist eine lange Geschichte, aber vertrau mir», sagt Annie und öffnet die Tür zu Sams Praxis.

«Bist du allein da?»

Annie schaltet das Licht ein. «Ja.»

«Annie, bitte geh da sofort weg und ruf die Polizei.»

«Kann ich nicht.» Sie schaut sich in Sams Praxis um. «Die Polizei glaubt zu wissen, was hier passiert ist.» Da sieht sie es – den Metallschlitz in der Decke über dem Sofa. «Ich ruf dich zurück.» Annie beendet das Gespräch und lässt das Handy in ihre Manteltasche gleiten. Sie geht langsam zum Sofa, den Blick auf die Decke gerichtet. Ein Lüftungsschlitz.

«Dr. Potter, was für eine schöne Überraschung.» Sie wirbelt herum. Er ist es. Albert Bitterman steht in der Tür. Seine Augen sind gerötet, als hätte er geweint. «Was tun Sie hier?»

«Ich bin auf dem Weg aus der Stadt heraus, und ich – ich wollte nur mal vorbeischauen», stammelt sie.

«Sie wollten sich verabschieden», sagt er. «Ich verstehe. Sie trauern, und Sie wollen sich Sam nahe fühlen.»

«Ja, ich glaube, da haben Sie recht.»

«Na ja, tut mir leid, aber wenn es Ihnen nichts ausmacht, muss ich Sie bitten, wieder zu gehen. Sosehr es mich schmerzt, das sagen zu müssen, aber ich glaube kaum, dass Dr. Statler zurückkommt, daher ist unser Mietverhältnis erloschen. Mit anderen Worten, diese Räume sind jetzt Privateigentum.» Er dreht sich um und deutet auf das Wartezimmer.

«Ich muss das noch einmal hören.»

«Entschuldigung?»

Sie bemerkt die Schweißtröpfchen über seiner Lippe. Das Handy in ihrer Manteltasche vibriert. «Sie waren der Letzte, der meinen Mann gesehen hat, an dem Abend, an dem er verschwand. Ich muss es noch einmal hören. Wie er aussah. Ob er wirkte, als ...»

«Das habe ich Ihnen doch schon gesagt», unterbricht sie Albert ungeduldig. «Er sah gut aus. Er sagte gute Nacht, und das war's.»

«Er sagte gute Nacht?», wiederholt sie. «Sie sagten, er habe Sie nicht gesehen. Als wir am nächsten Morgen telefonierten, sagten Sie, Sie hätten ihn am Fenster vorbeilaufen sehen.»

«Ach, habe ich das gesagt?» Er macht einen Schritt auf sie zu. «Mein Gedächtnis ist auch nicht mehr das, was es mal war. Aber bitte …»

Er greift nach ihrem Arm, und irgendetwas kommt ihr daran bekannt vor. «Sie sind das», sagt sie. Das Bild steht wieder ganz klar vor ihren Augen. «Der Mann, mit dem ich vor zwei Tagen zusammengestoßen bin, als ich aus dem Parlor herausging. Das waren Sie. Sie trugen eine blaue Brille …»

«Annie!» Sie erstarrt beim Klang der Stimme, die aus der Decke dringt. Sie dreht sich zum Lüftungsschlitz. «Annie! Ich bin hier oben. Ruf die Polizei.» Es ist Sams Stimme. «Bitte, er ist gefährlich.»

«Sam!» Einen Moment lang ist sie erleichtert – *ich wusste es, ich wusste, dass er lebt* –, aber dann überkommt sie der Schrecken. Sie dreht sich um und sieht Albert an. Seine Augen sind ganz groß und sein Blick leer.

«Hat Dr. Statler mich gerade *gefährlich* genannt?», fragt er mit bebenden Lippen. «Das ist deine Schuld», flüstert er. «Du hättest nicht herkommen dürfen. Wir waren gerade mitten in einer Sache.»

Erschrocken rennt sie an ihm vorbei zur Tür. Er greift nach ihrem Arm, aber sie reißt sich los und rennt durchs Wartezimmer und aus der Tür hinaus. Albert jagt sie den Weg entlang und packt ihr Fußgelenk, als sie die Verandastufen emporläuft. Sie tritt nach ihm, und ihre Ferse trifft ihn am Kinn, sodass er zu Boden fällt.

Sie öffnet die Haustür und stolpert in die Eingangshalle. Ihre Hände zittern, als sie den Riegel vorschiebt und so die Tür hinter sich verschließt.

«Sam!», schreit sie und rennt ins Wohnzimmer. «Wo bist du?»

«Ich bin hier! Annie!»

Sie folgt dem Klang seiner Stimme. Durch eine Küche, einen Flur entlang. Am Ende ist da eine Tür, die sie aufreißt. Sam liegt in dem Zimmer auf dem Boden, die Beine eingegipst, die Wange aufgeschürft und geschwollen. Sie schlägt die Hand vor den Mund. *«Sam.»*

«Du hast mich gefunden», sagt er.

Im Wohnzimmer ist ein Geräusch zu hören – Albert ist jetzt drinnen–, und sie schließt die Tür und blockiert sie mit ihrem Körper. Sie nimmt ihr Handy aus der Tasche. Ihre Hände zittern, als sie auf dem zersprungenen Display herumwischt und versucht, es in Gang zu setzen. Sie braucht einige Anläufe, aber schließlich schafft sie es.

«Beeil dich», flüstert Sam. Alberts Schritte sind jetzt im Flur zu hören. Sie öffnet gerade die Telefon-App, als die Tür hinter ihr aufgestoßen wird und sie so hart trifft, dass sie das Handy fallen lässt. Sie reckt sich danach, als Albert Bitterman ins Zimmer marschiert und schreit. Sie greift nach dem Handy, Albert schreit weiter, aber Sams Stimme bleibt bei ihr, ruft ihren Namen, als die Schaufel in Albert Bittermans Hand ihren Schädel trifft und alles in Stücke schlägt.

KAPITEL 53

Nein!», schreit Sam. «Annie!» Er kriecht auf sie zu. Albert bückt sich und hebt ihr Handy auf. «Komm schon, Annie, sag etwas.» Albert steht in der Tür, eine Wunde am Kinn, die Schaufel hängt schlaff in seiner Hand. «Warum, Albert? Warum hast du das getan?»

«Du hast ihr gesagt, sie solle die Polizei anrufen», sagt Albert. Sein ganzer Körper zittert, sein Gesicht ist kreidebleich. «Du hast gesagt, ich sei gefährlich.»

«Albert ...»

«Du hast gesagt, du wolltest mir Hilfe holen, dass du mit mir ins Krankenhaus gehen wolltest. Aber du hast mich angelogen, Sam. *Schon wieder.*»

Albert geht aus dem Zimmer, und Sam hört ihn in der Küche, wo er Türen und Schubladen öffnet und wieder zuknallt. «Schon in Ordnung, Liebling», sagt Sam und kriecht weiter auf Annie zu. «Das wird schon alles wieder.» Er streicht ihr zärtlich das Haar aus dem Gesicht. «Wir werden das beide überleben.»

Dann sieht Sam es: Eine Blutpfütze breitet sich unter ihrem Kopf aus. «Albert, ruf den Krankenwagen», schreit er. «Ruf einen Krankenwagen. JETZT.»

In der Küche wird es still. Albert taucht wieder in der Tür auf. Sein Kiefer bebt. «Ich kann das nicht tun, Sam.»

«Schon in Ordnung, Albert, ich kann das tun. Gib mir ihr Handy», sagt Sam. «Na komm schon, Mann.» Tränen rinnen ihm die Wangen herunter. «Gib mir Annies Handy, damit ich Hilfe holen kann.»

Albert bemerkt das Blut, das sich unter Annies Kopf ausbreitet. «Jetzt sieh dir an, was ich getan habe.» Er bedeckt das Gesicht mit den Händen und beginnt zu schluchzen.

«Bitte gib mir einfach ihr Handy», fleht Sam. «Ich helfe dir. Das verspreche ich. Wir gehen zu dem Krankenhaus», schluchzt er. «Ich schwöre bei Gott. Ich sorge dafür.»

«Ich sage es wirklich ungern, Dr. Statler, aber ich glaube, Sie leiden womöglich unter einem übersteigerten Selbstbild. Wir wissen beide, dass Sie nicht die Macht haben, mich vor dem Gefängnis zu schützen.» Albert lehnt den Kopf gegen die Tür und schließt die Augen. «Ich bin müde.»

«Du kannst schlafen», sagt Sam. «Im Krankenhaus.»

«Ich habe Ihnen schon gesagt, dass ich nicht ins Krankenhaus gehe.» Er lallt jetzt.

«Albert?», sagt Sam. «Alles in Ordnung bei dir?»

Albert lacht, und seine Knie geben nach. «Sie müssen mir nicht mehr schmeicheln, mein lieber Dr. Statler», sagt er und gleitet an der Tür hinunter. Er spricht weiter, aber Sam versteht nicht, was, und dann verstummt er, kippt vornüber, und sein Kopf fällt mit einem widerhallenden Knacken auf den Boden. Etwas löst sich aus seiner Hand und rollt auf Sam zu: ein leeres Pillenfläschchen. Sam nimmt es und liest das Etikett. «Margaret Statler. Zolpidem, 15 mg zur Schlafenszeit.»

Die Tabletten seiner Mutter.

Albert hat ihn mit den Tabletten seiner Mutter unter Drogen gesetzt. Es geschieht erneut, er bricht in Lachen aus, in ein lautes, wahnsinniges Gackern, das in ihm aufsteigt und mit sich eine Welle von Angst und Panik bringt, die größer ist als alles, was er je gespürt hat. Er schleppt sich zu Albert und wühlt in seinen Taschen nach Annies Handy.

«Juhu! Albert?» Er erstarrt. Es ist eine Frauenstimme, die

aus der Küche kommt. «Ist jemand zu Hause? Die Tür war offen ...»

«Ich bin hier!», schreit Sam. «Ich bin hier hinten!»

«Albert, bist du das? Ich habe Annies Auto gesehen, und ich habe etwas für sie ...» Er hört Schritte, dann öffnet sich die Tür. Es ist Sidney Pigeon. Sie trägt Trainingskleidung und hält ein Backblech in den Händen.

«Oh mein Gott», keucht sie. Die Hand fliegt zu ihrem Mund, das Blech fällt zu Boden, Sour Cream und Bohnenmus rutschen vom Blech. *«Sam?»*

EPILOG

Sam hört in dem Moment, als er gerade dabei ist einzunicken, wie der Rollwagen draußen vor dem Zimmer durch den Flur rattert. Er setzt sich ruckartig auf und öffnet die Augen. Die Schritte kommen näher, und er wartet starr auf das Geräusch des Schlüssels im Schloss.

Aber die Schritte gehen vorbei, und er atmet erleichtert aus. Er ist nicht mehr im Lawrence House, sondern in Rushing Waters, wo er im Lieblingssessel seiner Mutter sitzt. Er muss nach dem Mittagessen, Fettuccine Alfredo, eingenickt sein. Margaret schläft in ihrem Bett. Er schaltet den Fernseher aus, schiebt mit den Füßen die Fußstütze zurecht und wirft einen Blick auf die Uhr. Er muss jetzt die Umzugsfirma empfangen.

Er steht auf und bleibt an Margarets Bett stehen, um ihr die Decke zurechtzuziehen. Dann schleicht er in den Flur und schließt leise die Tür hinter sich. Er trägt sich an der Rezeption aus. Auf dem Weg hinaus kommt ihm eine Frau entgegen. Sie hält inne und schaut noch einmal hin.

Ganz genau, meine Dame, denkt er. *Ich bin es.*

Er hat richtig geraten: Die Geschichte ist ein Riesending. Ein halbes Jahr ist es her, seit die Boulevardpresse von der Sache Wind bekam, und sie übertreffen sich immer noch gegenseitig darin, wer das gruseligste Foto vom Lawrence House macht, und locken die Kunden an den Kassen mit noch einem Interview mit «der Nachbarin, die 911 rief!»

Sam war beeindruckt von Sidney Pigeons Art, die Dinge in die Hand zu nehmen. Sie rief den Polizeichef und einen Krankenwagen, der offenbar nicht länger als vier Minuten bis zu seiner Ankunft brauchte. Darin saß derselbe Fahrer, der vor drei Jahren die Leiche von Agatha Lawrence fortgebracht hatte. Jetzt fuhr er ihren leiblichen Sohn, der im selben Zimmer gestorben war. *Todesursache: Überdosis von Zolpidem, die zu Herzstillstand führte.* Mit anderen Worten: Albert legte sich schlafen und starb dann an gebrochenem Herzen.

Das Monster von Chestnut Hill. So nennen die Leute Albert jetzt, und Sam muss zugeben, dass das eingängig klingt. Aber was sie nicht über Albert Bitterman geschrieben haben, ist, dass er wie seine Mutter bei seinem Tod großzügig war. Er hatte sich um Sams Schulden gekümmert. Die Kopien der Kreditkartenrechnungen, die Sam in dem violetten Ordner gefunden hatte – Albert hatte sie nicht nur für die Nachwelt abgeheftet. Er hatte die Schulden auch abbezahlt, hatte Schecks verschickt und sie alle beglichen. Außerdem hatte er eine ansehnliche Spende an Rushing Waters geleistet, die unter anderem Margaret Statlers Zimmer und Verpflegung für die nächsten dreißig Jahre umfasste.

Sam will gerade losfahren, als er den grünen Mini Cooper auf den Parkplatz einbiegen sieht. Das Auto hält neben seinem, und Annie lässt ihr Fenster herunter.

«Was tust du hier?», sagt Sam. «Heute ist doch mein Besuchstag.»

«Ich weiß.» Sie nickt in Richtung Beifahrersitz. «Steig ein.»

«Warum? Ich dachte, ich sollte zu Hause sein, um die Umzugsleute zu empfangen.»

«Ich habe gelogen. Die kommen erst morgen. Steig ein.»

Sam tut, was sie sagt. «Wohin fahren wir?», fragt er und schnallt sich an.

«Du wirst schon warten müssen», sagt sie, stöpselt ihr Handy ein und startet eine Playlist mit dem Titel «SAM». Depeche Modes «Just Can't Get Enough» plärrt aus den Lautsprechern, als sie vom Parkplatz fährt. Unten am Hügel fährt sie auf die Straße, die aus der Stadt heraus und auf die Autobahn führt. Er versteht. Das gehört zur Jagd.

«Wir haben eine Bank überfallen», rät er flüsternd. Er spürt eine Welle Adrenalin. «Und wir müssen jetzt schnell fliehen.»

«Falsch», sagt sie.

Sie fahren ein paar Minuten schweigend. «Du bist eine Uber-Fahrerin, und du entführst mich gerade.»

Sie wirft ihm einen Blick zu. «Zu früh, Sam», sagt sie und stellt die Musik lauter.

Er lehnt den Kopf an die Nackenstütze und wendet den Blick nicht von ihr. Sie ist mit dem kurzen Haar sogar noch hübscher als früher. Man musste ihr den Kopf mit einhundertsechs Stichen wieder zusammenflicken, sie hatte eine schwere Gehirnerschütterung, aber sie hat sich wieder erholt. Genau wie er – körperlich wenigstens. Albert hatte die Wahrheit gesagt: Sams Beine waren gar nicht gebrochen. Später wurde nach Ansicht der Videoaufnahmen der Sicherheitskameras festgestellt, dass Albert die Materialien für Sams Gipsverbände aus den Vorräten des Rushing Waters Altenpflegeheims entwendet hatte, wo er zwei Mal die Woche freiwillig alte Damen zum Bingo brachte. So kam er auch an die Tabletten; er stahl sie aus Margarets Vorrat, als sie unbeaufsichtigt auf dem Medikamentenwägelchen in ihrem Zimmer lagen. Albert wechselte sie gegen Ibuprofen aus, ein Verstoß, der die Oberschwester und zwei Mitarbeiter ihren Job kostete.

Abgesehen davon war es nicht einfach. Die Albträume kommen jetzt nur noch selten, aber seine Angst ist geblieben, und er hat seine Arbeit mit den Patienten noch nicht wieder aufgenommen. Seine Traumpraxis kann er aus Gründen, die auf der Hand liegen, nicht mehr nutzen, und selbst wenn es nicht so wäre, befürchtet er, dass die Dynamik bei den Sitzungen zu sehr abgelenkt würde. Immer, wenn er einen Patienten auf der Straße getroffen hat, fühlen sich beide unangenehm befangen. Aber er ist bereit, zurück an die Arbeit zu gehen – in New York. Sie ziehen nächste Woche zurück. Annie hat eine Stelle am Hunter College angenommen, und sie beziehen eine Zwei-Schlafzimmer-Wohnung in Brooklyn. Das Haus behalten sie, damit sie von dort aus alle paar Wochenenden Margaret besuchen können.

Sie fahren eine Stunde lang in Richtung Westen und hören die Playlist, die Annie zusammengestellt hat – Wham!, INXS, Jane's Addiction –, essen Cheeseburger und Vanillemilkshakes bei McDonald's in der Kleinstadt Middleburgh. Annie fährt schließlich von der Autobahn ab und folgt dem Navi weitere fünfzig Kilometer eine zweispurige Straße entlang, bis sie an einem Schild vorbeikommen, auf dem steht «Willkommen in Cooperstown, Heimat der Baseball Hall of Fame.» Annie fädelt sich in eine lange Reihe von Autos ein, die auf den Parkplatz wollen. Ein digitales Schild blinkt: «Parken nur für Ticketbesitzer!»

Sam liest die Aufschriften der Flaggen an den Straßenlaternen. «Hall of Fame Wochenende.» Er sieht sie an. «Bitte sag mir, dass ich A-Rod bin, der eingeführt werden soll, und du bist JLo.»

Annie findet einen Parkplatz zwischen den Buicks und Minivans. «Na komm», sagt sie, ohne auf ihn einzugehen, und schaltet den Motor aus. Sie treffen sich am Kofferraum. Sie öffnet ihn, holt einen Baseballschläger heraus, nimmt ihn bei der Hand und zieht ihn so durch die Menge. Ein junger Mann in Museumsuniform gibt ihr eine Karte, auf die sie einen Blick wirft, um Sam dann durch das Gebäude und in einen Hof zu ziehen, an Hunderten von Leuten vorbei, die in unterschiedlichen Schlangen stehen. Schließlich bleibt sie vor einem Zelt ganz hinten stehen. «Bitte sehr», sagt sie und gibt Sam den Schläger. Er ist ganz neu. «Lass dir ein Autogramm darauf geben.»

Dann sieht Sam ihn. Der Mann sitzt im Zelt an einem Tisch. Der Mann, den jeder hier kennenlernen will. Cal Ripken Junior. Ol'Iron Man höchstpersönlich. Sam sieht Annie einen langen Moment an, dann berührt er ihren Bauch, bevor er sich anstellt.

Als er an der Reihe ist, tritt er vor. «Würden Sie ‹für Quinn› draufschreiben?», fragt er nervös.

«Sind Sie das?», fragt Cal Ripken und nimmt den Schläger.

«Nein», sagt Sam. «Mein Kind, das in zwei Monaten kommt.»

Cal Ripken kritzelt seinen Namen auf den Schläger, zwinkert ihm zu und gibt ihn zurück. «Viel Glück. Hoffentlich wird er Ballsportler.»

«Danke, aber es wird eine Sie», sagt Sam. «Und sie kann werden, was immer sie will.»

* * *

Erst als sie den Parkplatz schon verlassen haben, findet er seine Sprache wieder. «Wird alles wieder gut mit uns?»

«Ja, das wird es», sagt sie.

«Woher weißt du das?»

«Weil alle guten Geschichten so sind», sagt sie und greift nach seiner Hand. «Sie haben ein Happy End.»

DANKSAGUNGEN

Dieses Buch war ein *Prozess.* Ein paar Wochen, bevor ich das Konzept einer ähnlichen, aber ganz anderen Version abgab, hatte ich die Idee, das Konzept einfach wegzuwerfen und die Sache auf ganz neue Weise anzugehen. Ich fürchtete, dass der Anruf, in dem ich meiner Agentin diese neue Idee vorschlage, womöglich das Ende unserer Beziehung sein würde – und zu Recht angesichts dessen, wie viel Elisabeth Weed, die buchstäblich die beste Agentin der Welt ist, bereits in dieses Buch investiert hatte. Stattdessen hörte sie sich meine Idee an, las mein schnell zusammengestelltes Konzept und hängte sich sofort ans Telefon, um Jennifer Barth, meine brillante und mit einer Engelsgeduld ausgestattete Lektorin bei Harper anzurufen. Jennifer zögerte nicht und sagte mir ihre volle Unterstützung zu, um dann, wie sie es immer tut, dieses Buch zu etwas viel Besserem zu machen, als ich allein zu schreiben vermag. Ich bin beiden Frauen zu ewigem Dank verpflichtet. Sie sind zwei der Allerbesten im ganzen Buchbusiness.

Ich will außerdem Jonathan Burnham für sein Vertrauen und seine Unterstützung in den letzten Jahren danken, außerdem allen anderen bei Harper – Sarah Ried, Doug Jones, Leah Wasielewski, Katie O'Callaghan, Leslie Cohen, Virginia Stanley, Lydia Weaver und Suzanne Mitchell; ebenso Jenny Meyer, der absoluten Ausnahme-Agentin für Auslandsrechte und -lizenzen, Hallie Schaeffer und Heidi Gall. Ganz besonderer Dank geht an Michelle Weiner von der CAA.

Ich danke außerdem Jillian Medoff, Liz Kay, Julie Clark, Colleen Oakley, Pam Cope, Madison Duckworth, Stephanie Addikis, Ben Sneed, Carly Beal, Hayley Downs, Kate Lemery, Lisa Selin Davis, Patrick McNulty, Alex Moggridge, Anne Rosow, Jen Ziegler, Susie Greenebaum, Tara Goodrich, Nancy Rawlinson, Julie Cooper, Whitney Brown und Sam Miller. Und natürlich dem Polizeichef von Hudson, NY, L. Edward Moore, der mir dabei geholfen hat, das Verschwinden eines Mannes zu plotten.

Ich danke meiner Familie – Moira, Mark, Bob, Megan, Patrick, Ryan, Kevin, Abby, Brigid, Mary, Caite und Madeleine – und ganz besonders meiner Mutter, die es ertragen hat, dass ich ihr dieses Buch öfter am Telefon vorgelesen habe, als ich zählen kann, und meinem Vater, der der Grund dafür ist, dass ich sowohl Schriftstellerin als auch Leserin bin. Und vor allem danke ich Noelle, Shea und Mark (und Wish und Millie). Es gibt niemanden, mit dem ich lieber eine Pandemie durchstehen würde.

Aimee Molloy
Die Mutter

Ein Fehler, und du verlierst alles

352 Seiten

Sie treffen sich jede Woche. Sie teilen Freuden, Sorgen und Nöte. Eine Gruppe Frauen, die nur eines verbindet: Sie sind alle frischgebackene Mütter, und das schweißt zusammen. Freundschaften entstehen. Und ein Plan – einmal eine winzige Auszeit vom Babyalltag zu nehmen, abends in einer Bar. Ein harmloser Spaß. Doch daraus wird schnell bitterer Ernst. Die alleinerziehende Winnie lässt ihren kleinen Sohn Midas für den Abend bei einer Babysitterin. Als Winnie nach Hause kommt, ist ihr Kind spurlos verschwunden, niemand hat etwas bemerkt. Es folgen Tage, in denen jede der Mütter durch die Hölle geht: Sarah will Antworten. Collette weiß zu viel. Nell hat etwas zu verbergen. Und eine Mutter hat etwas Unaussprechliches getan …

Weitere Informationen finden Sie unter **rowohlt.de**